公子醉桃飞

一 浮生若画

迦楼罗北斗 著

长江出版社

版权所有　侵权必究

图书在版编目（CIP）数据

公子醉桃花.1，浮生若画/迦楼罗北斗著. -- 武汉：长江出版社，2018.12
ISBN 978-7-5492-6197-0

Ⅰ.①公… Ⅱ.①迦… Ⅲ.①长篇小说-中国-当代 Ⅳ.①Ⅰ247.5

中国版本图书馆CIP数据核字（2018）第277276号

公子醉桃花①：浮生若画
GONGZI ZUITAOHUA ①:FUSHENG RUOHUA

出　　版	长江出版社
	（武汉市解放大道1863号）
选题策划	安　安
市场发行	长江出版社发行部
网　　址	http://www.cjpress.com.cn
责任编辑	钟一丹
特约编辑	安　安
封面绘画	符　殊　阿岚大王
封面设计	马骁尧
装帧设计	王　宁
印　　刷	北京盛彩捷印刷有限公司
版　　次	2018年12月第1版
印　　次	2018年12月第1次印刷
开　　本	880mm×1230mm　1/32
印　　张	7
字　　数	210千字
书　　号	ISBN 978-7-5492-6197-0
定　　价	32.80元

版权所有　盗版必究（举报电话：027-82926804）
（如发现印装质量问题，请与印务部联系退换，电话：010－51908584）

目录
CONTENTS

001 | 第一章
     声之扉

085 | 第二章
     玲珑心

153 | 第三章
     断舍离

第一章 声之扉

天地间,原本就无所谓仙门,扉在哪里,仙门就开在哪里。

1

长安的日与长安的夜,仿佛是被精准地分割成了两半,白天的长安是气象万千万国来朝的辉煌之城,而夜晚的长安却是一个难以描摹的神异之地。无论每晚的宵禁是如何森严,依然禁不住鬼市上影影绰绰的诡异交易。就更别说那些游走在黑暗之中,难以捉摸的妖精鬼怪了。以至于,坊间有人传闻,之所以需要夜夜宵禁,就是为了防止长安的无辜百姓变成黑暗中妖怪的飨宴……

就算是有着这样的流言,长安的夜依然与其他属于大唐的记忆一样,交错着璀璨的流光和晦暗的血迹,在后世人们的目光中,浓墨重彩,不容忽略。

东市上,永远是熙熙攘攘,人如潮涌。各家店铺都摆出了最时新的货物,每一家的伙计都打起了十二分的精神,迎接着每一位客人。当真是一派迎来送往的繁华景象。

吴扉眼巴巴地看着一个个在自己面前走过的人,满心期望着能有一位贵客踏入自家店中。

可是,没有。仿佛是为了验证"树大有枯枝"这句话一样,吴家小小的书画斋在各色珍玩云集的长安东市,看起来是如此寒碜,如此格格不入。

就连头顶那块书写着"黑方斋"三个大字的牌匾,也在这经年累月的冷清中,褪去了原本的光华。而吴扉自己,更没有好到哪里去。发白的衣服,微微蜡黄的肤色,头顶枯涩的发丝,样样都好像是把"破落户"这三个字明晃晃地顶在脑门儿上。就算她全力以赴

摆出一副诚意十足的笑容，把脊背挺得笔直，可那些破落气息依然不屈不挠地从眼角眉梢泄露出来。

也怪不得那些锦衣华服的贵人，连一个多余的眼神，都懒得分到这边了。

吴扉年方十六岁，三年前父母过世后，就独自支撑着这么一间生意清淡至极的书画斋，靠着各处帮工和街坊接济，挨到了今天。当初，原本不过是爹娘为了防止她独自外出受人欺负，而特地将她扮作少年郎。如今看来，是何等明智。否则不要说外出帮工，就算是勉强有地方可以容身，也会是街坊闲人们骚扰的对象。所以，吴扉对自己的这副少年打扮，不光没有不满，简直是适应到了极点。反正，她也没钱打扮，现在这样，多省钱啊。爹妈真的是太聪明了！

"唉……"但想到父母，吴扉又叹了一口气，转身准备进入店铺里。

"怎么？你这是……不打算迎客了吗？"一个声音突然从吴扉的身后徐徐传来，明明东市的喧嚣是如此嘈杂，可是他的声音响起来的时候，却如同白鹤悠悠然飞扬在云端之上，只一声轻啸就已经压倒了所有的尘嚣。

"啊？"吴扉一个激灵，急忙转身。

入目而来的，是一张让人为之一惊的绝美面庞。吴扉生长于市井之间，又加上经营的是书画斋，那些面如冠玉、唇红齿白的少年书生翩翩公子她见过不少，可若是跟眼前这个人比起来，却通通要化作零落的尘泥，猥狎庸俗得不值一提。

他明明只是这样看着你，却会让人觉得，那眉眼之间流转着这世上一切的爱恨亲疏。似乎是极远的，又似乎是极近的；似乎是极亲昵的，又似乎是极冷淡的。都在那一眼之间，看不清，说不尽，描摹不出。

　　这样的美,简直不应该是属于一个男子的。可是刚才他与吴扉说话的声音犹在耳边,没错,他的确是个男子。这样的绝世风华……出现在黑方斋这陋室之中,吴扉陡然觉得,她几乎都要透不过气来了。

　　"您是要……买纸张还是……墨锭?"吴扉结结巴巴,本能地招呼着。

　　"你这店,有黑气笼罩,只怕是被脏东西盯上了……"年轻的贵公子眉眼间似乎含着戏谑的笑意,影影绰绰,让人心都不由得一荡。

　　"啊……"在一瞬间的失神过后,吴扉孛毛地跳了起来,"你说什么呢?是谁请你来妖言惑众的!哼!你说什么我都是不会信的!"

　　这种人,这三年来她可是见识过不少!

　　黑方斋虽然一直生意清淡,可是因为它坐落在这寸土寸金的长安东市,还是有不少人看中了这块风水宝地,想要买下这间店铺。吴扉虽只是个孩子,却也知道要牢牢守住祖产的道理,任那些人巧舌如簧,她也坚决不肯就范。

　　想不到那些家伙为了买下黑方斋,居然还请人到店铺里捣乱,妖言惑众!长得一副好皮囊又如何,所有打她家祖产主意的,全部不是好东西!

　　想到这里,吴扉已经板起了面孔,她明明还只是个半大不小的孩子,却刻意拿出架势,做出一副满不在乎的老成模样:"既然客人您看不上小店的货物,那就慢走不送了!"说着,还拱一拱手。黑白分明的大眼睛,狠狠盯着面前的贵公子,明明身高比对方不知道矮了多少,可是那气势却是分毫不弱!

　　贵公子上下打量着她,也不再多说些什么,只转身而去,在他离去的步伐间,吴扉隐约听到他似是感喟,又似是在自言自语道:"不信吗?也罢,今朝有酒今朝醉……"

　　他……这是在说什么呢?吴扉不由自主地皱起了眉头。

第一章 声之扉

午夜。

"砰砰砰"！吴扉被一阵接一阵的敲门声惊醒。

"谁呀？不是天塌的事情别敲门了……"吴扉打着哈欠没好气地问。半梦半醒的目光随着她抗拒不住睡意一下下低垂的头，落到紧闭的门闩上。

这个门闩和黑方斋里所有其他的东西一样，带着一股陈旧的气息。听着门外那连绵不绝的敲击声，吴扉很担心它下一息就会在这猛烈的撞击声中彻底崩碎。

可是，没有。这个门闩……连最细微的一丝摇晃都没有。怎么可能？

紧接着，吴扉发现，纹丝不动的不光是门闩，整个门板也是岿然不动，仿佛那些敲门声与她眼前的这扇门毫无关联。

"这……到底是怎么回事？"吴扉顿时清醒了过来，猛地将眼睛贴在了门缝上。

从窄而细的门缝里望过去，才发现隐约间有什么黑乎乎的东西，正竭力从排放污水的暗渠里挣扎出来！而那些"砰砰砰"拍击门扉的声音，正是这些黏稠得如同触手的东西彼此撞击发出来的。

"绝不能开门！"正当吴扉如此决定的时候，突然，门板剧烈地震动起来！

难道……是妖怪扑过来了吗？

压抑着那几乎要从胸腔鼓荡而出的心跳，趴在狭窄的门缝间，吴扉看到了一幕十分诡异的场景——白天那个光华灿烂的贵公子正在敲门，而在他身后，那些黝黑浓稠的触手一样的东西正朝他后背扑来！

"危险！"

"啪"的一声，吴扉打开大门！一把将那贵公子拉到了

身后!那些噼啪作响的脏东西看到黑方斋大门洞开,顿时急不可待地冲了过来!吴扉下意识地抓起手边的一把竹扫帚硬生生地格挡住了那"脏东西"的来势!

竹扫帚与那堆"脏东西"接触时,却似乎是接触到了一堆糖汁般的黏液,平日里挥洒自如的竹扫帚此时就好像是一根掉进了糖浆锅里的竹签子,饶是吴扉用尽了力气,却再也难将扫帚扯动分毫。看着都有些晦气。

"啊啊啊!这到底是什么脏东西啊?"吴扉气馁地大叫。

"你是在问我吗?只可惜,我不想回答你啊。"那贵公子轻哼一声,摊开双手。竟是将吴扉此时的窘态当作杂耍一般笑眯眯地尽收眼底。

吴扉气结:"你!"

这都什么人啊!吴扉心中一阵发苦。冥冥中却又有另一个声音在清晰地提醒她——看这人若无其事的样子,他定然知道如何击败这"脏东西"!

不管了,先解决了眼前的危机再说!

吴扉一面抵挡着"脏东西"的那些触手的撞击,一面心念急转:"这些是鬼吗?"

"……也算是吧……"贵公子漫不经心,说罢他还不忘打了个大大的哈欠,"灭了它或者是被它灭了,你能快点儿吗?"

吴扉彻底无语!这说的还是人话吗?

"你就是来看戏的吗?"吴扉磨牙。

"当然不是,我不是已经给了你提示吗?"贵公子一本正经,简直诚恳到了极点。

"什么提示?"

"重要的提示,我当然是只说一遍。"

若不是此时形势危急，她真的很想用竹扫帚上那些脏兮兮黏糊糊的东西糊他一脸，看他还笑不笑得出来！

"提示……是吗？"吴扉只觉得一道灵光划过！她猛地松手！

"啪"的一声，毫不意外地，那一摊纠结的东西骤然失去了角斗的制衡之力，摔在地上化作黑乎乎的一摊黏腻的污水。

"就是现在！"吴扉一个箭步冲回屋子里。

瞬间，吴扉已经在店堂里跑了个来回，只见她左手执壶，右手执笔，随着一个干脆利落的泼洒动作，饱蘸了汁液的笔尖已经酣畅淋漓地挥洒出去！那些隐隐带着金黄色泽的液体在如墨的黑夜中犹如一个个浑圆的小小光珠，泼溅在那堆脏东西上。

"嗷……嗷……嗷嗷……"一连串的哀叫声响起。

"有用！"吴扉心中一喜，手底不停！

"嗷……嗷……"

"嗷……"

在她一次次的挥毫泼洒中，那东西终于逐渐变得透明，在数息之后，彻底溃散。即使睁大眼睛，也再难找到它们曾经存在过的半分痕迹。

吴扉盯着那突然变得空荡荡的黑暗，长长地吐出一口气，只觉得眼前的黑夜居然如此平静，平静得让她感觉有点儿不真实。而她的身体却还处在紧张状态中，一时间竟然松懈不下来，依然僵硬地维持着蓄势待发的战斗姿态。

"啪啪啪"！清晰的鼓掌声在身后响起。

"不错不错！居然能想通我的提示，用酒来解晦，不对，这毛笔也是桃木做的……桃木加酒……虽然是十足的外行人做法，可是以第一次来说，也算是相当不错的表现了哦。"贵公子兴味盎然地

点评起吴扉刚才的表现来。

那些脏东西,不过是长久盘踞在长安地下暗渠里的地缚灵,加上一些怨灵晦气集结成的不成气候的东西。只是,这些东西若是没有人催动,却是不会轻易对人发动攻击的。可此时想要一举得知驱策这些秽物的幕后之人是谁,却是不得而知了。

吴扉僵硬的背脊终于在这不合时宜的鼓掌声中缓了下来,她猛地转身,怒目而视:"这位公子,你这是看了好戏要点评打赏的意思吗?"

贵公子听着她话语中十足的揶揄却没有一丝尴尬,反而频频点头:"正是如此!"

一听到"打赏",吴扉的脸上,立马就现出了开心的笑容。看着这个还顶着一头没睡醒的乱发的少年,此时露出的笑容,贵公子觉得,非常熟悉,似曾相识……

"既然公子执意要打赏,那小人也就不客气了!"吴扉说着,已经将手掌毕恭毕敬地伸展了过来,目光灼灼地盯着对方。几乎用不着看第二眼都能感觉到,此人从头到脚正在全力以赴地散发着"求大爷打赏"的气息!

这下,轮到贵公子挂不住了。他的脸颊抽了一下,完美无缺的风度已然"咔嚓"一声崩出一道裂痕。我只是随口说说,你还真要钱啊?

可是,给钱可以,气势不能输!贵公子磨着后槽牙,从荷包里随手抓出一块银锭子,狠狠扔了过来!

当然,他承认,扔银锭子的动作是大了点儿,力气是猛了点儿,不过,他可是完美无缺地兑现了他的承诺的,其他事情,不过是小节,小节而已!

只见吴扉身形迅捷,一个纵身弹到了半空中,一把紧紧地将那

第一章 声之扉

块银锭子抓在了手心里!

吴扉抓着手里的银锭子,那触手而来的沉甸甸的感觉让她瞬间就笑得眉眼弯弯。银钱到手的感觉实在太美妙了,于是她假装压根儿不曾知道刚才这坏心眼公子的伎俩,高声道:"谢公子赏!好人会有好报!"

贵公子看着面前这张简直堪称志得意满的小人嘴脸,只恨刚才自己怎么就心软了,应该把银锭子对着他的脸砸过去才对啊!

吴扉此时心情很好,尤其看到这个贵公子吃瘪的样子,她心情更好了。不过嘛,一日一善,现在都到这时候了,不宜留人,还是麻利地送客吧。

"更深露重,小店也就不多留公子了,请……"说着,她已经做出一个标准的送客姿势。

手心里还攥着我的银子,就想赶我走,这算盘也未免打得太精了吧?贵公子颔首,微笑。心中默念:风度,风度。要收拾这家伙,一炷香的工夫也就够了!

"你说得倒也不错……只不过……"他不徐不疾地从袖中掏出数张纸,然后轻飘飘地抖开。

"这是……"

吴扉既然是经营书画店的,自然识字。几乎用不着再看第二遍,她就已经确认,这是几个月前她为了赊借过冬的米粮,而抵押给里正的房契地契!而当时她与里正约好的是三个月后会归还米粮。可是店里的生意一直没有起色,里正也并未上门催要。吴扉也就以为此事还可以再拖延一年半载,便渐渐地抛在了脑后。

"我家的房契地契怎么会在你手里?" 吴扉的声音不自觉地有一点波动,透露出一股惊惧。

贵公子豁然开朗:"你识字啊,真的是太好了!在下正是你这

黑方斋的新老板方云修。"

"什什什……什么?"吴扉张口结舌。

"原本我是想另雇个伙计的,不过今日你出手,怎么说也还算是护主有功,我就勉为其难将你继续留在这黑方斋里吧。"贵公子说罢,还意犹未尽地喃喃,"明明我白天就已经提示你店里有黑气笼罩,只怕被脏东西盯上了,你却不肯听……年轻人果然都是这样,不吃亏不长进……"

听着方云修的话语,一个字一个字地击入自己的耳朵,吴扉简直是被砸了个晕头转向,好半天回不过神来。等到她的神志终于回归,霎时就跳了起来:"你说什么呢?黑方斋是我吴家的祖业,我是不会交给你的!"

方云修的笑容丝毫不变:"要见里正还是要见官,我都随你。反正房契地契都在我手里,就连当初你为了赊借米粮亲手写的文书画的押也都在这里。若是上了公堂,孰是孰非,一目了然,我怕什么?"收拾自以为聪明的毛小子什么的,毫无压力啊。

吴扉的身躯在方云修的话语中,一点点地僵住了。

她知道若是真找到里正,上了公堂,结果并不会有任何不同。毕竟,白纸黑字一切都清清楚楚明明白白。只怕那时候得罪了官老爷,一顿板子打下来,她不死也要去了半条命。

可是,要她就这么乖乖地低头,将眼前这个毒舌奉作老板,那更加……做不到啊啊啊!

吴扉的脸色变了又变,紧紧抓着手心里那块银锭子,原本光润的触感现在却如同一个烫手山芋。她心中有几分懊恼:要是刚才不借机坑他,不找他要打赏,报应是不是来得就没这么快?

一抬头,看到对面的方云修那似笑非笑的脸,吴扉就摇摇头:"怎么可能?无论她怎么做,眼前这个人都不是个好惹的主儿!"

方云修眯了眯眼睛，将眼前少年的神情变化尽收眼底，不动声色道："不知道我今晚是回去呢，还是就在我自家的店铺里歇下呢？"他的声音极有技巧地将重音落在了"我自家"这三个字上。

他居然想今天晚上就在这里住下？鸠占鹊巢也没他这么心急火燎的吧？吴扉真的是气得牙痒痒！可是，不能发火，要忍，要忍！既然这个毒舌要住下，就让他住下。既然他要做黑方斋的老板，就让他做，哼，看以后是谁收拾谁！

只花了半炷香的时间，吴扉就已经成功地在脸上调出她自认为诚意十足的笑容："那方老板，您这就要歇下吗？床单被褥都没来得及整理，只怕是招呼不周啊……"说完，她恭恭敬敬地做了一个低头拱手的标准赔罪动作。

方云修满意地"哼"出一声，点了点头。当然，他也半点儿没有忽略掉吴扉眼中那油滑算计的光芒，看来，要收服这个小子，并不简单！这一身的市井气息，哪里有半分吴家人该有的脱俗风采？

"也罢也罢……我这么宽宏大量的人，自然不会跟你这小子一般计较。"方云修施施然地挥一挥衣袖，一阵扑鼻而来的桃花芬芳顿时席卷了吴扉的整个面庞。

一个男人，居然这么香喷喷的，花香到底是怎么回事？吴扉毫不迟疑地在"毒舌""恶毒"的评价后又给方云修加上了"品味堪忧"这四个大字。

虽然腹诽已经层出不穷，可是吴扉嘴里说的，却是截然不同的另一番说辞："是啊，像您这般宽宏大量的人，真的是小人平生仅见啊！"吴扉的声音很高，她唇角弯起的弧度更高，她就不信，方云修看不出来，这就是明明白白地在嘲讽他！

"嗯，你今天晚上总算是没有糊涂到底，终于算是说了一句有见识的话。"方云修颔首做欣慰状，"孺子可教，孺子可教也！"

再加一条，还厚脸皮！吴扉在心中狠狠地给他下了定义。

方云修的话音未落，吴扉突然听到了一种奇怪的声音。这声音居然是从头顶的黑方斋牌匾上传来的！

"怎么回事？这是……地龙要翻身了吗？"吴扉大吃一惊，差点儿跳起来。她曾听人说过，器物无故震动，就是地龙要翻身的前兆！

"这个啊……"方云修望着那高高的黑方斋牌匾，在他如同星辰流转的双眸间，骤然划过一抹黯淡的怅惘。

在最初的惊慌过后，吴扉迅速镇定下来，但她很快发现，除了牌匾，其他东西都很安静，并没有任何地龙翻身的迹象！而此时，黑方斋的牌匾，依然在震动不休！难道是刚才那些脏东西污染它？

一念至此，吴扉低头，望着手中那依然蘸在酒壶里的毛笔——还得再洒一回酒。

吴扉挥笔，那最后一汪酒液随着她的笔触，纷纷扬扬地朝着黑方斋那块墨色暗沉的匾额飞去！既然酒液能让那些脏东西退散，那么用它来净化黑方斋的牌匾，也未尝不可！

"不！"伴随着酒液撞击到牌匾上的声音同时响起的，是方云修骤然而起的惊呼声！

原本那壶中的酒液所剩无几，而匾额所挂的位置也比较高，照理说，酒液泼溅到匾额上，发出的声音应该是极有限的。可是，吴扉却听到了，犹如惊涛拍岸般的，巨大的撞击声！

吴扉抬眸望去，眼前的一幕让她瞬间就屏住了呼吸！

仿佛是将浓稠的墨汁滴落在原本清澈的水面上，那些从她的笔端挥洒而出的酒液一滴滴地撞击在牌匾上，伴随着不可思议的巨大撞击声而来的，是那块牌匾瞬间的改变！牌匾犹如蓓蕾在一瞬间绽开了孕育已久的花瓣，又如同竹笋在春雨中迅猛地拔节生长，那块挂在门楣上历经多年风吹日晒的匾额，突然就在酒液的撞击中，在

浪涛般的震荡里，翻滚着，舒展着。

仿佛，原本那块牌匾的形态不过是它的一个不得已的蜷缩姿态，而此时此刻尽情地在夜空中肆意生长的，才是它本来的面目。

牌匾在变大，在变长，在越变越复杂。到最后，当所有的变化结束的时候。赫然出现在吴扉眼前的，是一艘船！一艘漂浮在天与地之间的，辉煌璀璨的星槎。

感受着脚下星槎的坚实触感，再俯视已经小得如同棋盘一般的长安东市。吴扉觉得自己的喉头一阵阵发紧。

方云修饶有兴味地注视着他，不放过他脸上任何一丝变化。一切都发生得太突然了！这种突然，其实不仅仅是对于吴扉来说，对方云修来说，也是如此！

他当然知道黑方斋的牌匾可以变成星槎的秘密，可是他从未想过，在相遇的第一天，就要对吴扉揭开这个秘密。筹谋机变如他，也还是没料到，黑方斋感应到吴家后人有难的震动，会被吴扉当作是被脏东西污染后的异象，也顺便用酒液净化一番。但无巧不成书，吴家祖先当初设计的星槎解封的方法，便是吴家后人用酒液激发出星槎的灵性。

人算不如天算。不过，既然一切已经发生，就还是听从老天爷的安排吧。方云修在心中悠悠一叹，再度将目光落到了吴扉的身上。

"中人之姿"，这是方云修在看到吴扉的第一眼的时候，就在心中如此断言。

面庞固然算是清秀，却总觉得少了几分脱俗的气质。若不是那双黑白分明的眸子实在惹人注目，简直就是相貌平平了。身形虽然

算得上挺拔,其实也并不十分颀长。

至于待人接物,就更加俗不可耐了。不要说什么谦谦君子的风度,光看那股扑面而来的市井气息,还有那毫不遮掩的财迷相,以及巧舌如簧油嘴滑舌的模样,样样都与这书画世家该有的书香墨气格格不入。

说来说去,这个顶着吴家后人头衔的少年,也不过是个平庸之辈。如果不是危急时刻他还有一点儿向善之心,一把将他救入黑方斋里,方云修承认,自己只怕是要将这少年逐出店门。眼下给出一个"平庸"的评价,方云修已经算得上是十分宽容大度了。

其实这本来也没什么,要知道古往今来真正算得上是惊才绝艳的角色也没有几个。就算是道玄那般横空出世,他的后人也……方云修摇摇头,把这不期而至的感喟甩开。

吴扉望着这个简直艳丽如妖的男人,好不容易蓄积起来的气势,却在这逼人的颜色中哑下了声音:"是不是你搞的鬼?"

"哦?我可记得,刚才洒出酒水,把牌匾变成星槎的那个人,可是你。在下不过是在围观而已。而且,事发当时,我可是还阻止你了的。"方云修极其无辜地眨了眨眼睛。

"你!"吴扉终于跳了起来。她已经数不清这是今天晚上第几次在方云修的话语中暴跳而起了,这个人,总能成功地激怒她!这是不是八字不合啊!

"我可是看得很清楚,从牌匾变成星槎,到后来踏上星槎,再到现在星槎升空飞翔。你都没怕过,不是早就什么都明白了么?"吴扉怒指,她可是长安东市混出来的,成日里跟那些壮男悍妇斗嘴都能不落下风,她还怕了他不成?

"我可什么都不知道,别看着我。"方云修昂首望天,满目清辉,他就差没有做出个我心向明月的姿态,以表清白了。

"哼!死毒舌,你的话,我一句话、一个字也不敢信!"吴扉不屑,哼得十足大声。都到了这份上了,她也懒得再装了,不狠狠怼他一句,她真的就要憋不住了!

"比起向我发难,你就不能松开手,不要总是抱着那个桅杆吗?小心掉下去。"死毒舌方云修笑嘻嘻地开始反击。

吴扉的呼吸一滞,她从来不知道自己居然有一天也会怕高!可是,星槎现在的高度,也实在是太高了!比曾游玩过的荐福寺塔高,比曾攀爬过的京郊西山高,总之,比一切她曾经见识过的所有高度加起来还要高!

虽然很想反驳,可是一感觉到那高天之上的风朝着脸庞直击而来,她就控制不住地再次抱紧了桅杆。只有这样,才能让她感觉更安全一些。

"我……我就不松开,你管得着吗?"吴扉努力保持气势。

而在她没有注意到的角度,方云修极其不满意地皱了皱眉头。

财迷、油嘴滑舌,还胆小?除了姓吴,他到底还有哪一点儿像道玄?这种人居然会是道玄的后人?真是一代不如一代!

吴扉并没有心情去管他散发出什么样的气息,只觉得从这个角度四下望去,东南西北她都有点儿搞不清了。

"这个星槎,现在到底是往哪里飞?"吴扉很不想问死毒舌,可是她别无他法。

"无可奉告。"方云修毫无负担地摆一摆衣袖。

"我能……把它降下去吗?"吴扉的头脑"咯吱咯吱"地响,意识终于一点点在星槎急速升空飞行的清风中逐渐恢复过来。

方云修的唇边,荡漾起了真正的笑容。不要问吴扉为何会觉得他现在的这个笑容是真的,而他之前的那些笑容不过是故作姿态。因为吴扉在对上他的这个"真正"的笑容的时候,本能地有了一种

大事不妙的预感。

　　这算是吴扉在与方云修的交流中学到的第一件事——当方云修真的笑起来的时候,就有人要倒霉了!而只有他俩的时候,倒霉那个人就只能是……吴扉自己。

　　"你可有修行过术法?"方云修的笑容越发真诚了几分。

　　吴扉愣了愣,对危机敏锐的感觉让她难得老老实实地应声:"没有。跟这有什么关系吗?"

　　"既然从没修习过术法,你凭什么觉得星槎这样的飞行法器能任你操纵呢?"

　　吴扉噎住。她哪知道啊?从她给那块旧牌匾泼上酒液,导致牌匾发生变化,变成星槎到现在,她几乎都不明白到底发生了什么好不好?如果可以选择的话,她也不想不明不白地就这样被拎上这半空中的星槎,被风卷得站不稳,必须得抱住桅杆才能稳住身形。她知道这样很狼狈,可是……她能怎么办啊?在父母过世后的这三年里,她在市井间摸爬滚打,学会的最重要的法则就是——小命要紧!

　　吴扉没有迟疑,火速将那无足轻重的自尊心撇到了一边:"请……老板指点迷津。"

　　这是叫机变灵活,还是……毫无原则?方云修在给吴扉的评价上,又悄悄加上了并不光彩的一笔。

　　"这个嘛……"方云修故作姿态,拖长了尾音,对吴扉那被高天上的罡风吹得更加扭曲的面庞视而不见。

　　在欣赏够了吴扉脸上的纠结神色后,方云修才终于大发慈悲地开始指点江山:"现在的你虽然在机缘巧合下唤醒了星槎,却根本无力驾驭星槎。"

　　"这些不用你说,我也知道!"吴扉赶紧又抱紧了桅杆。

第一章 声之扉

"星槎现在并不是乱转。星槎作为飞行法宝，早已经有灵。既然你还没有真正地掌控它的力量，也不能提供它继续飞行所必需的灵力，此刻它就是在自行寻找一处灵气充裕的地方，为自己补充灵力。"方云修难得没有卖关子，慢条斯理地讲解着。

"你是说它已经没有多少灵力了？那它怎么还能飞？"吴扉很警觉。

方云修循循善诱："你忘了吗？它作为你家牌匾的时候，日日受风吹日晒……"

吴扉的下巴都要掉下来了："你的意思是说，那样也算是在吸收……天地灵气？"

方云修点点头："孺子可教也！长安虽然灵气稀薄，可是这么几十年下来，吸收到的灵气应该足够支撑它飞这么一会儿了。"

应该？吴扉翻白眼，鄙视他。反正骂也骂了，哼也哼了，再加个白眼，简直已经不是个事儿了。

"若是这星槎突然因为灵力耗尽跌落，我……一定保你……"方云修徐徐开口。

"啊？"看来这个毒舌也没坏到无药可救的地步！吴扉正要感动，却听到他接着道："一条全尸。"

吴扉感谢的话语彻底噎在了喉咙间，指望他大发慈悲，我怕是疯了吧！

望着吴扉气咻咻地扭过头去的纤瘦背影，方云修忍不住"扑哧"地笑出声来。这个吴道玄的孙子，看来真的很有意思呢。他能唤醒星槎，表示他是吴家后裔无误。可是想要驾驭星槎，成为它真正的主人，绝不仅仅是修行术法那么简单。不过，这是来自星槎的试炼吗？方云修双眸微微眯了起来，打出了一个饶有兴致的哈欠。

星槎的飞行速度并不快，也没有任何颠簸。在抱着桅杆好一阵

后，吴扉终于一点点地松开了手。在确定这样的行动很安全之后，她开始试探着在甲板上走动起来。

这是一艘美丽的星槎，有重叠高耸的船舱，飘摇的垂灯，迎风招展的风帆，即使此刻星槎之上并没有任何灯火，在清幽的月光之下，它依然犹如梦中的浮舟般，美得让人动容。可是，看着眼前繁华富丽的景象，吴扉却感受到了一种深深的寂寞！

那些垂灯有多久不曾被点亮？那些船舱里有多久不曾有人踏足？那甲板之上、风帆之下又有多久不曾有人把酒放歌意气奋发？星槎，仿佛是一个尘封多年的旧梦。虽然此刻梦未碎，可当年与它一起做梦的人，却已经不在了。

夜空静谧，月色清幽，吴扉只觉得自己从不曾距离月光如此之近，仿佛所有的迷惘和不安都在这月色之中被静悄悄地涤荡开去，只留下澄澈的安宁。虽然吴扉从不会作诗，也在瞬息之间理解了那些诗人的心情。

正当吴扉还沉浸在这突如其来的豪迈诗兴中的时候，夜空中突然传来了一阵阵刺耳的嘶鸣声！抬头望去，她看到了一只披着黑色长羽的人面鸟正在疯狂地扑打着翅膀急速坠落着！凄厉的惨叫正是从它的口中发出。

人面……鸟？这是什么东西？吴扉的双眸倏地睁大！

方云修微微一怔，轻轻"咦"了一声。

他的这声"咦"还没有说完，就只见那慌不择路的人面鸟居然已经硬生生地撞上了星槎那招展的船帆！随即就是一阵含混不清的怪叫声、咕噜声和七零八落跌落下来的声音。

"什么鸟人！真是的，就这样一头撞过来，满地掉毛，不对，好像还有血迹，把我们的星槎都弄脏了。"方云修嫌恶地皱皱眉。

"嗯！幸亏船帆结实！不然定制个新的可不知道要花多少银子

啊！"吴扉审视着船帆，所幸，星槎的船帆十分结实，遭受了这只大怪鸟如此巨大的冲击，居然还完好无损，一丝裂缝也没有。

这两位从某种意义上说，首次达成了共识。没人管那只人面鸟，而是先关心起了星槎的安全。

饶是那人面鸟此时又撞又跌，整个鸟早已经六神无主，也还是勉力支撑起身躯，恶狠狠地朝他们瞪过来。

吴扉本能地一惊，却只见方云修不知道什么时候已经迤迤然挡在了她的身前。

"在下方云修，不知道阁下如何称呼？"方云修的声音清润从容，却带着一种说不出的威压气势。

他……这是在对谁说话？是那只半死不活的人面鸟？

顺着方云修的视线望过去，吴扉看到一个墨色衣衫的男子在夜空中冉冉降下。他落在星槎上的姿态极轻盈，完全觉察不出半分自高处坠落的仓促。那种从容不迫的态度，自衣襟袖摆间流泻而出，衬得他的面容有一种让人不可逼视的光彩。

"本座在夜猎，这东西正是本座的猎物。"男子声音中带着上位者惯常的冷漠和高傲。

"夜猎？这只人面鸟是阁下的猎物？"方云修的笑容丝毫不变，可是站在他身后的吴扉却感觉到，他周身的气势陡然一凛。

"虽然它落到了你的星槎上，可是我希望你最好不要有什么非分之想。"男子说着，缓步而来。人面鸟见他过来，急忙拼尽力气在甲板上爬行，竭力想跟夜猎者保持一个足够安全的距离。

可是显然，这一切都只是徒劳。不过一息工夫，人面鸟的脖颈就已经被男子遏住。只见男子的手心升腾起一团金色的火焰，转瞬之间火焰就已经将人面鸟彻底包裹住。它猩红的利爪，它黑墨般的长羽，都被迅速地吞噬，直到最后，那不甘的眼神也彻底湮灭在了

这金色的火焰之中。

男子手心的火焰与开始出现时一般,倏忽之间就已经消失得无影无踪。火焰消失之后,冉冉悬浮在男子掌心里的,却是一颗蓝莹莹的妖兽内丹。

吴扉被这瞬息间的变化彻底惊呆了,她只觉得心跳得极快,本能想要躲藏,可又忍不住想多看两眼。

男子掌心翻转,收好了那内丹。

"阁下手段如此高明,我等哪里敢有什么非分之想。夜还长,在下就不打扰阁下夜猎的雅兴了。"方云修说着,礼仪极好地拱手作揖,开始送客。

男子微微一笑:"道友可是觉得我的手段过于残忍?你可知道这些人面鸟名叫夜行游女,原本是失去了幼子的妇人的怨念所化的妖怪,以吞噬虚弱小儿的神魂而生,我若不下手狠些,只怕不知道多少长安幼童要遭殃。"

方云修浑不在意地摆摆手:"怎么会!道友此举乃是除魔卫道,并无半分不妥。"

男子含笑,眸光却状似无意地扫了一番那硕大的星槎。正当吴扉以为他还要说点儿什么的时候,他已经迤迤然凌风而去。

"这种低等妖兽的内丹就算是拿来炼丹也算不上什么好材料,可若是不炼丹,就该趁现在妖丹灵气最充沛的时候吃掉,可他没有……"吴扉听到方云修喃喃着自己完全听不明白的话。

不过,就算她再懵懂,也知道刚才突然出现斩杀了夜行游女的那个所谓道友绝不像看起来那么简单。而刚才方云修第一时间挡在她身前的举动,毫无疑问就是在保护她。想到这里,她不由得心中一阵感激。

也许这个人虽然是又毒舌又傲娇还品味堪忧,实际也还算

是……天良未泯?

吴扉的脑海中急速地思考着,想说点儿什么来略表现出几分谢意,又不至于又在他面前落了下风。

"这星槎的船舱里应该还是存了些好酒的吧,你去找找。"

"啊?"吴扉一愣。

"找到了酒,再把这甲板擦一擦。"

"啊?"吴扉下意识地摸头了,这什么跟什么?

"那家伙弄得这里又是血迹又是羽毛的,扫兴!我可不要闻着血腥气喝酒,晦气!"

方云修彻底无视吴扉的错愕神情,迤迤然找了张美人榻斜倚上去。瞬间就已经将身体调整成了一个最舒服的姿势。

然后,他摆摆手:"去拿酒!"

哼,我找酒、擦地,你就躺着看戏等喝酒?吴扉的嘴角控制不住地抽着,刚才的那一股感动之情彻底被浇得无影无踪。这个方云修,就是一个任性妄为的祸害精!从第一眼到现在,她从来就没有看错过他!

还没等到她的腹诽结束,又只听方云修道:"需要我再提醒你一声吗?我可是黑方斋的老板!本老板使唤你做点儿事情,有什么不对吗?不服气?还是怎么的?"

吴扉望天,深呼吸,告诉自己,忍住,他是老板!

曾几何时,吴扉也遭遇过各式各样的奸商恶妇,无论对方使出什么阴招损招她都能游刃有余地反怼回去。可是现在她觉得,所有那些奸商恶妇加起来,也比不上眼前这个人分毫!他才是真正的——祸害精!

而自己,就是那个正在被祸害精压榨的……可怜人。

或许是吴扉目光中的敌意实在太过于明显,方云修抬起眼皮:

"若是你实在找不到酒,那么酒兴不满的我,也实在想不出什么操纵星槎的法门,想必您也不会在意的吧?"

威胁,威胁,这就是赤裸裸的威胁啊!

吴扉磨牙,使劲儿挤出一个难看的笑容:"怎么会?我这就给您找酒去!"

在方云修看不到的角落里,她促狭地一笑:想喝酒?看不我给你下点儿好料。到时候你就喝个够本吧!

下到船舱里,没花什么力气吴扉就找到了堆酒的地方。只是让她没有想到的是,这些陈年的酒液居然已经变得极为黏稠,若是她非要往里头放点儿什么东西来整方云修的话,怕也会浮在表面上,被他一眼识破。

吴扉的报复计划只能暂时延后。她捧着酒坛子,笑盈盈地送到方云修面前。方云修接过她手中的酒,夸张地"啊"了一声。

"欸?"吴扉有点儿不明所以。

"你竟没在这酒里下点儿什么药,扔点儿什么脏东西进去,倒真是让我刮目相看啊。"方云修做老怀甚慰状。

"哼!你以为人人都像你这祸害精啊。"吴扉一阵心虚,可是嘴上却是半点儿也不肯让步的。

"嗯,你且歇歇,再去擦洗甲板吧。"祸害精方云修一面自斟自饮,一面摆出一副宽厚仁德的姿态。

"不劳你费心,我这就去擦洗。"吴扉没好气地应声。这些血迹如果不及时擦洗的话,只怕干了就更不好擦洗了。

"也好,等你忙完了,我们一起喝一杯。看你唤醒星槎的时候用的那壶酒,你也是会喝酒的吧?"方云修的薄唇上沁润了酒色,有一股润泽的嫣红。他的邀请,却是让吴扉心中不觉一动。

她并不好酒。可是时常给附近的酒坊帮工,好心的老板有时便

会在工钱之外送她点儿劣酒尝尝。而吴扉则会将这些酒精心地收藏起来,在那些寒冷难熬的冬夜里,用它来给自己增添一点儿暖意。只是饶是如此,她也终究是对这杯中之物有了一种说不出的好感。此时听到方云修说要与她共饮,不觉也来了兴致。要知道此时明月皎皎,长空万里,星槎飘摇,真是太值得饮一杯了!

当下点点头,吴扉朝着方云修露出了两人相遇以来,她的第一个真心实意的笑容。

这笑容如同墨汁滴入了清水中一般,迅速地在她原本带着几分蜡黄的面庞上晕染开来,最终,点染出一幅春意盎然的图景。

吴扉没有注意到,在自己的这个笑容绽放的时候,方云修刹那间的失神。那片刻的失神,不属于眼前这个毒舌、傲娇的祸害精方老板的,而是属于很多年前的那个少年的。

吴扉只是幻想着即将品尝到的甘美醇酒,然后兴冲冲地去擦洗甲板了。

当然,她也不曾听到方云修那幽微不可闻的叹息声:"道玄,这个笑容,真的跟你当年一模一样啊……"

那厢,吴扉没踏出几步,就只觉得脚下的星槎陡然一震!

星槎是撞到了什么东西吗?吴扉心中不觉一惊,可是抬眸望去,这半空之中哪里有什么东西阻在星槎之前?

正当她摸不着头脑的时候,突然,她脚下的星槎已经如同离弦之箭般猛地朝前狂乱飞去!

"怎么回事?"吴扉下意识地想要抱住个什么东西稳住身形,可此时她正站在甲板中央,周围一点儿可以抓住的东西也没有,眼看她就要跌倒在地!

吴扉的心脏冲到了嗓子眼,可回过神来时才发现,她的身体稳

稳地跌入了一个温暖中还带着一抹淡淡酒香的怀抱里。

方云修的声音在她的耳畔响起:"星槎这是……怎么了?"带了几分酒意的声音听在吴扉的耳中,却比之前他故作冷淡的语调要熨帖许多。

可是,现在是什么情况?他居然,把她拢在怀中!

这个祸害精是在占她便宜吗?吴扉猛地从方云修的怀抱里挣脱出来!

"你这一身的酒臭气也不怕熏着人!"吴扉嫌恶地跑开几步,也许要在这个人的"毒舌""祸害精"身份之外再加一个标签——色坯?

居然敢说我臭!方云修的脸色一瞬间难看到极点!刚才他就不该好心救这个小子!反正他皮糙肉粗的,摔打几下根本没什么事儿。自己怎么会一时脑抽冲过去把他拢在怀里了?肯定是喝酒把自己给喝糊涂了!这种错误,以后绝对不能再犯!

只是眼下形势不明,暂且先把这口恶气放在一边,等回头有工夫再慢慢地收拾这个不知好歹的臭小子!方云修在心中暗自发誓。

方云修敛住心神,开始探查。他探查的方向不是四周的天空,而是甲板。

他精明的目光一寸寸从甲板上逡巡过去。吴扉也顺着他的视线看过去,却赫然发现,刚才人面鸟的污迹荡然无存,只有船帆浓重的黑影静静地映照在甲板上。

"咦……那些污迹呢?"吴扉不禁奇怪。

"居然……哼!"方云修骤然冷哼一声。

吴扉还不明白发生了什么,就又听方云修道:"你给我到楼上去!"说着他就已经一掌朝着吴扉推了过来。吴扉被这股掌风裹挟着,差点儿没一个跟头直接摔在楼梯上!

他在报复,绝对是在报复我刚才说他臭!可是,比起胸中这翻腾而上的怒火更蓬勃的,却是一种突如其来的危机感!

吴扉顾不上跟方云修斗嘴,抬脚冲上了二楼。方云修既然让她上二楼,那就一定有他的道理。可是,到底发生了什么?

吴扉趴在栏杆边,朝下望去时,她才真的吃了一惊!

她这才发现,刚才她误以为是船帆阴影的东西,并不是阴影,而是一大摊正在不断漫延的黑色液体!薄薄的一层,不知道什么时候早已不动声色地铺满了大半面甲板!

而方云修此时正高高跃起,以指尖蘸取手中酒壶里的酒液,在半空中画出一个金光流转的法阵。此时星槎狂暴的飞行还在继续,半空中的方云修描绘法阵的速度必须非常快,否则,阵法会在半空中溃散!

方云修的动作快如闪电,阵法几乎是在瞬息之间就已经完成,只见他轻呼一声"去",那阵法就已经朝着那摊还在兀自蔓延的污渍罩去。

耳畔传来金玉撞击般铿锵的声音,金印盖住黑渍,仿佛是黑色的大地上燃起了一把火,火舌猎猎,转瞬那些黑色的污迹已经化作一股黑烟,倏忽间被夜风吹散,无影无踪。

"浪费了我一壶好酒,这笔账,我可一定要好好地算一算!"

方云修的足尖轻轻落在甲板上,虽然刚才已经消灭了那不知名的秽物,可他的眉目间却没有一丝轻松。星槎终于停了下来,吴扉急忙从二楼飞奔而下,急不可待地追问:"那个看起来好像是阴影的东西到底是什么?"

"有人借用刚才人面鸟的污迹,设下术法,妄图污染星槎,夺取它的控制权。"方云修眸光冷厉,口气中带着不屑。

"有人?你是说刚才的夜猎者?"吴扉瞬间想到,此事必与那

黑衣人脱不了干系。

"不错。"方云修心中暗叹一声，星槎是难得的飞行法器，而在吴道玄离去后，契约就已经自动解除。如果有人想借着污染星槎趁机夺走它，此时还尚未重新认主的当口正是最好的时机。可惜，现在的吴扉，根本做不到让星槎认主。想到这里，方云修又在心中长叹一声，连揶揄吴扉两句的兴趣都没有了。

而此时，星槎渐渐地，停了下来。放眼望去，却只见一片浓云遮蔽，无论是向上还是向下，居然都看不出任何端倪。甚至，连此时他们是否还在长安半空中，都无从判断了。

"这里……到底是哪里？"吴扉东张西望，开始对今天晚上自己能否平安返回长安感到担忧。

方云修没理会他，自顾自仔细探查着四周。那上下左右重重叠叠的雾霭如同有实质的岩壁一般，饶是他法力高深也无法洞悉其中的乾坤。

用人面鸟的血为引污染星槎，又将星槎引导到这里来，还真是环环相扣。那黑衣人，到底使的什么招数呢？

一种被使诈的怒气升腾而上。什么样的宵小之徒，居然敢觊觎天地法器星槎，真是活得不耐烦了！方云修的嘴角缓缓浮现一抹冷笑。

吴扉极目望去，突然发现在厚重的浓云深处，有一点小小的光芒似在闪烁，她指着那光芒问方云修："那里会不会是出口？"

方云修睨了一眼微光的方向。的确，那里看起来最像出口。只不过……

"你要真朝那个方向去，就真的是中了那夜猎人的诡计了。"方云修似笑非笑。

"呃？"吴扉不明所以。

"如果你是那夜猎人,煞费苦心地污染了星槎,导致它飞行失控来到了你早已经布好的局中,你会如此轻易地放出一个出口,让到手的猎物逃之夭夭吗?"方云修的语气轻松戏谑。

没错,如果那夜猎人如此精心地布下这个局,那么现在看起来最像出口的地方,只怕正是真正的死穴!吴扉瞬间领悟。

"可是……"吴扉正想接着问,却只见方云修夸张地打了个大哈欠,径自走到美人榻边,远远地丢过来一句话:"你好好想想,等你找到出去的方向了,再告诉我。"说着他居然若无其事地躺了下去。

吴扉张口结舌,她怎么可能知道这个什么阵法出阵的方向?从牌匾变成星槎,她一直都是什么都不知道好不好!

她的反驳声还未出口,就只听远远地传来方云修犹带睡意的呢哝:"你可别忘了,这星槎,可是你吴家的,要守住它,原本就是你的责任!"

"责任",这两个字如同巨石,瞬间就将吴扉的心压得沉甸甸的。不错,星槎是属于她,属于吴家的。她绝不能让它就这样落入他人之手!

想到这里,吴扉陷入了思索。既然前方那个光芒闪烁的地方不能去。那刚才他们一头冲过来的方向呢?吴扉回首望去,却只发现那里也早已经被浓厚的黑云遮蔽。

怎么办?真的是一点儿头绪也没有……吴扉不自觉地在甲板上团团转了起来。

未知的空间,不知道什么时候就会坠落的星槎,黑暗中默默等待的猎人,一切都宛如一块块沉重的巨石,压得她要喘不过气来。在高天的冷风中,吴扉的额头却已经不知不觉地渗出了冷汗。

"怎么办?今天不会真的要死在这里了吧?"

　　吴扉不自觉地纠结喃喃。一声凄厉的鸣叫声在她的头顶锵然响起，震得她的身体控制不住地狠狠一抖。

　　几只人面鸟正舒展着黑色的羽翼，在浓云之间飞舞着。在它们冰冷的睥光中，吴扉的喉头控制不住地一阵发紧。几乎是本能的，她转身就要向方云修求救！

　　可她几乎是正正地撞到了方云修结实的肩膀。那个祸害精不知道什么时候，早已经站在了她的身后。

　　"这样就害怕了？今天晚上你能见识到的可不止这些。"方云修打着哈欠，眉眼间戏谑的笑意毫不掩饰，不用说，他又把刚才吴扉的恐慌，当作一场好戏看了个够本。

　　吴扉的恐慌几乎是一瞬间就化作憋屈的怒火，正当她准备让方云修见识见识她的厉害时，头顶的声音，已经从简单的几声鸟鸣，化作更加纷沓的呼啸声！

　　仿佛，刚才方云修的话就是一出大戏开场时那最重要的一声鼓点。此时，一个个妖怪在雾霭之中影影绰绰地现出了它们诡异的身形。一颗颗飘卷着长长青丝的人头、一条条唇边崩裂出长长锋锐利牙的大鱼、一大群不知道是什么动物的骨骼所聚成的骨兽，另有一大堆奇形怪状不知道该如何描述形象的妖怪，乱哄哄地纠缠而过，就好像要去奔赴一场盛宴。

　　吴扉很想说自己不怕，自己一点儿也没被吓到。可是，她的身体比她的头脑更快地做出了反应。她一个箭步就躲到了方云修的身后，缩着脖子，小心翼翼地从他身后探出头来。甚至，惊慌之下，她还一把抓住了方云修的袖子。

　　"人面鸟、飞头蛮、鱼妖、骨兽、魑魅魍魉……看来今天晚上还真是热闹非凡啊。"方云修皱了皱眉。不知道是不是这雾霭之中空气流通不畅，他总觉得自己似乎闻到了些许浑浊的气味。

第一章 声之扉

方云修的不满还没有出口,却只听到吴扉竭力保持镇定的声音从他身后传来:"它们,好像……是冲着我们来的!"

"怎么……"方云修的那个"会"字,被眼前的景象生生地遏在了喉间。因为,刚才那些在雾霭中徘徊回旋的妖怪,此时仿佛都如同找到了目标的野兽,全部朝着这星槎的方向直冲而来!这情形简直就是一次——妖潮!

顾不得多想,方云修急忙驱动星槎!

可是,在这雾霭的迷阵之中,星槎的行动却受到了某种看不见的禁制一般,极为缓慢!而那些疾冲而来的妖怪,转瞬间已经近在咫尺!

方云修玉手一挥,一道桃色结界瞬间将星槎笼罩其中。可那些妖怪仿佛一点儿也不曾发现结界的存在一般,继续疯狂地冲击而来,一声声沉重的撞击声在空中迸响。

"怎么会这样……它们为什么非要冲击星槎?"吴扉惊魂甫定,寸步不敢离开方云修。

"松开我的袖子!"方云修的声音中,满满的都是压抑的怒气,"两个大男人,拉拉扯扯像什么话!"

吴扉低头,这才发现,自己的手里居然还紧紧地拽着方云修的半片衣袖。而且这半片衣袖已经被撕裂。

吴扉猛地回过神来。刚才,方云修驱动星槎,打开结界的时候。她居然都不曾松开手!也就是说,方云修若是因此未能顺利完成术法,那她就真的是……罪该万死了!

吴扉赶紧松开手,结结巴巴地道歉:"对不起,刚才我太害怕了……我……我……"但很快就说不下去了,因为,她对上了方云修的目光。那种冰冷、鄙夷、审视的目光!他瞧不起她,他觉得她是个贪生怕死的胆小鬼!不光是胆小,还是差点儿把能救命恩人也

一起拖入深渊的蠢货!

方云修没再说什么,只是一面维持结界,一面四下张望探查。过了片刻,他的眉头骤然一紧!

"浑蛋!想不到夜猎者还真是煞费苦心。"

方云修的眸光越发暗沉了起来:"除了污染星槎之外,居然还暗中在星槎上留下了生魂的气息。生魂并非秽物,就算是我及时加以净化,这股气息也依然会残留在星槎上。而一旦我们被引入这个迷阵之中,空气流通不畅,这些以吞食生魂为生的妖兽就会集结起来,冲击星槎!甚至……能让妖兽们如此疯狂,也许这空间中早已经弥漫着我们难以觉察可对妖兽却十分有效的迷心之物……"

"生魂……秽物……迷心之物……"这些听不懂的词语一股脑地灌入了吴扉的头脑里,她竭力梳理着自己早已经纠结成一团乱麻的思绪。

"也就是说……那个夜猎者的出现,绝非偶然,而是处心积虑有备而来?"吴扉结结巴巴地应声,她的思路逐渐清晰起来。

不知道为什么,当方云修的声音再度响起时,吴扉心中小小地松了一口气。虽然她一直觉得他是个祸害精,可是刚才他注视着她的冰冷眼神,还是让她不由自主地惭愧。她甚至担心,他会不会从此再也不肯理睬她。

"他未必是对星槎处心积虑,而是……"方云修的声音再度响起,他昂着头,修长的脖颈在夜风中如同仙鹤一般秀挺,"他对所有灵秀之物都有不轨之心,无论是妖兽,还是灵宝,甚至修者……"

"你是说,我们也会成为他的目标?"吴扉紧张地脱口而出,她不敢再去拉方云修的衣袖,而是下意识地将手紧紧地蜷成了一团。这下可怎么办好?

明明是满溢着紧张的气氛,可是看到那张紧张兮兮的小脸,方云修却陡然感觉到了一种意料之外的可爱气息。原本紧绷的嘴角,此时也不自觉地溢上一抹笑意。

在他的笑颜渗透下,竟是连周边紧张肃杀的空气都为之一松:"放心,你这样的普通人类,不会成为他的目标。"

"啊?"吴扉听到这话,面皮不由得一僵。她不知道应该为自己不会成为目标庆幸,还是该为自己不过是无足轻重的"普通人类"洒一把泪。

斜睨着她复杂的神情,方云修轻声笑语:"只不过,这个世界上还有个词,叫作'池鱼之灾'。"

吴扉僵硬的面皮毫不意外地再次崩裂。刚才我居然还会因为自己胆小拖累了他而觉得惭愧,这种情绪完全就是没必要嘛!

"砰砰砰!"

妖兽们一拨拨地朝着结界冲击而来,而方云修的结界却十分坚固,连半分裂痕也没有。正当吴扉的心情稍稍放松了几息的当口,只见头顶上骤然迸射出暗金色的雷光,刚才还凝固不动的雾霭仿佛骤然被一双看不见的大手剧烈翻搅了起来!浓云裹挟着金色的雷光,朝着那股席卷而来的妖潮直击而下!

"啊!"吴扉惊喜地欢呼。这样那些纠缠不去的妖兽就会被雷打得七零八落灰飞烟灭吧!

正如她所料,在下一息她就看到一记暴雷打中了一片妖兽,它们的身体几乎是在瞬间支离破碎。只见一枚枚妖丹在那雷光之中仿若萤火般冉冉升起。可这道威力巨大的惊雷,在将那一大群妖兽彻底撕碎之后,并未有半分减弱之势,而是继续急袭而下。

吴扉从来不知道,雷光可以如此夺目耀眼,都快让人失去了心神。她更不知道,在这一下重击之后,自己……是否还存在着!她

只知道,在一阵剧烈的震颤中,她再也无法控制身体的平衡,无可抵挡地向后倒去。在最后的意识里,有一只手轻柔地掩住了她的双眸,在她耳边低语:"不要看……"

那只手覆盖在眼眸上的触感,温柔至极,隐隐散发着一股甜美的桃花香气……

方云修将吴扉安置在了那张他之前躺过的美人榻上,他定定地注视眼前昏睡的吴扉。一直以来,他都以为这少年身形纤细瘦弱不同于一般男人,还觉得"他"有点儿娇气,可直到刚才,他才突然发现自己居然犯了一个大错!吴扉,居然是个少女!

方云修几乎要笑出来了,他自以为智计无双算无遗漏,想不到居然连近在咫尺,这么大个破绽他竟也不曾发觉!这吴扉到底是为了什么要扮作少年郎呢?这个问题不用问,答案便昭然若揭。在长安东市这么一个鱼龙混杂的地方讨生活,扮作男儿身,怎么也比少女模样要少许多麻烦。尤其,原本十五六岁的年龄,正是男女莫辨的年纪。

吴道玄,想不到,你的继任者,居然会是一个少女。一个在市井间长大,油滑狡黠的少女。这样的一个扉,会给长安,会给这天下带来什么样的命运呢?方云修无从想象,但冥冥之中似乎又觉得充满了期待。

吴扉是被一阵毫不留情的摇撼给推醒的。她睁开双眼,正对上方云修那张隐隐带着几分焦急的绝美脸庞。只是,那一抹焦急之色在她定神的一瞬间就消失得无影无踪。

透过方云修的肩膀,吴扉看到了和煦的阳光,嫩绿的杨柳,感觉到了轻柔的风在自己的脸庞上徐徐拂过。一切都是如此舒适。她动了动自己的手指,却赫然发现,自己居然躺在美人榻上!而方云

修,则是居高临下负手而立,从容地凝视着她。

"我……怎么会……"被这样妖孽长相的祸害精看着,吴扉突然有点儿结巴起来,这感觉实在是……太诡异了!

吴扉再也躺不下去了,一骨碌跳了起来:"那些妖兽……雷……还有结界……"其实她脑子里还乱得像一锅粥,可要是不赶紧说点儿什么来打破这诡异气氛的话,她真的有点儿顶不住啊!谁能告诉她,那个毒舌祸害精居然能这么安静地凝望着她!他该不会,又在憋什么坏招吧?必须警惕!

"妖兽群都被雷击毙了,我的结界在与雷劫对抗中与雷劫一起崩溃。所以我们和星槎都不曾受伤。至于你则是在那一击中被巨大的灵力波动震荡心神昏了过去,我给你喂了两口酒你也就醒过来了。"方云修一见吴扉醒来,似乎再也懒得多分一份关注给她。说话间,他已经一挥衣袖,那迎风招展的雪色衣摆,仿佛在昭示着,这世上的一切俗事都如同尘螨一般,不该染上他绝俗的衣襟。

吴扉听他说无事,不禁暗暗松了一口气。后知后觉回过神来,这就是所谓的"池鱼之灾"?

她环顾着四周,发现星槎早已经降落下来,此时正如同一艘普通的楼船一般,停泊在河道之中。河岸边杨柳依依,桃色的花朵绽开,此情此景,倒真的有几分烟雨江南的韵致。

"这里是……哪里?我怎么从未在长安看到过如此美景?"吴扉不禁喃喃称奇。

"我有说过,这里是长安吗?"方云修头也不回,却是不满地轻哼,就差没赏她"愚钝"的断言了。

"呃?"吴扉想反驳,可是此时的她,还有点儿忽忽悠悠的,战斗力不足。

"这里,依然在迷阵之中。"

"什么?"

"那些妖兽都被雷火消灭之后,迷阵就自动发生了变化,将我们和星槎一起传送到了这里。"方云修环顾着四周,那从容顾盼的姿态,一点儿不像是被困在了迷阵之中。

"这里,这么真实……真的是在迷阵之中?"吴扉永远也学不会他这种超然物外的风度,即使方云修言之凿凿,她还是觉得不敢相信。

"证据就是,星槎到现在还能好好地立在我们眼前。而星槎的特点就是,一旦被真实的阳光照到,就会立刻恢复原样。这也就是说,我们眼前的这个世界,不过是一个迷阵幻境,就连我们所看到的阳光,也是假的。"

吴扉再次震惊了!

"好了,别再待着了,我们下去看个究竟。"方云修皱眉,催促吴扉。

"下船,安全吗?"吴扉的警惕性很高,她一个普通人,小命儿要紧!在性命之忧面前,好奇心简直不值一提。

方云修冷笑:"待在我身边,就很安全。难不成你觉得刚才护了你周全的,是星槎,而不是我?"

不要脸!这个人的厚颜无耻简直是吴扉生平仅见!吴扉几乎气得要跳起来反击,可是那根名为理智的弦成功地阻止了她!

不过一息工夫,她就已经成功酝酿出一个诚意十足的笑容:"我真的是太糊涂了,老板你教训的是!我这就跟着老板下船。"

油嘴滑舌,见风使舵,方云修轻轻哼一声,头也不回地走

下了星槎。

吴扉随着他的步伐亦步亦趋走下星槎，可是又有点儿不放心地回望："真的就这样把星槎丢在这里不管吗？"

方云修的脚步微微一顿，的确，把星槎丢在这里的确不太安全。更何况星槎还未重新认主。可是，他有一种直觉，那个夜猎者所图的只怕并不是星槎本身，而是星槎的灵源。毕竟，这么大的一个星槎能在天上飞行，任谁都会以为它拥有顶级的灵源。却不知道其实星槎的灵源极稀薄。若是他知道自己煞费苦心大费周章得到的，不过是一个虚有其表的猎物，会不会气得七窍生烟呢？

不过，这些他都没有对吴扉解释，面对吴扉的担心，方云修只是淡淡道："星槎若有危险，我自会感应到的。"

吴扉闻言，这才放下心来。

即使，这个人美貌近妖，雄雌莫辨。即使，这个人言辞中多有隐瞒，从未对她袒露过全部的真相。她也还是记得，那雷光灭顶而来的瞬间，他覆盖在她眼眸上的手指，是何等温暖……现在，还是先想想到底该怎么办吧。

照理说，那夜猎者煞费苦心地把他们引入这迷阵之中，此时正该在这里好整以暇地等着他们入局才对啊？怎么到现在都不曾露出半个身影呢？

吴扉正在迷惑，却听到一个娇怯的声音响起："不知道，两位从何处而来？"

吴扉和方云修望去，只见一个韶华无双的少女，正从绿柳飞花间冉冉而来。那举手投足间不经意流露的风情，一时间竟让人忘记了呼吸！

吴扉还在目瞪口呆，方云修却早已经从容施礼道："在下方云

修,自长安而来。"说着指一指吴扉,"她是我的侍从。"明明那少女是突然出现,可是方云修却礼数周全,举手投足之间自有一股让人心生好感的清贵风度。

少女见他施礼,也是盈盈躬身还礼,她低垂的脖颈如同夏日初绽的白莲,有一种说不出的绰约妩媚。她的声音如同珍珠落入玉盘,比刚才初听时更加动人心魄:"妾身陈宁远,见过二位远客。"

远客?方云修心思一转,口中却道:"亦不算太远吧?"

陈宁远温言浅笑:"方公子,你游历天下也许不以为远,以小女子而言,从长安到扬州,已经如同迢迢天路了。"

扬州?她说这里是扬州?不错,这里绿柳琼花小桥流水,正是一幅烟雨江南的绝美画卷。原来这迷阵幻境模拟的是扬州?只是幻境通常的意义是为了困住境中人,所以时常会幻化出那人心中执念最深的景色。是以很多时候一群人进入同一个幻境,却会看到迥然不同的景色,经历不一样的凶险。而这个却与众不同,很显然,所有人眼中的风物是一样的。

方云修心念急转,正要开口,却见两个不知道从哪儿冒出来的侍女,对着陈宁远急急施礼道:"夫人,您怎么一个人跑出来了,让婢子们好找。"

陈宁远不以为意地笑笑:"我在楼上远远看到这艘楼船,觉得实在是漂亮,就过来看看。"

说着,陈宁远道:"不知道二位可否请我上船一观?"其实她身为贵女,这样贸然开口要上陌生人的楼船游览,原本是件极为失礼的事情,可面对她如花的笑颜和从容自若的风度,又有谁能说出拒绝的话?

方云修转身为陈宁远引路,还虚虚搀扶住她的纤纤玉手:"请。"

陈宁远身后那两个侍女却急了:"夫人不可,若是陛……主人回来了,看到你这样,会不高兴的。"

陛?是陛下吗?呵呵,难不成还有人在这幻境之中,做起了当皇帝的黄粱大梦?方云修斜睨着那两个分明是符纸化作的傀儡人形侍女,嘴角泛起一丝冷笑。不过,眼前的陈宁远却是吐气如兰,的确是一派真人才有的韵致风情。

陈宁远浑不在意地一笑:"我日日憋闷着也是无聊,出来走走散散心也是好的,他不会怪我的。若是他迁怒,我帮你们说情便是了。"

说话间,她已经丢下那两个依然惴惴不安的侍女,径自走在了前头。原本是为她引路的方云修却被她抛在了身后。

"哇!这桅杆真的很粗壮,我都要合抱不过来了。"

"我可以到上面一层看看吗?"

"这里是乐工们平时演奏的地方吧?这个舞台表演百戏也是正好呢。"

陈宁远在楼船上下游走,如同是小孩子发现了新的玩具一般,样样都觉得新鲜,样样她都想摸一摸试一试。望着这样的她,方云修原本全心戒备的神情也在不知不觉中缓了下来。她就是长久以来一直被困在这个幻境中的人吧?错不了,就算这个幻境再真实再广阔,有一点却是无法改变的。那就是幻境中的东西,永远只有那么多。因为越大的幻境维持它所需要的灵力就越多。所以,没有人会在幻境中随意增加任何一件东西。而她,显而易见已经对每日一成不变的景色厌倦了,所以才会对这艘稀松平常的楼船,表现出如此旺盛的好奇心。

"我可以去舵舱看看吗?"在走遍了楼船上上下下,甚至连藏酒的酒窖都探查了一番后,陈宁远又提出了一个要求。

方云修微微一怔,随即点头:"当然可以。"明明有着世所罕见的艳丽眉眼,可他的笑容却如同多年相交的老友一般,不带一丝客套的热络。

陈宁远对上他的笑容,只觉得说不出的舒展熨帖。原本的不安和紧张渐渐消弭于无形。

虽然楼船辉煌绚丽,可是舵舱并无多少出奇之处,抚摸着长长的舵杆,陈宁远的眸光,突然沉了下去。这一瞬间,她身上那些属于少女的天真烂漫如潮水般退去,那些属于成熟妇人的沉静却弥漫上了脸颊。

"是不是……只要有水的地方,它都可以去?无拘无束,天地任它遨游。"陈宁远的嗓音中,带着低低的感喟。

方云修心中不觉一动,难道她也知道自己是被困在单调乏味的幻境之中吗?

"话虽是这样说,可我们不过是生意人,来来往往不过是逐利而已,又哪里敢奢谈什么逍遥自在无拘无束?"方云修说着,自嘲一笑,眸光中却有一抹关切和了然。不经意化作柔和的一泓春水,顿时让人亲近起来。

接触到他的眸光,陈宁远只觉得心中一动。她幽居在这行宫之中已经不知道多久了。每日所见就是日升月落,一切从不会有半分变化。虽然,他也时常来陪伴自己,可是心里总有个模糊的声音在提醒着她这里并不正常。她想要走出去看看,不要一直困在这里,只要能走出这个地方,一切晦暗不明的谜题也就都有了答案。

可是,她走不出去。且不说她身边总是寸步不离地跟着那两个侍女。就算是在过往的时光中,她又何尝自由过?虽然,她也曾是一国公主,虽然,现在的她也是高高在上的嫔妃。可是,那又如何,从来天作弄,半点儿不由人……

"宁远,怎么我一会儿就找不到你了?"一个熟悉的声音传来。明明是极温柔的语声,却隐隐带着一股不容置疑的霸气。

方云修和吴扉顿时都神情一紧,这声音,正是夜猎人的。只不过,比起之前倨傲地降临在星槎之上时,他此时的声音却是满溢着温柔,带着一股不自知的宠溺。

听到他的声音,陈宁远的神情在瞬息之间就变了。既不是一开始天真未凿的少女情态,也不是在舵舱里多愁善感的怨妇模样,而是彻底变成了宫廷贵妇般冷淡又温婉的模样。

"我看到河边出现了艘从未见过的楼船,就忍不住过来看看。你……不会怪我吧?"她微微笑着,神态中有一股拿捏得恰到好处的温柔与妩媚。如同一个精雕细琢的面具,却再也找不到半分真实的痕迹。

从舵舱口一阵风席卷而入的,正是那个夜猎者。现在的他一身锦衣华服,衬得他丰神俊朗,自有一股上位者不怒自威的气势。

他的眸光迅速地在方云修和吴扉面上扫过,随即落到了陈宁远身上。他快步走过来,拉住她的手:"你不知道我回来的时候没看到你,心里有多担心。还好你无事。"

陈宁远脸上精致完美的笑容僵了一僵,试图将手从他的手心里抽出来,却未能如愿,只得用袖子掩住嘴角轻声嗔道:"我不是好好的吗?你不要总是过分紧张。"

被她如此巧笑嗔怪,男子面色一柔,唇边不自觉泛起笑意,随即松开手,与她并肩立在了一处。

"二位来者是客,既然我的爱妻已经到你们的楼船上游览了一通,我也不请自来,少不得也请两位去我的下处做客。如此才算得上是礼尚往来啊。"

男子口中虽然说的是邀请的话,可整个人散发出的威压气势却

不容反驳。吴扉紧张地望了一眼方云修。而方云修却注意到，陈宁远也将不安的视线投向了男子。她在担心着什么？

仿佛所有的端倪都不曾觉察一般，方云修浑不在意地点点头："在下方云修，初来贵地正是人生地不熟，有阁下这样的贵人邀请，怎可不去？"

男子微微一笑："本座姓杨，你们叫我杨公子即可。"说着，他已经牵着陈宁远的手出舱，朝船下而去。

一行四人在两名侍女的引导下朝一栋巍峨的府邸走去。进得府邸中，只见琼花处处，绿柳依依。他们二人把臂而行，分花拂柳，远远望去如同一对璧人，让人赏心悦目。

"日前下了雨，这石上添了些苔痕，你小心一些……"男子声音温厚，带着浓浓的关切。

"我哪里就那么娇贵了呢，每次你都是什么事情都不放心……"话音未落，就只见陈宁远脚底一滑，那杨公子早已经眼疾手快，将她稳稳拥入怀中。

"啊……"陈宁远伏在他怀中，脸上顿时一阵红白交错，狠狠喘息了好一会儿才将呼吸恢复平静，低头嗔道，"你还要这样抱着我多久？客人都看着呢……"

那杨公子却是满足一笑："他们……想必不会多言的。"

"你！"陈宁远一把推开他，跺了跺脚，径自走在了前面，只留下杨公子还在那儿痴痴望着她远去的窈窕背影。

"他们真是……鹣鲽情浓……"吴扉虽然年纪还小，可是看到这副情状也忍不住喃喃。

方云修却轻哼一声："你真的如此看？"

吴扉点点头。

然后，她对上的，却是方云修故作高深的笑容："如果你会这

样想,我只能说,你真的是一个彻头彻尾的——小孩子!"

小孩子吴扉立刻没好气地瞪了回去:"我就是个小孩子怎么了?你这个阅人无数的花花公子!"在吴扉的眼中,一个人若是有了方云修这么一副好皮囊,自然是肆意风流到了极点。

骤然被吴扉扣上了"花花公子"这么一顶大帽子的方云修不怒反笑,迤迤然走在了前面,远远地还传来他意犹未尽的嘲讽:"你懂什么……哼……"

穿过花团锦簇的花园,走过金碧辉煌的回廊,进入了华美壮丽的殿阁之内,吴扉的眼睛越瞪越大。在她过去十六年的人生中,还从未见识过如此华美奢靡的景象。这眼前的繁华富丽,让她只觉得应接不暇,几乎都要喘不过气来了。

可没过多久,吴扉就从这些锦绣繁华之后,感觉到了某种说不出的寂寥和空虚。这里虽然奢靡壮丽,却根本没有几个侍女杂役穿行侍奉。不仅仅是人少的缘故,那股挥之不去的寂寥仿佛是一层极薄又极韧的轻纱,密密匝匝地笼罩在了这片屋宇之上,笼罩住了这里的一草一木,一花一叶,甚至,每个人的……眼角眉梢。

到底……是什么地方不对呢?吴扉暗自思索着。下一瞬,她的思路就被一件事情彻底冲散了。

那位杨公子在吩咐侍女,设宴款待他们!

"设宴款待"!吴扉从听到这四个字的第一秒才发现自己的肚子好像已经有点儿饿了,口水控制不住地涌了上来。

听到她喉头清晰的咽口水声,方云修的嘴角也抽了一抽。

"风度啊风度!吴家好歹也算是书香世家,怎么到了吴扉你这里,就一点儿书香底蕴都没留下?光剩下你这些油嘴滑舌馋嘴好吃的习性了呢?"方云修斜睨她,很想告诉她什么叫风度。

"你要是饿过肚子,就知道能吃饱是一件多么幸福的事情

了！"吴扉高高抬起下巴，满不在乎地与他对视，谁不让我吃饱，我就跟谁没完！"

"吃饱吗？你知不知道，这幻境中的食物……"方云修的话，被一阵突如其来的雨声打断。刚才还是晴空万里，怎么这么一会儿就下起雨来了呢？照理说，幻境中的天气是由操纵者随心控制的，看那杨公子现在如此高兴的样子，怎么也不像是会突然下一场雨的架势啊。

雨声之后，雷声也骤然响起！

从雨声响起时，杨公子的脸色就骤然一变。此时听到雷声，他再也坐不住，一个纵身就跃起朝门外冲去。饶是如此，他也不忘叮嘱陈宁远一声："爱妃，我去去就来，你无须担心。"那声音里，极尽温柔缱绻。说着，他一头冲入了迷蒙的雨雾中，转瞬不见了踪影。

主人走了，这场欢宴也只好暂时中止。

方云修款步行到窗边，用手接住那丝丝坠落的雨滴，感受着手心里荡漾开来的沁凉气息，他唇边缓缓泛起笑意："这雨……不简单啊。怪不得他会这么焦急。"

吴扉靠近他，压低了声音问："哪里不对劲么？"

她也感觉到不对了吗？方云修正要感叹一句"孺子可教"，却只听吴扉接着道："你刚才不是说幻境中的食物有问题吗？到底是怎么回事？"

到这种时候居然还惦记着吃！果然，对她的头脑就不应该抱有任何期待！

方云修没好气地压低了声音："既然这里是个幻境，那么幻境中的食物，是石头是沙粒那就不好说了哦！你爱吃尽管吃！"

"啊？我还想难得能吃顿好的呢……"吴扉痛心疾首，下意识

地摸了摸自己瘪瘪的肚皮。今天晚上发生的事情实在是太令人目不暇接了,她晚饭喝的那两口粥早就顶不住了。

"比起吃,你现在最应该关心的,难道不是你的小命吗?"方云修非常"好心"地提醒。

"啊?有什么危险吗?"吴扉跳了起来,忙不迭地东张西望。

"你还记得我们之前所经历的那个雾霭迷阵吗?那个阵法就是用来保护我们现在所处的幻境的。若是那里受到了冲击,雾霭便会化作雨滴,而我们现在听到的所谓雷声,不过是有人冲击迷阵所发出的巨大震动声罢了。"方云修说着,眼角眉梢已经有了一股在吴扉看来相当不怀好意的笑容。

"那……我们要不要做点儿什么?或者,快回星槎上去?要不要把陈姑娘也带上?"吴扉听到方云修这番解释,不禁心中一惊,说到最后还没忘了陈宁远。

方云修不自觉地多看了吴扉一眼,这家伙也并非一无是处,就如同那夜缚灵作祟的一夜,她将他拉入黑方斋一般,她此时明知有危险,却提议带上陈宁远,都是一份难得的善意。

"不需要啦……你放心。"方云修的声音不自觉地柔和了几分,浑不在意地摆摆手,"那杨公子与入侵者一番恶斗,无论胜败自然都会元气大伤,那时候我们再从长计议也不迟。"

鹬蚌相争,渔翁得利。吴扉的心中默默地闪现出这句俗语。然后对面前花样百出的方老板的鄙视更上了一层楼。

明明已经准确地接收到了他眸光中全部的揶揄,方云修却依然是笑得光风霁月,没有丝毫心虚。

这个人,不光是长得美,脸皮的厚度也是……所向无敌。

吴扉的腹诽还在继续,却只听得半空中的雷声越来越密集,显然,在那迷阵中的战斗定然是十分激烈。

"来了。"随着方云修一声轻快的提示,原本乌云密布的天空仿佛骤然被撕开了一条口子,一个白色的身影一跃而入,紧接着杨公子黑色华服的身影出现。显然,这二人恶斗过了一轮,都有几分疲惫。

只不过,比起杨公子那控制不住的喘息声,那白衣青年更加游刃有余些。不过数息调整就已然淡定自若,不见半分狼狈之色。

"玉沫寒,你究竟要干什么?"杨公子虽然隐隐有了内伤,气势却是丝毫不落。

玉沫寒神思微微一恍,半晌才道:"我要你把定魂珊瑚玦还给我。"

杨公子顿时脸色大变,咬着牙冷笑:"你若是真想要,就自己来拿啊。"说罢,掌心再度聚拢起了金色的雷光,朝着那玉沫寒当头劈下!原来他刚才喘息不止的模样不过是故作虚态,实则是暗暗蓄起体内的雷光之力,酝酿一次骤然暴击!

玉沫寒见他的雷光袭来,身形急速后退,掌间亦施出月色华光。这华光看似如水,毫无侵略之势,却如同一张不动声色的纱幔,将那急袭而来的锋锐雷芒彻底包裹在其中。不一会儿,那原本势不可当的雷光就已经偃旗息鼓,再没有半分声势了。

眼见自己的攻势被玉沫寒顷刻吞没,杨公子的脸色越来越难看。玉沫寒却是好整以暇地望着他,迤迤然负手而立。他与杨公子一样有着让人移不开目光的俊美容颜,只是比起杨公子那赫赫生威的气势,他却是带了一股世外高人的从容与淡然。

在二人对战的瞬间,吴扉下意识地就想逃,可是在对上方云修那明明白白的戏谑目光后,她胸中有一股自尊被激了起来!又想看她的笑话?她就非不让他称心如意!

在反复的深呼吸吞口水定住心神后,她也稳稳地站在了原地,

没有再四处躲藏了。不知道是不是错觉,吴扉觉得,方云修的唇角,似乎掠过一丝笑意。

"这个玉沫寒,比那个杨公子厉害。"吴扉昂起头,朗声道。尾音里其实还带着几丝不安,可是她就是想证明给方云修看看,她真的没那么胆小,她也可以如同他一般镇定自若。

"想不到你还有几分眼光。不错,杨公子连连猛攻却都让玉沫寒轻松化解,而且从他突入到这个幻境空间到现在,杨公子的作战方式都是在守。如果照他所说,玉沫寒是为了得到定魂珊瑚玦而来,他就该全力以赴,把那杨公子打得气绝,夺走宝物才对。何必这样大费周章呢?"方云修显然丝毫不觉得别人在对战的时候,自己在旁边这样指手画脚有何不妥。

吴扉这下更加疑惑:"那他这样兜兜转转的,又是为了什么啊?"

方云修却没再回答他,只是笑而不语。

他们都没有注意到,在他们的身后,陈宁远望着半空中正在激烈战斗的二人,手指紧紧地捏住了腰间的一个饰物。

不消片刻,半空中的激斗胜负已分。杨公子重重跌落在地,丝丝鲜血从他试图遮掩的口鼻中渗出。他败了,而且是——惨败!

照理说,玉沫寒大获全胜,正该志得意满。可面对惨败吐血的杨公子,他却是眸光一暗,竟似想要过去搀扶他,但终究还是硬生生顿住了脚步。

"你这样过度使用灵力,迟早会被反噬!到时候毁了你自己的道行,身死陨落的时候就追悔莫及!"玉沫寒望着杨公子,口气中没有半分得胜的欣喜,反而有一种挥之不去的沉重。

　　杨公子嗤笑一声:"玉沫寒,你煞费苦心破我结界,毁我迷阵,撕我幻境,就是为了跟我说这些?告诉你,你想要定魂珊瑚玦,除非……我死!"他的话,说到最后两个字的时候,如同是从齿缝间硬生生挤出来一般,带着刻骨的怨毒!

　　"你……"玉沫寒微微一怔,他知道他固执,却没想到他居然执念至此。

　　"既然你不肯交出来……那我只好,用搜魂之术了。"玉沫寒说着,朝着杨公子缓步逼近。每向前迈一步,所释放的威压就更加厚重一分。

　　搜魂之术乃诡术,就算是最顶尖的术者,也不能保证在施展的时候一点儿不影响被搜者的神魂,更遑论,这术法原本就是在逼供之时为了挖出对手的秘密所使用的阴毒术法。

　　"哈哈哈哈……玉沫寒啊玉沫寒,你一向自诩天地正道,如今为了一块定魂珊瑚玦,也要行这阴毒诡诈之术了吗?亏你还日日劝我迷途知返,原来不过都是你的虚伪假面而已!"杨公子此时跌坐在地,再也支撑不起身躯,气势却是半分不落,对着步步紧逼而来的玉沫寒,依然放声长笑,并无半分焦虑。

　　玉沫寒听到他的嘲讽,脚步不停:"我本不想如此,奈何……"说着,他走到杨公子身前,扬起手掌,掌心流出月色光华,当那光华罩住杨公子的天灵盖,搜魂之术就正式开始!

　　突然,一个粉色衣衫的娇美身影骤然出现,正是陈宁远。只见她手心里托着一个血红色物什,高声叫道:"玉仙长,这就是你要的定魂珊瑚玦,求你放过杨公子!"

　　"宁远,你在干什么?给我退下!"杨公子顿时脸色大变,一把将陈宁远推开,"这里不是你该来的地方,快走!"他的口气虽

狠厉，下手却极轻微，唯恐伤到了陈宁远分毫。而那一推之力，不过是将陈宁远推开了半尺而已。

陈宁远却不依顺，执拗地摇着头，将掌心那块血红色珊瑚往玉沫寒面前递了过去。

玉沫寒见陈宁远挺身而出，不觉微微一怔。他望向陈宁远的目光微微起了变化："你知道你在做什么吗？"

陈宁远点点头，她一只手托着定魂珊瑚玦，另一只手却控制不住颤抖："我知道。"

玉沫寒望着陈宁远的目光中，不觉又多了一层深意："你……真的都想好了？"

陈宁远还没有答话，杨公子便硬生生截住了她的话："沫寒，你要我做什么都可以，绝不要收走宁远的定魂珊瑚玦！没有了它……她……"

"我就会魂飞魄散，世间将再无陈宁远。"陈宁远说着，口气淡定从容。仿佛此时说出口的，正是她期待已久的最好的结局。

杨公子倏地跳起，紧紧抱住她，眼神里是述说不尽的怜惜："不！这不关你的事，你不需要为了我，做到这种程度！"

陈宁远却微微一笑，这笑容与杨公子之前曾见识过的笑容完全不同。这笑容极冷，极淡，甚至带着毫不掩饰的轻蔑。仿佛，此刻在她耳畔响起来的，不是爱人怜惜的呵护，而是一个荒谬的笑话一般。

杨公子并没有感觉到怀中人有半分挣扎，可是那种姿态与其说是依偎，更像是一种连挣扎都懒得做的厌倦。他盯着她，直直望入她的双眸，却发现自己似乎从来就没有真正认识过这个女人。此时的陈宁远，仿佛彻底卸下了那副温柔婉转的面具，就这么冷冷地望

着他，仿佛已经将自己全身上下都化身为冰，就算是被他就这样抱在怀中，也感觉不到一丝暖意。

"你说为了你？哈哈哈……我从来没有听过这么好笑的笑话。用定魂珊瑚珙把我的灵魂困在这里的，不是你吗？"陈宁远浅浅笑着，眼眸里却凝结着一层寒冰。

杨公子的手不自觉地松开了。他自以为一直毫无破绽的秘密，原来……早已被她发现。

陈宁远对上他震惊的双眸："你认为我是有多傻？就算是刚被你复活灵魂的时候，我看到这熟悉的景物会以为一切都是真的，可是一日一日，我不变的容颜，那些形同木偶一样只会应答的侍女，还有日日盛开不败的琼花……这些都会露出破绽。真实的世界不是这样的。"

一时间，所有的人都沉默了。无论多么精密的幻境，都无法彻底模拟真实。那些看起来细微的破绽，终究有一天，会变成唤醒灵魂的钟磬！让她苏醒。

"我的殿下，为什么你要这么执着呢？你的大隋盛势已去，你就算是侥幸逃生，为什么不遁入山林休养生息，却非要再度将我唤醒，陪你一起做这个游幸扬州乐不思蜀的逍遥大梦？"陈宁远的声音极轻极淡，带着毫不留情的嘲讽。

杨公子死死地盯着她，简直不敢相信自己的耳朵。

玉沫寒并没有接过陈宁远手中的定魂珊瑚珙，也没有趁机给杨公子致命一击。他只是静静地望着这一幕，仿佛在看一场好戏。

"难道，做我的后妃，在扬州行宫里逍遥行乐的日子，不是你最开心最快乐的日子吗？"杨公子不顾陈宁远脸上的厌恶之色，再度抓住了她的手。

听到这儿，陈宁远吃惊地盯着他："殿下，你当真觉得那段日

子的我是最快乐的吗？不错，那段时间我是被你册封为宣华夫人。你对我也的确有一时之宠。我们乘坐龙船游历江南，一路上各地官员纷纷敬献美食珍肴，真是花团锦簇，万民匍匐。"

杨公子急忙点头："难道这样的富贵荣宠，还不够你开心快乐吗？"

陈宁远盯着杨公子，从她面庞上流泻而过的，是一种难以名状的苍凉又默然的情愫，她的唇边泛起一抹复杂的笑意，摇着头："你以为我跟后宫那些无知女子一般，只要荣宠、赏赐就会彻底昏了头吗？我本是陈朝宁远公主，我曾亲眼目睹一个朝代如何覆灭，而我又如何从一位众星捧月的前朝公主，变成了大隋后宫里一名小小宫女。所以我知道，什么叫水能覆舟。我更知道，滥用民力会是什么样的结果。那时别人眼中的大隋虽是鲜花着锦、烈火烹油，我心中却清楚，大势已去……你竟说那段时间是我最开心最快乐的日子，真真是……太可笑了！"

杨公子，或许此时应该称他为隋炀帝杨广，目瞪口呆地望着这个突然变得陌生的少女，一时间居然说不出半个字来。

而陈宁远则面色沉静，将手中的定魂珊瑚玦缓缓托起："这位仙长，这定魂珊瑚玦你收去吧。只求你放过杨公子！"

玉沫寒望了一眼神色颓然的杨广，眸光中虽有一丝不忍，却到底还是伸出手去接陈宁远递过来的定魂珊瑚玦。

"我……有一个问题想问你。"此时的杨广，少了几分夜猎者的潇洒气势，整个人都有几分恍惚。

陈宁远神色不变："你请问。"

杨广踌躇了一下，显然对于他来说，他既期盼这个问题的答案，又害怕自己会被那个答案彻底击垮。但最后，想得到答案的欲望压倒了其他一切杂念，他不得不开口："我想知道，对你来

说，不快乐的原因是那时候大隋已经岌岌可危，还是，你不曾全心爱过我？"

归根到底，只有爱一个人，才会被他对自己的态度左右心神。

陈宁远望着面前的杨广，唇边慢慢慢慢地浮现起了他最喜欢的那种笑容，他的心，不自觉放松起来。而她接下来的话语，却让他如坠冰窖。

"殿下自少年时就以容颜俊美天资聪颖又兼为皇天贵胄闻名天下，不知道多少名门闺秀趋之若鹜。独孤皇后对殿下您的喜爱远超太子。及至后来殿下登基，更不知道有多少姿容绝色的女子为你痴狂。既然……殿下的身边从来就不缺少解语花忘忧草，又何必在乎我一个小小的陈宁远呢？"

"不！不是这样的！那些……那些都不是你！"杨广的声音中，带着些绝望的祈求。他在害怕，害怕那个即将被陈宁远说出口的答案！

而陈宁远，盯着面前拉着自己的手，仿佛溺水之时紧抓最后一根浮木模样的杨广，徐徐地，清晰地，不容置疑地说："杨广殿下，我陈宁远，从来就不曾，爱过你。"

她的话锋利无比，仿佛空气中一把看不见的冰刃，不动声色地刺入了杨广的胸膛。即使在与玉沫寒对决的时候，他都不曾低落半分的气势，此时却在陈宁远平静得近乎冷漠的话语中，一点点溃散了下去。

他以为，自己将她从永眠之中唤醒，是为了她好。她却轻易地将定魂珊瑚玦交给玉沫寒。

他以为扬州行乐是她一生中最风光欢乐的日子，所以在幻境中为她重现那时的奢靡繁华，她却说，她只看到了大厦将倾、好梦将碎的颓势。

他以为自己全心全意陪伴在她身边就是最大的呵护与宠溺,她却一字一字告诉他:"我陈宁远,从来就不曾,爱过你!"

他营营役役,精心布局,费心筹谋,一切的一切,都如同幻梦一般,在这句话的冲刷下,如此苍白,如此无力,甚至找不到一丝存在的意义。

一阵轰鸣声,由远及近,徐徐传来。吴扉不觉一惊,急忙回首四顾。只见刚才还花团锦簇的幻境,顿时如同被蠹虫蚕食的画卷一般,一点点地,窸窸窣窣地在崩裂。绿草繁花,宫阙楼台,飞檐斗拱,曲水流觞,一切都仿佛是突然被时间的钟磬惊醒的幻梦,在无可逆转地溃散而去。

怎么会这样?吴扉用目光询问方云修。

方云修的笑容没有一丝温度:"他大肆夜猎,甚至不惜布下迷阵来杀戮妖物,还把主意打到了星槎的灵力源上,所有的筹谋算计步步为营,不过是为了获得足够的灵力维持这个巨大的幻境。而此时此刻,他却发现他所做的一切全都毫无意义。他维持这幻境的意念已散,自然这幻境也就随之灰飞烟灭了。"

能让幻境存在的,从来就不是灵力,而是人心的执念。而此时,杨广心中的执念,已是无所依托……

幻境崩塌的轰鸣声也吸引了陈宁远的目光,那些宫女侍从纷纷在她眼前现出了符纸的原形,她却只是静悄悄地望着面前的一切。她是大陈公主,她曾经目睹过两个朝代的覆灭,在她看惯了潮起潮落的双眸中,这幻境的崩塌,又算得了什么?

可是,吴扉却觉得,她的双眸,似乎还沉浸在某种回忆之中,

耳畔依稀传来她轻声细语的呢哝:"最快乐的时光吗……"

幻境的崩塌由远及近,瞬息间就蔓延到了他们脚下。陈宁远惊呼一声,猝不及防"啊"的一声跌了下去!她本是神魂,只要稳住心神即可飘浮空中,可任谁骤然发现脚下原本坚实的地面突然化作虚空都会陡然一惊,再难守住心神。陈宁远直直地坠了下去!而她手中的定魂珊瑚玦也随着她的跌落飞了出去!

陈宁远大吃一惊!她止不住下坠之势,更抓不回定魂珊瑚玦。惊惶间,却只见一个少年的手掌一把抓住了那红色的定魂珊瑚玦,又一把抓住了她的手!这是刚才自楼船之上而来的两个人中的一个,少年外表寻常,远远不及另一个姿容绝丽、夺人眼球,可是此时她却突然发现,他的眸光,如此有力!

即使在这急速下坠的惶恐中,她也清清楚楚地看到了那少年清朗的笑容,如同夏日的池水里沐浴清水而出的白色莲花!那恍惚是她此生最快乐的时光,依稀是她此生见过的,最干净的脸庞……

杨广见陈宁远坠落,愣怔片刻后才匆忙回过神来施救。却没想到被那少年抢在了前头。毫无法力的少年能做什么?他心中正厌恶少年多事,却只见一道夺目的光华,自定魂珊瑚玦中迸射而出!那道柔和的红色光华将陈宁远和吴扉牢牢笼罩。待到周围的光线恢复正常,二人居然已经……消失不见了!

"怎么回事?你们谁搞的鬼?"杨广勃然大怒!气势汹汹地盯着方云修和玉沫寒。

方云修摊摊手:"我什么都没有做,这是她们自己的选择。"危机中吴扉能向陈宁远伸出援手,他也是吃了一惊。

玉沫寒却是皱起了眉头:"定魂珊瑚玦除定魂之外的另一个作用就是制造幻境,作为支撑幻境的灵源,刚才它在瞬息间感应到了陈宁远心中的执念,所以把她拉入她心中的幻境里了。"

"可那个家伙怎么回事?她怎么也跟着一起消失了?"方云修没好气地问,今天晚上发生的事情已经够他烦心了,他真的懒得再多管一件。可是谁知道吴扉那家伙居然去救那个陈宁远,到现在还不知道把自己搞到什么地方去了。

"虽然定魂珊瑚珙回应的是陈宁远的执念,可幻境生成的一瞬间,它却是被那孩子握在手心里,自然也就将他一并卷入幻境之中了。"玉沫寒在回答方云修,眼睛却一直盯着杨广。

果然,只见杨广骤然暴起:"不管她去了哪里,我都要去找她!"

玉沫寒正要阻拦,却只听方云修闲闲道:"你去?去打破她心目中最美好的梦境?哦……也对,她的梦境之中,想必,绝不会有你!"

杨广周身的气势陡然一寒,作势非让他血溅当场不可。

方云修却是好整以暇地摆摆手:"原本我是想这就打开幻境去揪我那个傻伙计出来,既然你要与我一战,我就先奉陪吧。"

杨广却身形一顿,迟疑下来:"你若可以如此轻松地打开幻境,为什么你之前不曾从我的幻境中逃脱?"

方云修面不改色:"你用巨大灵源制造的幻境自然是壁垒重重,而只一块定魂珊瑚珙制造的幻境打开却容易得多。"

杨广还想再说什么,方云修早已经有几分不耐烦:"你再多问两句,幻境满足了陈宁远的愿望,她心念一了,幻境就会直接消失。难道……你当真不想知道她心中所想?"

饶是杨广再强势,听到关于陈宁远的话,也只得硬生生将心头那一股火气憋了回去。只静待方云修施为。

方云修的指尖凝聚起一团桃色的柔光,然后在眼前一点,那虚空就如同水波一般,柔柔地泛起一圈圈涟漪。涟漪越来越大,方云修却如同分花拂柳一般,轻松地穿过了层层涟漪圈。整个动作浑然

天成，没有半分滞碍。

杨广紧随其后，玉沫寒不知为何也跟了进来。

入目而来的，是飞檐斗拱，宫阙回廊，异草繁花。显然，这里又是一处宫殿。杨广却无心欣赏这眼前美景，一入幻境就开始迫不及待地寻觅陈宁远的踪迹。

他将眼前的幻境连连扫了好几遍，却都不曾发现任何踪迹，不禁心中焦急起来。

如此，反反复复好多遍后，突然，他的眸光顿住了。

他看到了，在浓密的牡丹花丛下，吭哧吭哧地钻出来一个粉雕玉琢的小女孩。她满头都被散落的牡丹花瓣落满，风一吹，花瓣纷纷扬扬，风姿绰约。而她那娇嫩嫣红的笑脸，却比牡丹花更动人心魄，那种天真和娇憨，正是举世无双的清华。

杨广觉得自己的心，猛烈地跳动了起来！

他觉得自己全身上下都动弹不得，他不敢说话，不敢呼吸，不敢做任何一个微小动作。唯恐一个不小心就让这美梦般的幻境剥落散落！

小小的陈宁远一眼望过去不足十岁。可是那眉眼之间已经尽显倾城绝代的芳华。只见她抖一抖满身上下的牡丹花瓣，望着那些遍寻她不着的宫女的背影，露出了心满意足的笑容。

这就是她记忆中最快乐幸福的时光吗？不是她作为宣华夫人宠冠后宫、人人艳羡的时候，而是她作为一个不起眼的小小公主，自由自在地生活在陈国后宫里的时候。那个天真无邪的孩子，不知道国之将亡，不知道大厦将倾，她只知道自己有母妃的疼爱，有父皇的呵护，她就是世界上最幸福的小公主。

此时正是七八月间，她身着一袭轻薄纱衣，奔跑跳跃间犹如花

丛中的精灵一般。

她七弯八拐,来到了一处小小的荷塘边。荷塘里种着大片的白色莲花。令人称奇的是,这些莲花不过是酒盅大小,看来却玲珑剔透,纤尘不染,在阳光之下,朵朵生辉。

陈宁远望着这些美丽的白莲花,口中喃喃:"如果能采一朵给母妃看看,她一定会开心的吧?最近母妃总是闷闷不乐……"

天真未凿的她还远远未能明白,母妃的忧虑又何尝是一朵花可以开解的呢!她只是在用自己的方式来让母亲紧锁的眉头能舒展开来一些罢了。因为,微笑着的母亲才是最美好的!

正当陈宁远盘算着怎样才能采到这水中白莲的时候,头顶上却突然落下一个沉甸甸的东西。

"啊!"陈宁远吃了一惊,见砸中自己的是个尚未成熟的青枇杷。

"哈哈哈,你这个傻丫头,就知道发呆,一下就被我打中了吧?"从花丛后兴冲冲绕出来的,正是她的两个哥哥,陈叔敖和陈叔兴。这两个一母同胞的哥哥总是喜欢联手欺负她。每到这个时候,陈宁远就忍不住想,为什么我没有一个温柔的哥哥啊?这两个像野马一样只知道捣乱和欺负她的哥哥,真的是太可恶啦。

"哼,你们就知道欺负我。"小小公主拧起眉毛,说着就蹲下身"呜呜呜"地哭了起来。

陈叔敖和陈叔兴本来也不过是逗小妹玩玩,此时见她真哭了起来,忙跑过来安慰她。但等到他们靠近,却见陈宁远猛地将脚边那堆厚厚的落叶一下扬起,瞬间就迷了那两个傻哥哥的眼,不待他们抖落满头满脸的落叶,她就已经欢天喜地地跑远了!

"哈哈哈!"小宁远一边跑,一边大声笑着,完全没有注意

到,她已经一脚踩到了池塘边满是青苔的卵石上。

还没等她发出一声最短促的惊呼,她就整个人都栽进了池塘里!这个池塘原本并不大,也不深,可是对于一个不足十岁的孩子来说,这可是足以将她无声吞没的深渊!

陈叔敖和陈叔兴好容易抖开了满身的落叶,他们才发现陈宁远早就已经跑得不见踪影了。

"宁远呢?怎么一下就不见踪影了?"

"该不会又钻到牡丹花丛里去了吧?"

"嗯……我们去那边看看……"

"好!"

陈宁远听着哥哥们的声音渐渐远去,她想要挣扎,可是只要她开口就有无数的水灌入鼻喉间,她根本发不出任何声音。她只觉得,自己的身体越来越沉,她就要被这一池碧水无声无息地吞没了……

突然,她眼前出现了一道金色光芒!

仿佛是某种机关在此刻被骤然开启。刚才还一直让她透不过气来的水波突然被分割开来,她的喉头不再难受,而她的整个身体,就如同一个轻盈的气泡一般,悠悠地悬在空中,如梦似幻。

接着,她看到了,那个散发出金色光芒来的东西,是什么呢?那是一条金色的小蛇,小蛇圆圆的大眼珠默默地凝视着她。在那一瞬间,陈宁远仿佛觉得,它已经这样凝视了自己很久很久。因为,这目光是如此温柔、熟悉,仿佛,已经贯穿了她的整个人生。

她忍不住伸出手,想要抚摸它,却发现自己的手与它还有一段距离。

但还没有等她靠近,那条金色的小蛇已经主动游了过来。小心翼翼地,亲昵地在她的指尖,蹭来蹭去。

第一章 声之扉

那是一种难以描摹的神奇触感。陈宁远不知道该如何描述这种感觉。她只知道，过去所有的梦境和现实中，都不曾出现过如此完美的景象。她只觉得整个心，都在这一刻被巨大的温柔和善意填满了。

"哗啦！"水声在耳畔响起。

陈宁远睁开眼睛，发现自己正躺在塘边花荫下。四周静悄悄的，这个地方仿佛被所有人遗忘。只有她。难道……刚才她是在做梦？陈宁远猜想。

突然，她听到了极细微的水波分开的声音。她抬起头，看到了，那条金色的蛇，从水面上游来。它还在这里，刚才发生的一切不是做梦！

陈宁远兴奋得快要跳起来，可是刚落水过的身体异常沉重，她几乎直不起腰来。她就这样，看着那条金色的小蛇徐徐地朝她爬了过来。陈宁远睁大双眼，眸光中的惊喜越来越满。

那金色的蛇慢慢地张开了嘴，陈宁远的心在那一瞬间剧烈地震动了起来。

在那嫩红的舌尖上，是一朵小小的白色莲花。它竟然知道她的心事。

陈宁远伸出双手，任由小金蛇将莲花慎重地放入自己手心。虽然，那不过是一朵小小的莲花，虽然那只是夏日午后一个不经意的邂逅，这却是少女陈宁远一生最无法忘却的记忆，她生生世世珍藏在心的珍宝。

那个午后，那个池塘，那条小蛇，那一朵……白莲花。

就算是陈国倾覆，母亲去世，父兄被杀，没入掖庭，经历人生的惊涛骇浪，从掖庭走出，成为妃子，封赐宣华夫人，享受着众人的艳羡，端坐在荣耀的宝座之上，大起大落，她还是会时时记起，

那一方小小池塘，那一朵小小白莲。

她还记得，那时候的自己是这样对那条小金蛇说："如果你能变成人就好了。这样就可以陪我说话，陪我玩了。"

而那时候，那条小蛇朝着她认真地点了点头。

它听懂她的意思了，它的脖子沿着她的指尖慢慢地蹭过去，仿佛在与她许下一个不容错认的约定。

那时候的自己是何等笃定地点头："我会等你的，我会在这里一直等你哦！"

然后，小金蛇依依不舍地消失在了草丛中。

小时候的心境总是特别简单，以为一切永远不会改变。那一年，陈宁远九岁。

两年后，陈国被灭。

没有了宁远公主，没有了夜夜笙歌玉树庭花，没有了陈国，没有了那一方小小池塘，没有了那一朵……小白莲。

那个约定的誓言，在家国天下的倾覆中灰飞烟灭，找不到任何一丝存在过的痕迹。就好像一个潦草的传奇故事，还没来得及开始，就已经突兀地走到了终章。

陈宁远曾无数次设想过，如果陈国不曾覆灭，它会不会再度出现在自己面前，她与它会不会有一段足以写成传奇的故事。可是，没有如果，一切终究是错过。

只可笑自己，还一直牢牢守着那个约定。可是，记得又能怎样？改朝换代，天翻地覆，一切，光景早已不同……历史的车轮，没有留给她任何一点儿做梦的时间。一切都已覆灭，找不到任何一丝零落的痕迹。

陈宁远慢慢地站了起来。那不足十岁的少女身影，在她的动作

中,一点点地还原回她原本的身姿。幻境如同潮汐般静默无声地退去。只是与上次幻境突然崩裂化作虚空不同,这次周围的一切只是在慢慢褪色倾颓,一点一滴,映照着她多年来的内心变迁。

吴扉的身影突然从花木掩映间出现。望着少年挺拔的身影,陈宁远突然有一种没来由的羞涩:"我的执念,是不是很可笑?"

吴扉摇了摇头,她的声音坚定又清朗:"这是值得一辈子铭记的美好相遇。"

陈宁远笑了,她的笑容原本是极清浅的,如同是在水一方的莲花,可是现在渐渐地盛放出红霞般的红晕。只是这笑容之后,依旧有掩不住的哀伤。幻境再美,不过是一场握不住的残梦。笑容再美,她已经不是曾经单纯无邪的少女。

"它能救我,能送我那朵莲花,必然是有灵的吧?只是我听说,妖的寿命都极长。也许我在它的生命中,不过是匆匆过客惊鸿一瞥,它早已经将我忘记了吧?"陈宁远望着那虚空中一点点倾颓破败的宫阙,仿佛是在拷问,又仿佛是在解答。

又一个身影风般闯入,突然打断了陈宁远的注视。是杨广,他终于还是闯入了她的幻境之中。

杨广一把抓住了陈宁远的手:"刚才,那个幻境中的一切,真的就是你最珍视、最执念,让你最无法忘怀的记忆?"

陈宁远的目光在接触到杨广的时候,骤然变冷,她点了点头,残酷的话从她娇嫩的唇瓣间轻松吐出:"真的很可惜,在我的幻梦里,从来就没有你——杨广殿下!"

杨广却浑不在意地摇摇头:"我是想问你,你真的从未忘记那条小金蛇,一直记得那个约定。一直希望它回来找你?"

陈宁远的眸光在听他提起金蛇的时候,不自觉地温柔了。她的笑容中有一股难以名状的寂寥:"我总是在回忆那个午后,回忆

着那个约定。可是所有人都说那是我自己在草地上做的一个梦。因为从未有人见过那样的小蛇,那天下午发现我的宫人们说,我全身上下的衣裙都是干燥的,没有一点儿曾落入池塘的痕迹。可是我不信她们,我跟那条金蛇约定好了的!从此,我总是想方设法,每天都要去池塘边站一会儿。日复一日,年复一年,直到,陈国被隋所灭。我失去了一切,同时也失去了那个约定。"

杨广觉得,似乎下一秒她的眼泪就要流出来,然而,没有。在她的面庞上静悄悄弥漫着的,是一种比哭泣更无奈的表情:"其实,就算它还记得那个约定,也已经找不到我了。"

杨广紧握着她手掌的手不自觉地松开了。

"你喜欢的,真的不是……我?"他的声音不可控地流泻出一丝颤抖。仿佛是为了压抑此刻心中激荡和忐忑,他又重重地重复:"不是我杨广?"

回答他的,是一声冷淡的嗤笑。那个曾经在他面前只会展露笑容的女子,此时却彻底地展现了自己的另一面。冷淡而又真实的另一面,完全不在乎自己的笑容会变成何等锋利利刃的。

嗤笑声中,陈宁远扬起眉:"殿下,你出身高贵俊美不凡,又才华出众,天下间的女子仰慕殿下的又何止千万?殿下又何必执着区区一个我?"

"不!不是这样的!我……我……我……就是……当初与你定下约定的小金蛇。"最后三个字的音节仿佛是极其艰难地从杨广的口中吐出。随即,他的身体渐渐地起了些变化。那个黑衣伟岸的身影不见了,取而代之的,是一个披散着金发的紫衫少年,他的眉眼俊逸无双,甚至还带着一抹挥之不去的年少青涩。

"你就是……小金蛇?"陈宁远震惊地睁大了美丽的双眸。她一步步地走过来,每一步都仿佛在回溯时光,回到那个属于少女

和金蛇的旧梦里去。她以为早已经崩碎得无处寻觅的梦境,多年以后,居然……还在这里!

她抬起手,一寸一寸地触上了少年俊俏的面庞。那种带着一丝水汽的清润感觉,与记忆中的那个触感在一瞬间精准地重合到了一起。让她真真切切地感觉到,这不是梦,这是真的!

"你……真的是……"

金发少年点点头:"是我。"他的脸庞在控制不住地发红,他觉得每吐出一个音节,似乎都要用尽他全部的意志。

"我叫……陈宁远。"时光的潮汐仿佛重新光临,曾经的少女喊出了自己心中曾设想过千百遍的花语。

"我叫……瑾泉。"少年有点儿羞涩又仓促地添上一句,"因为,那个池塘,那个池塘就叫瑾泉池。所以我就……叫瑾泉了。"

瑾泉……

宁远……

少年和少女,多年以前的故事,原本就应该是这样发展的,不是吗?

陈宁远仿佛彻底变成了当初的少女,耳根都泛起了羞涩的红晕。她本该去质问为什么那个杨广居然是少年幻化的,她本该去怀疑眼前的一切到底是不是又一重幻境,可是,她没有。她只知道,那个当初的约定,在历经时间的洗礼、岁月烽烟的沉淀之后,并未碎裂。而是一直安静地,就在这里!

"为什么……后来你,再也没有出现?"陈宁远的声音,轻柔得仿佛唯恐打碎了此时的梦境。

瑾泉的脸红了红,那股高傲的帝王气息荡然无存,此刻的他,就只是在春风里,为了少女心动的少年。

"你不是希望我能早点儿化作人形吗?所以那天之后我就一直

努力闭关修炼，想着早一天完成修炼就可以跟你相见了。谁知道等了三年后终于出关的时候，那里早已经……一片废墟。"

没有了玉树繁花，没有了亭台楼阁，没有了那个牡丹花丛下的少女，甚至，连那一方小小的瑾泉池，也已经干涸了。

那时候的自己，完全不知道发生了什么。他不过是修炼了三年，而人世间，却已经沧海桑田。他不知道她去了哪里，他甚至不知道，她是否……还尚在人间。那三年来不眠不休的努力，仿佛都变得毫无意义。他从来不知道，失去一个人，会是这么痛苦的事情。自己所有的时间都只为她一个人而发光，也只为她一个人而黯淡。

"那时候，陈朝覆灭，我身为一国公主，从云端跌落，被没入了掖庭，成为一名最普通的粗使宫女。"陈宁远微笑着，仿佛是在述说属于别人的往事。

瑾泉急急开口："我不知道应该去什么地方找你，那时候，我对这个世界一无所知。法力低微的我，甚至不敢在白天随意出行，唯恐一个不小心就成为大妖怪口中的飨宴。"

"当我好不容易再找到以宣华夫人之名，倾动天下的你的时候，在你身边的男人，便是那个让天下女子趋之若鹜的俊美帝王——隋炀帝杨广。而你，正陪伴在他身边，巡幸江南。"瑾泉的眸光慢慢暗淡下去。他还深深地记得，自己在街角的阴影中，是怎样跟那成千上万跪伏在地的平民一样，仰视着那举世无双的帝王风采。

那个人，手握着四海的权柄，那样俊美无比的外表，那样赫赫有名的声威，没有任何一个女子，会拒绝这样一位君王的爱吧？而自己，只不过是山野间的一介小小蛇精，偶然开了灵智，居住在那莲花盛开的瑾泉池里。

他也不知道从哪一天开始，它的目光就总是不自觉地追随着那位小公主。为她的一颦一笑而雀跃，而牵挂。可是，人妖有别，它再懵懂无知，脑海中也依然有这一条训诫。所以他只敢远远看着她，看着她一天天长大，看着她笑靥如花。

如果，不是那天她跌入瑾泉池里，他想，他是永远也没有勇气出现在她面前的……

沉默长久地停留在二人之间，直到陈宁远开口。

"那为什么你将我再度唤醒时，你呈现在我面前的，是杨广的模样？"

瑾泉纠结又无奈地喃喃："那时候，我决心想要你幸福。"

什么是属于陈宁远的幸福呢？在瑾泉看来，那就是陈宁远与隋炀帝杨广一起乘坐龙舟游历江南、接受四方朝贺的时光吧？那时花正好，酒正浓，帝王帝妃，韶华无双。再美的画卷也不过如此了吧？所以，他幻化出了扬州行宫的幻象，自己则化作杨广的模样，陪伴在她身边。

陈宁远的面庞上，是一抹怅惘的无奈："我的幸福？你觉得，我可曾多看过杨广一眼？"

瑾泉的呼吸骤然一滞："你……"

对于自己幻化的杨广，他也曾担心过，是否会有什么破绽。陈宁远却从来没有说过什么。现在想来，那并非是因为他扮演得毫无破绽，而是她从不曾爱过他。对于一个不爱的人，她自然不曾多一分心思垂顾，至于真假，又有什么关系？

"如果不是刚才那定魂珊瑚珙制造出来的幻境，你到现在都不会知道我心中真正所想吧？"陈宁远望着瑾泉，目光中有掩不住的苍凉与悲哀。

　　从进入幻境开始就一直沉浸在巨大震惊之中的瑾泉，几乎无法直视她的双眸。

　　在这个真正还原了陈宁远心中执念的幻境当中，他突然发现，那个让陈宁远念念不忘，至死执念不灭的人，居然从一开始就是自己！

　　那一刻，他如雷轰顶！上天其实早已经降下了通往幸福的天梯，可是自卑的自己，从不敢抬眸去看一眼。还自以为是地披挂起杨广的衣装，一厢情愿地扮演着她心中最深爱的人。却不知道，自己已经错了那么多！

　　"现在……现在我知道了！我……还有机会吗……"瑾泉局促地开口，金色的发丝流泻在俊朗的面庞上，如同被灿烂的阳光笼罩。陈宁远望着他，她曾经无数次梦想过，如果那条金蛇化作人形，会是什么模样。而现在，她终于得到了答案——风度翩翩，倾世无双！

　　陈宁远的面庞在控制不住地发红，她完全没有办法继续直视少年的双眼，十几年的岁月烽烟仿佛从未从她身上经过，她依然是那个顶着满头牡丹花瓣从花丛里钻出来的懵懂少女，满怀着希望，少不更事。

　　而此刻，从少女眸光中洞悉了全部答案的瑾泉，再也抑制不住，大步冲了过去。他一刻也不愿意等待了，他已经错了那么久，错过了那么多。此时此刻，他只想，将她拥入怀中！

　　但瑾泉的手还没有接触到陈宁远的衣襟，一阵排山倒海般的惨叫声传来！幻境的天空中，骤然出现了一只黑色的妖兽！

　　阴狠的眼眸，锐利的雕嘴，如同猎豹般矫健修长的身躯，头顶竖着一根异形的独角，这么一个看起来七拼八凑样貌诡异的怪物，从头到脚都散发着一股让人不舒服的气息。

吴扉盯着这巨大怪物，一时间竟忘了害怕，木然喃喃："这是什么？"

"怎么回事？这是你带来的吗？"瑾泉一面将陈宁远护入怀中，一面质问玉沫寒。

玉沫寒长叹一声，不待他开口，方云修那好整以暇的轻松声音却已经率先传来："这东西若是他带来的，刚才何必还大费周章地恶斗一番，直接把它放出来不就好了？"

"可是……"瑾泉还是不信。

不待瑾泉反驳，方云修已经扬手一挥，招来了星槎，拉着吴扉跃了上去。如此他还不忘招呼玉沫寒："玉兄，我这星槎上还有好酒，你可要尝一尝？"

玉沫寒还没反应过来他的意思，明明强敌当前，他居然如此闲情逸致？

吴扉听着方云修这一番话，差点儿没笑出来。面对强敌，他不光是没帮忙，就连唯一的帮手玉沫寒他也要拐走。他对那个瑾泉的怨念是有多深？不把他弄到坑里去誓不罢休啊。为什么一个长得这么美的人，心眼儿却……

吴扉正在腹诽时，又对上了方云修那似笑非笑的眼神，在他的双眸里，清清楚楚地写着：有仇必报，而且要狠狠地报……

吴扉的脊背猛地一寒，不自觉地开始搜肠刮肚，自己到底得罪了他多少次，这样算下来，他要把自己千刀万剐吧？

瑾泉眼见方云修这副行径，当下气得脸都绿了。眼下强敌在前，他却连对方到底是什么都搞不清楚。

他尚在犹疑，那怪兽却不给他思考的余地，已经恶狠狠地冲了过来！瑾泉急忙将陈宁远安置在星槎上，转身迎敌！

那巨大的怪兽混沌一团，张牙舞爪地扑来。瑾泉向它劈下数道

雷光，它巨大的身形在"轰隆隆"的雷火中渐渐缩小。眼见攻势有效，瑾泉不觉心中一宽，急忙回首去关心陈宁远的安危。

他对上的，却是她惊慌的眼眸："小心！"

瑾泉急忙回身，正撞上了那妖兽袭来的利爪！

"糟糕！"瑾泉心中一沉，以为在劫难逃，突然又见一道雪亮的雷光直击而下！将那居心叵测的一爪，狠狠地击退！

及时施以援手的正是玉沫寒。

"我……"瑾泉心中感恩，却怎么也开不了口，"你可知道，这到底是个什么妖物？"

玉沫寒还未回话，方云修长叹一声："你还记得吗？你为了维持幻境曾猎杀了多少妖兽，夺取了多少妖丹？那些未经净化的妖丹随意地作灵源使用，原本就不妥。而刚才你心中执念消散，幻境崩溃，那些妖丹混合在一起，便催生出了这妖孽。"

瑾泉面色大变："你是说，这妖孽是我造出来的？"

方云修皱眉："不然呢？"

"可是这到底是什么怪物？"瑾泉心系陈宁远的安危，只想除之而后快。

方云修难得大发慈悲："这个……似乎是那些残存了部分意识的妖丹彼此吞噬融合在天雷之火中凝实成形，化作的……蛊雕。"

蛊雕……听起来就十分难缠。

瑾泉心中焦急，急忙追问："到底要如何消灭这蛊雕呢？"

方云修又皱了皱眉，显然此人的好心和耐心都极其有限："蛊雕怎么对付我不知道，不过，抓鸟的方法，不就是那几种吗？"

听了方云修的提点，瑾泉尚无头绪，玉沫寒却眼前一亮。不待瑾泉回答，就已经将手中的雷光抽作一条长鞭，朝着蛊雕抽去！

"照我的方式做！"玉沫寒急声道。

那蛊雕一到见光鞭"噼里啪啦"打来，便急忙躲闪，却躲不过玉沫寒那蛇般灵敏的鞭势，转眼间就被缠了个全身！

只是它身形硕大，玉沫寒的雷光鞭被拉长后，威势自然削弱不少。虽然已将它整个困住，却未能彻底钳制它的行动。

"快！"玉沫寒急忙催促瑾泉。瑾泉也急忙将手中凝聚的雷光抽作一条光鞭。

虽然他抽出来的那条暗金色的光鞭，威力远远不及玉沫寒的。但方云修立马就看出了端倪："他们所修习的术法，同根同源，到底是师徒还是师兄弟？"

吴扉没想到都到这时候了，方云修居然还有闲情想这些有的没的。"老板，你真的很有闲情逸致啊。"吴扉揶揄。

"当然，我跟你这种没见过世面的土包子能一样吗？"方云修坦然笑纳。

土包子吴扉战败，只好含恨闭嘴。

而此时的天空中，只听玉沫寒一声令下："拉！"

顿时，玉沫寒与瑾泉双双发力，将雷光凝成的光鞭朝各自的方向拉扯，意图将蛊雕绞杀！

而蛊雕也不甘于被降服，顿时狂暴地挣扎起来！

一声接一声的凄厉惨叫声从天空中传来！那声音如同婴儿夜哭嘶号，听得人心里一阵阵心烦意乱，甚至出现可怕的幻觉。这声音居然可以扰乱人的意志，动摇人的思想！

玉沫寒急忙再发猛力，将蛊雕狠狠一绞。瑾泉却已用尽全力，再也使不出任何攻势，被蛊雕扯得站立不住。

他试图稳住身形。可是，蛊雕却从这一下下的冲击中，敏锐地觉察到了其中最薄弱的环节。霎时间就狠狠抖动身躯，朝瑾泉的方向扑腾！

瑾泉原本身势就不稳，此时又被蛊雕狠狠一击，手底的光鞭松懈，整个人都被蛊雕扬起的劲风卷了出去！

玉沫寒远远见他被蛊雕抛出去，心中一紧，此时他若是分心去救他，就势必要先放开手中的蛊雕。

"糟糕！"吴扉昂首望着空中的险象，忍不住惊呼出声。而同时传来的，还有陈宁远的惊呼声！

突然，却只见身畔一道雪色的身影疾驰而去，如同天降神兵，稳稳接住了急坠而下的瑾泉！是方云修！

吴扉真的有点儿看不懂他了："这……真的是那个毒舌加没节操的方老板？"

他在关键时刻救了瑾泉一命！要知道，若非他如此出手，瑾泉将会跌入不知名的虚空之中！

方云修落在星槎上，放下半昏迷的瑾泉。陈宁远迫不及待地跑了过来，将昏迷的瑾泉紧紧抱在怀中。

"他没事，过一会儿就会醒了。"方云修轻言细语，抚上陈宁远颤抖的肩头，让陈宁远安心。

"多谢你！"陈宁远眼中瞬间已经满是泪水。

吴扉却死死盯着方云修那只抚着陈宁远的手，内心咒骂：祸害精啊……就知道，若不是为了博美女的一番青睐，你才不会这么好心呢！哼！

明明她只是腹诽，方云修却好像在她身上长了只耳朵般，猛地扭过头来，吴扉躲闪不及，正对上他似笑非笑的双眸："我可是都听到了哦！"

吴扉下意识地躲闪，然后迅速收起了自己暴露了情绪，立马又堆起漫至眼角的笑容："老板，你真的是英明神武！"

方云修冷哼："回头再收拾你！"

第一章 声之扉

吴扉只觉得脖子一寒,开始不住祈祷:这场半空中的激斗,能……打得越久越好……

上天似乎听到了吴扉的祈祷。就在此时,蛊雕突然撕扯开了玉沫寒雷光鞭的束缚,气势汹汹地仰天长啸了一声!它这是要冲出束缚,逃之夭夭!

绝不能让它就这样逃掉!否则后果不堪设想!

玉沫寒双眸一凝,他的整个人居然瞬间化作一条玉色的龙!

"龙?"吴扉瞪大双眼,简直不敢相信自己的眼睛。

玉沫寒居然以自己的龙躯,牢牢地将蛊雕缚住!

这瞬息万变的场面落入方云修的眼中,他心中也不由得一沉:"这是……死斗!"

其实刚才蛊雕已经在玉沫寒与瑾泉的联手攻击下吃了大亏,如果他们不再继续攻击,蛊雕也绝不会恋战,照方云修的意思,就是任它逃了也罢,回头再找个好时机收拾它。却不曾想到,玉沫寒居然如此执着,决不肯让蛊雕这样的妖兽为祸人间。而更让人没有想到的,他的本体,居然是龙?但是看他的本体,又不像是真正的龙!

方云修紧盯着夜空中那正在与蛊雕誓死缠斗的玉龙身影,却觉得自己似乎发现了另一些真相。

"啊!快去帮沫寒!"方云修的思绪,被逐渐清醒的瑾泉打断。他顾不上与搀扶着他站起身来的陈宁远缠绵,急忙要再度出战。

"谁也……帮不了他了。"方云修摇着头,难得地,他的言语间没有了那么多讥诮,只有一种发自内心的感喟。

吴扉简直有点儿不敢相信自己的耳朵:这下真的不得了了。

"怎么……"瑾泉的话,生生地噎在了喉间。

他看到了，蛊雕正被那玉色的龙一点点地绞杀得失去了诡异的形态，再度化回一团混沌的黑烟！

"太好了！"发出欢呼声的，是吴扉！

可是，此时能发出欢呼声的人，也只有她一个。

而在下一刻，就连吴扉的欢呼声也噎在了喉间。因为就算她是肉眼凡胎，也看清楚了，玉沫寒那原本玉色的龙身，正在无可逆转地逐渐被侵染上了乌黑的色泽！

"这是怎么回事？"瑾泉睁大了双眸，不知所措。

"蛊雕原本是黑暗中的污物凝聚而成，它自知难逃一死，索性将浑身的蛊毒释放出来，势必要彻底污染玉沫寒的原身。这样的污秽，一旦染上，可能永远也无法净化。而他的仙途，也将从此断绝！"方云修的声音，十分平静，似乎少了一些应有的情绪。听起来若无其事，吴扉却从中感受到了一丝哀伤。

这就是祸害精的真实情绪吗？也许，他并非表面看起来那么冷漠疏离。明明还隔着一段距离，吴扉却感觉，自己也被他的情绪感染。

但当即吴扉又竭力摇头反驳：这只是假象！不管如何伪装，祸害精就是祸害精！

"怎么会这样？怎么办？难道没有办法阻止吗？"瑾泉脸上的情绪有些崩溃。从他入道那一日开始，他所见识的玉沫寒就是无所不能的，他未想过，这世间还会有玉沫寒客服不了的困难。可是此时此刻，他居然听说玉沫寒的仙途即将尽断。

"不过，只要他此刻放弃，松开蛊雕，就可以减少污损，或许尚有一线机缘。"方云修不徐不疾。

"沫寒，你快停下来！"瑾泉喊出声。

玉沫寒没有回答他，他只是坚定地，不容置疑地，摇了摇头！

瑾泉急了，他想要化作原形去帮玉沫寒，却被方云修牢牢地钳制在原地。

"让我去救他！我不能眼睁睁看着他前功尽弃！沫寒一直非常努力修炼，他一直梦想着有朝一日能飞上九重天啊！放开我！"

"啪"！一记耳光打在瑾泉的脸上。热辣辣的疼痛，让他整个人彻底愣怔。

方云修冷冷地看着他，目光决绝："你以为沫寒是为了什么才不死不休地必须将蛊雕杀死？他是为了替你赎罪。不管你是有心还是无意，你制造出了蛊雕，如果任由它为祸人间，你将来必遭天谴。他为了你，为了保护你这个蠢货，才不惜自己的仙途，来斩断你未来可能遇到的危机。哪怕，他会因此原身污损，哪怕，他会断绝仙途，哪怕……他会身死道消。你明白了吗？"

方云修的声音，平静得近乎淡漠，却如同钟磬一般，狠狠地激荡着瑾泉的脑海。

"什么！"瑾泉的嘴张了张，嗓子控制不住地沙哑起来。

命运，没有给他再多想一刻的机会，"轰隆"一声巨响自天空传来！

是蛊雕！它终于难抵玉沫寒的绞杀，在这一声惊天动地的巨响中灰飞烟灭，消弭于无形。只是这一次，就连吴扉，也不曾发出一声应景的欢呼。

方云修密切留意着面前发生的一切，快速甩出数张符咒，抛洒开去，将那蛊雕消逝时散落的烟雾星子彻底净化。这些残渣余孽若是散落开去，又会造成什么样的祸患，他不愿多想。方云修冷静地告诉自己，他不是在除魔卫道，他只是担心这些残渣落到了星槎上去。

一切,终于归于平静。玉沫寒也恢复成了人形,徐徐落到星槎上。吴扉忙扶着在刚才的巨响中被震得脚步不稳的陈宁远赶过来。

所有人的目光,都在一瞬间落在了玉沫寒身上。只见他原本光洁如玉的肌肤上,此时满是暗斑,遍布全身,显然是刚才被蛊雕污物侵入的结果。

陈宁远忙关切地问道:"玉仙长,你怎么了?"

玉沫寒只是浑不在意地挥挥手:"我无事,回山去闭关几日也就好了。"说着,他一挥衣袖急忙转过身去。若不是刚才亲眼目睹这场恶战,众人都会被他此刻云淡风轻的模样给蒙混过去,以为他当真一身轻松。

瑾泉望着他的目光有些复杂,终于,在玉沫寒那克制不住的轻微一颤时,他一个箭步冲过去扶住了他:"为什么到现在你还要骗我?"少年原本清朗的声音中,带着一丝撕裂般的沙哑。他所有的骄傲和执拗,仿佛都在这沙哑里,不可逆转地卸下。

可是,玉沫寒却头也不回:"这次你也算是绞杀蛊雕有功,幻境已破,你大可以放心,日后我不会再找你麻烦了。"玉沫寒的声音平静无波,让瑾泉刚才的质问,都显得有些多余。

瑾泉只是微微昂头,望着玉沫寒离去的背影。这个曾经在他印象中无比高大的背影,现在看来竟如此普通。他还记得,当他还只是一条小金蛇的时候,玉沫寒就已经化作人形。那时候的自己,看到玉沫寒的那些玄妙的术法,只觉得目瞪口呆,敬佩得五体投地。他引他入道,教他修炼多门法术,乃至后来他为了寻找陈宁远在红尘中行走,也是玉沫寒在暗中保护着他。

玉沫寒对他来说,如父如兄。自己如同一个不懂事的孩子,一边恣意地享受着这种无微不至的呵护,一边却又总是任性妄为。

他原本答应了玉沫寒，陈宁远是自己此生唯一的执念。待了却了与陈宁远的尘缘，就会与他一起入山修炼，不再过问红尘俗世。可是当他眼睁睁目睹陈宁远逝去，他整个人都被那股狂暴的执念笼罩！于是他窃取了玉沫寒珍藏的法器定魂珊瑚玦……

为了维持那巨大的幻境，他开始肆无忌惮地夜猎，不惜布下散发生魂气息的迷阵，诱使各路妖怪入彀。为了留住那个人，他无形中造下了一桩又一桩杀戮恶业。那时候，只有玉沫寒，会一次次不厌其烦地来破坏他的迷阵，撕裂他的幻境，希望他能走回正途。而自己，却一直当他是恶人，直到方云修的那一记打在脸上的耳光，才终于明白，这个人，为了自己，都做了些什么。

"沫寒……对不起。我……知道错了。"瑾泉天生桀骜，一向是不肯认错的，因为他知道无论如何沫寒都会原谅他。可是今天，他开始怀疑自己会不会被原谅，甚至，方云修的话让他突然认识到——他也许，就要彻底失去那个待他如父如兄的人了！

所有任性的理由，都不过是自以为有恃无恐。可是……

"错什么错？我都说了我没事，你怎么婆婆妈妈的？烦不烦？你能不能离我远点儿？"玉沫寒猛地甩开瑾泉搀扶他的胳膊。他的声音带着瑾泉从不曾感受过的逼人寒气。在相处的全部时间里，瑾泉从来不知道，一向温柔宽厚的玉沫寒也可以这般暴怒无情！瑾泉愣愣地望着那个连最后一个回首都吝于给自己的背影。

"我……"

强行留下陈宁远的魂魄的是自己，肆意杀戮的是自己，制造出蛊雕的，还是自己。到了今时今日，他还有什么面目去祈求原谅？

一个身影在这时走了过来，是吴扉，她望着玉沫寒的背影，声音轻柔而清晰："你为什么不敢回头？"

瑾泉心念急转,他猛地扑向前,不顾一切地抓住了沫寒的手,生生将他扯了过来。他并没有十分用力,可是那个记忆中稳如磐石的身影,却突然变成被牵扯的风筝,一下就轻飘飘地倒了过来!

瑾泉急忙扶住他,目光顺着玉沫寒的脸望去的时候,顿时大吃一惊!此刻玉沫寒的整张脸都被污秽的暗色吞噬,再也看不出一丝曾经的光洁!

"你的原身被污染成这样了?你会断绝仙途……甚至……会身死道消!"方云修的话此时才振聋发聩地回荡在瑾泉的耳畔。瑾泉全身失控地颤抖起来!

但玉沫寒只是微微地笑了起来。即使他的面庞已经全被污秽的色泽笼罩,他的笑容依旧皎洁如月华。

"你说什么呢?哪有那么严重……不要胡说!"玉沫寒的声音依旧风轻云淡,他还在逞强伪装。

"不!你从来不会要我滚的!你一定是想自己找个地方,就这样默默地……灰飞烟灭了!"瑾泉摇摇头,他突然间全都明白了。

"告诉你吧,我本是山中的一块璞玉,机缘巧合下才得道化形。如今就算遭逢此劫,也不过是回归本相罢了,你又何必太过执着?"玉沫寒望着瑾泉,望着那个突然又变回了懵懂孩童的小金蛇,他想要抬手擦去他眼角涌出的泪滴,却发现,自己此时已经连抬起手指的动作都做不到了……

"不,不是这样的,你是我最好的沫寒师兄!"瑾泉摇着头,他金色的发丝在月光下光彩夺目,如同从不曾褪色的璀璨梦境。

但玉沫寒的眼眸却渐渐地眯了起来。

"有一件事情,我一直没有告诉你……"沫寒的语调极其缓慢,浸透着久远的回忆,"我之所以能得道化形,并非是被玉工发

现。而是那时候,有一条小金蛇常在玉石上晒太阳,那光芒熠熠生辉,吸引了玉工的目光,我才能有这一番造化。从此开启灵智,化作人形,步入无上仙途。"

"我一直希望能回报你千年前的恩情,否则我无法安心飞升。于是,我煞费苦心地引你入道,教你修炼,甚至约好,等你历尽尘劫后,一同遁入山中共求仙途。一切原本都计划好了……可是……我原以为背弃约定的那个人是你,却没想到,却是我自己……"

瑾泉直愣愣地望着玉沫寒的笑容,他没有想到,一切因果的开始,原来是这样。他明明什么都没做,却得到了玉沫寒近百年的悉心呵护……

此刻瑾泉觉得自己的喉头仿佛被什么东西塞得满满的,一个完整的音节都发不出来。

玉沫寒依旧微微地笑着:"我不需要你为我做什么,现在你身边已经有可以陪伴你一生的人了。只要有定魂珊瑚块在,她就可以一直陪伴在你身边。你放心吧……"他的声音如同许多年前一样,温柔从容。

但瑾泉的心中,突然升起了极其不好的预感。

"沫寒,是我错了。你不要走!"瑾泉抓着沫寒的手,他抓得极其用力,仿佛这就是他想要抓住的全部世界!

玉沫寒并没有将手从瑾泉的手中抽出来,实际上此刻就连动一动手指的微小动作,他也做不到了。他只能轻轻地开口,做着最后的伪装:"瑾泉,你已经……长大了……长大了……"

"砰"的一声。一股夺目的光华自玉沫寒的身体迸射而出,瑾泉只觉得自己的眼前一晃,手里紧紧抱住的那个身躯轻如羽毛。玉沫寒的身体在一点点变透明,一缕缕消散,直到最后,化作一块遍

布斑纹的玉龙玦。

　　瑾泉捧着手里的玉龙玦,他简直不敢相信,自己从小到大视作依靠的那个人居然就这样……变回了一块玉石!明明,在上一刻他还在微笑,他还在跟他说话……现在一切就这样戛然而止。

　　瑾泉紧紧握着手心里这块滚烫的玉玦,隐隐地感受到了一种如同"心跳"般的律动!

　　"真是……可惜了……他本来已经可以踏上仙途,却为了你,蹉跎至今……"毒舌老板的声音无波无澜,如同箭矢无声飞来,在静默中戳开血色的花:"若说你遇到他,是你的缘。那他遇到你,便是他的劫。"

　　这箭矢刺入瑾泉的耳中,他只觉得一股怒意涌上心头,几乎瞬间就想要暴起而战。可是当他的目光落到自己手心的玉龙玦时,却又觉得,自己根本没有反驳的资格。拖累他最多,伤他最深,到最后让他落入如此境地的人,不是自己,又是谁?

　　方云修的确可恶,可是他的可恶,不过是因为,他说的话,每一句都是真实的!

　　"真的一点儿办法都没有了吗?"吴扉忍不住问,虽然她与玉沫寒不过一面之缘,可是她感觉得到他的温柔和善良。

　　方云修低头沉吟,片刻之后,他清朗的声音如同珠玉撞击般琳琅响起:"办法……不是没有。"

　　瑾泉扑了过来:"有什么办法?你快说。"

　　方云修凝视着眼前的少年,他一字一字,如同冷漠无情的判官在宣读判决:"这方法的代价,实在太大。"

　　瑾泉迎上了方云修那犀利的眸光,他摇摇头:"只要沫寒能够恢复,要我付出什么样的代价都可以!"

　　方云修的嘴角浮起一个漫不经心的笑容,眼睛里却透露着一丝

怜悯。早知今日，你又何必当初？

瑾泉明白他的意思，他默然认罪。

方云修徐徐道："世上最强大的力量，便是缘分的力量。若是你愿意割舍掉你与沫寒的这段兄弟之情，我可以借用这缘分之力，涤净玉龙玦上的污秽。他便可以恢复如初。"

方云修说到这里，有了一丝踌躇，顿了一下。

瑾泉意会到他必然还有下文，只是静静地看着他。

方云修带着寒意的叹息远比不上他石破天惊的话语。

"他将会彻底把你忘记。你们之间的尘缘，也将彻底结束。"

"……"瑾泉从未想过，自己有朝一日会面临这样的抉择。

他想要救回的，是那个一直照顾自己呵护自己，让自己可以依靠，如父如兄的沫寒。可是，方云修却告诉他，如果他以缘分之力作为代价，那么，沫寒将会永远忘记他。从此之后，彼此便是毫不相干的路人，天南地北，再无瓜葛。

他从没有想过，自己要付出的代价，居然……这么大，这么沉重。瑾泉刚才那股斩钉截铁的决断之气烟消云散："我……"

方云修依旧冷漠疏离："你若再迟疑，那些蛊秽便会彻底侵入他的仙骨，到那时恐怕就真的是……无计可施了。"

瑾泉望着手中的玉龙玦，犹豫不前，陷入两难境地。这时，一直静默在旁的陈宁远走了过来。

瑾泉望着她，她对上他那迷茫的眼神，声音清晰有力，如同一道强光穿透迷雾般不容置疑。她道："你与玉仙长之间的过往我不清楚。我只知道，只要我在乎的人能平安无事，就算他将我彻底忘记。我也愿意忍受。"

忍受永远失去那个人，忍受他的记忆里再也没有我。只要，他安好。对啊，真正的爱，从来就不是占有，而是，即使你的世界里

不再有我，只要你能得到幸福，那就是我最大的幸福。

瑾泉咬了咬牙："我知道了！"

他昂首将玉龙玦放入方云修的手中："我该怎么做？"

方云修低头，一声几不可闻的轻叹声在瑾泉的耳畔响起，他手中飞快地结出繁复的桃色手印。转瞬间，一个六芒星般的桃花法阵已经在他的手心成形，法阵缓缓飞向半空，直到笼罩住瑾泉和玉龙玦，在阵法的映照下，一条清晰的丝线牢牢系在他们之间，明亮璀璨，熠熠生辉，却又是如此柔和，有一种让人落泪的暖意。

只听方云修轻喝一声："断！"

丝线应声在这敕令之中微微一震。但下一瞬间，方云修的眼眸倏地睁大。那丝线，竟然并没有断开！怎么可能？

方云修心中大惊，是他的法术失效了吗？还是此法压根儿就不能用在此处？方云修心念急转，可此时他已经是箭在弦上不得不发，而如果这术法失败，那么不光是他，就连瑾泉和玉沫寒都会遭到可怕的反噬！

一旁的吴扉望着方云修剧变的脸色，虽然并不明白到底发生了什么事，她却本能地感觉到一阵慌乱。

"怎么回事？"吴扉茫然问。

方云修对上吴扉无措的双眸，骤然大喝道："你想帮玉沫寒和瑾泉他们吗？"

"啊？"吴扉只觉得周身的空气都猛地一震。在方云修这一喝之中，有多少威压降下，简直不言而喻。

帮他们？这意味着什么？我真的可以吗？

眼下的形势一看就凶险异常，吴扉明明什么都不懂，手心里在飞快地沁出汗来，这一瞬间仿佛被无限延长。

他这样问，不代表他对她的能力有何肯定，只不过因为，他别

无选择。而她,需要冒这么大的风险,来证明自己吗?

"想!"吴扉的肩膀,在不能遏制地颤抖着。在大声喊了出来后,她只觉得自己浑身上下都充盈着一种奇妙的感觉。

方云修的声音,在那被阵法卷起的罡风中,听不分明:"那你就闯入阵法中去!"

此时,罡风已经越来越烈,显然阵中的力量在变得越来越不稳定,谁也不知道这阵法还能维持多久,也许,在下一息,它就会彻底崩溃!

"好……"吴扉一边应声,一边要提足踏入阵中。却不料,瞬息间,罡风从阵中流泻而出,吴扉脚下一个不稳,就被那股风狠狠地推出去了好几步,重重地撞到了一根柱子上。

她下意识地抱住柱子,稳住了身形。但很快,她就发现自己此刻抱住的,并不是什么柱子,而是这星槎之上的桅杆。而更让她惊讶的是,桅杆上还刻着三个字——吴道玄——是爷爷的笔迹!

吴扉仿佛能看到,多年前的爷爷也是如今天的自己一般,在星槎上悠游天地。那些属于吴家的荣耀和光辉,真的就要让它就此湮灭吗?不!一定有我能做到的事情。她是油滑,胆小怕死,可是她也有她的骨气,一旦决定要做的事,即便是九头牛也难拉回头。

陈宁远抱着一旁的廊柱,惊讶地望着那个刚才还脚步不稳的少年,就这样一步步,坚定地,头也不回地,冲入了阵法之中!

罡风刮在脸庞上如同刀割一般疼痛,吴扉的眼神却是如此坚定,没有半分退缩。她并不知道自己到底该怎么做,但刚才那在桅杆上看到了爷爷名字的那一瞬间,她就已经知道该怎么做了。

她向前冲着,坚定地奔跑着,似乎,那种传承来自血脉,无关记忆,它早已经就在那里存在了,只是到了今天才开始沸腾。

而此时,那条金色的丝线依然在玉龙玦和瑾泉之间熠熠生辉。

事实上,吴扉并不知道自己究竟该如何做,而刚才方云修给的提示,也含混不清。她只是本能地伸出手去,但当指尖触到那缘分的丝线时,那条刚才在方云修的敕令之下都不曾断裂的丝线,竟骤然而断。

一个轻微又不容错认的"铮"然一声响,如同花朵脱离了枝头一般,那丝线悠然落到吴扉的掌上。吴扉下意识地将它紧紧地抓在手心里。随着她的动作,那缘分的金色丝线也在迅速变化着。

这就是所谓的缘分?这么温暖,仿佛是他们二人彼此维系的血脉一般,但很快就要断绝了,为玉沫寒涤尽所有的蛊雕之秽固然重要,可是这两个人的缘分……一定还有别的办法的!

"你们之间的尘缘,将彻底断绝!"方云修的话语在吴扉的耳畔回荡。

突然,一道雪亮的光华在她脑海中燃起!

从刚才开始,一直在她指尖盘旋流转的金色丝线的光华,突然就慢了下来,仿佛是感受到了她心中的决定。吴扉的指尖,拈住了那根仿若有生命的丝线。用自己的手指引导着它,一点点地蜿蜒变化。这情景在众人看来,就如同她正以指尖为笔,以缘分的丝线为墨,正在绘制一幅难以捉摸、玄妙异常的图景。

从上至下,翻转勾勒,一笔一划,图案在她的指尖凝聚成形。在舒展的光芒与线条中,吴扉觉得这动作自己似乎早已经做过千百次,如此浑然天成,不容置疑!

望着吴扉手中不断变化衍生的图案,方云修简直震惊得说不出话来。这是什么?她在做什么?方云修紧紧地咬住了唇,唯恐自己此时发出任何一丝声音,就会打破这个仿若梦境的画面。

而此时的吴扉,正沉浸在一种难以名状的玄妙感觉之中。她的眼眸微微眯起,她的指尖却如此灵动自如,她整个人,仿佛变成了一个在河滩上挥舞着柳枝肆意作画的孩童,自由、快活。她的唇角不自觉地荡漾起笑意,凝望着那指尖的图案渐渐成形,丝线终于化作吴扉心中所想的形态。

就是这样!吴扉不自觉地吐出一个字——"好!"

这一声,如同春雷唤醒大地般,那金色的图案腾空而起!在它的光华映照下,玉龙玦上的蛊雕污秽像是冬日的残雪般,正在不可逆转地被涤荡干净。

玉龙玦抖了抖,华光流转之后居然再度幻化成了玉龙的模样。此时的玉龙玉沫寒若说与片刻之前有何不同,就是他在扫过众人的时候,眸光中平静无波,不带一分尘嚣的情绪。

玉沫寒忽略掉了在场的所有人,只独独将眸光望向吴扉,龙形的他声音比人形的他要多出几分浑厚和威压:"你是仙门使者?"

"仙门使者?"吴扉摇摇头,茫然不知道如何回答,这是什么东西?

仿佛是在替她回答一般,天地虚空之中骤然现出一个巨大的阵法。只是那阵法并不完整,中间似乎缺了一块。那从吴扉手中变化衍生而成的金色图案朝着阵法中断缺的部分疾射过去,转眼间就与阵法浑然天成,合为一体!

随即,阵法之上光芒大作,所有的光华都仿佛瞬间被点亮一般,蜿蜒流转,生生不息,俨然有生命的血脉一般。

一扇光华璀璨、高大巍峨的大门,在阵法之上徐徐出现,几乎没人能够发觉它是何时出现的。它就如同春花在浓郁的和风中绽放,如同秋叶在不经意间染上绯色,影影绰绰地出现在虚空之中,带着柔和的光华,照亮了每双震惊的眼眸。这就是仙门,让一切修仙者趋之若鹜的、登仙之门!

"仙门已经打开了,你可以升仙而去了。"方云修望着玉沫寒。虽然他竭力保持平静,声音中却有难掩的激动!他平素故作冷漠的面庞,被这阵法的光芒笼罩着,竟点染出了让人无法直视的绝美华光,如同仙人降临凡尘。

吴扉居然真的开启了自血脉中铭刻着的吴家传承!她是真正的仙门的守护者——扉!

众人都以为瑾泉和玉沫寒的尘缘已经断绝,却不料吴扉居然能在电光石火间领悟到,这世上,除了尘缘,还有仙缘!从而化缘分之线为钥,开启了仙门。为差点儿仙骨尽毁的玉沫寒,再开一段仙途!

玉沫寒望了望吴扉,在感应到仙门开启的瞬间,他已经洞悉了一切的因果。可是,他却什么也不能说,天机……不可泄露。

此时的他,只是将龙首微微一颔,轻声道:"谢谢!"

在他颔首的瞬间,吴扉感觉似乎有什么东西滑入了自己的掌心,她下意识地紧紧抓住。还来不及细看,就只见玉沫寒已经腾云驾雾,朝着那光芒璀璨的仙门穿越而去!

瑾泉想要开口说点儿什么,却发现他居然一个字也说不出口。

随着玉沫寒的远去,那个刚才骤然出现的仙门也消失得无影无踪。

瑾泉呆呆地望着刚才玉沫寒消失的方向,他不知道自己刚才经历的是真实还是幻觉。在玉沫寒穿过仙门的一瞬间,他听到他说:"再会。"

这是真的吗?真的还可以再见吗?瑾泉望向方云修,他刚要开口,却只见对方微笑着,无奈地摇了摇头。

这个晚上,瑾泉已经见识过这个貌美近乎妖异的男人无数的笑容,可是只有在这个瞬间,他才从他的笑容里感觉到了真正的祝福

和暖意,那双如同琉璃般的眼眸里,依稀渗透出几许属于尘世烟火的柔情。他仿佛在说"天机不可泄露"。

　　远远地,似乎有鸡鸣声传来。吴扉只觉得自己全身上下的力气都用完了,她眼前一黑,昏了过去。

　　方云修稳稳抱住倒入自己怀中的少女,对瑾泉说:"陈宁远既然得到了定魂珊瑚玦,她亦不算是普通幽魂了,你可以与她一起入山修炼。千百年后,自有分晓……"

　　瑾泉的个性原本极为骄傲,可这一晚,他所经历了太多太多的事情,仿佛在这一夜之间突然长大。刚才玉沫寒最后的那一个回眸,仿佛把自己所有的沉静和端方都留给了他,让他不再误入歧途。

　　瑾泉朝着方云修郑重地躬下身去,施礼,拜谢。

　　方云修有些惊讶,他这是在做什么。

　　当他再度抬起头来的时候,方云修也觉得,那个肆意妄为的少年渐行渐远,而此刻与自己对视的,是一个真正的足以承担起一切的男人。承担起自己的命运,承担起爱人的命运。

　　望着瑾泉和陈宁远远去的背影,方云修抱起吴扉,正欲驱动星槎,却发现她手中有一物件,正熠熠生辉。细看去,居然是一管玉笔!

　　方云修心思通透,瞬息之间就已经明白了这玉笔的由来。

　　"玉沫寒以龙须化作玉笔赠你,你还真的是得到好东西了。"方云修微微一笑。

　　这个晚上,他笑得已经足够多了,而这个没有被任何人看到的笑容,却最为动人。

　　方云修昂首望向天空,虚空之中,云海茫茫,没有答案。

只是，这么多年过去了，他终于，再度有了可以期许的东西。从此以后，漫漫长夜，也许，将不再是那么难熬了吧……

此时，曙光初现。耳畔似乎传来了隐隐的钟磬声。

仙门被再度被开启，那些隐藏在黑暗中的东西，只怕也要开始蠢蠢欲动了吧？

吴氏一族，自古以来就是仙门守护者。仙门是仙界与人间的交界，是三界的枢纽。而仙门之扉，也承担着巨大的力量与责任。因为，原本就无所谓仙门，扉在哪里，仙门就开在哪里。

自吴道玄之后，仙门已经有数十年不曾开启。那些在黑暗中积攒的力量因为找不到扉，已经苦苦按捺着窥探了数十年之久。今晚突然感受到仙门的启动，恐怕要倾巢而出了吧？这也算是一记的警钟了。

那么，继承了吴道玄画笔通鬼神力量的吴扉，究竟能做到哪一步呢？就让我看一看吧！看看你，有没有资格成为真正的扉，有没有资格成为我的搭档。

第二章 玲珑心

一生一世一画,这一画,我一定要好好守护你!

1

长安，这座在诗歌中熠熠生辉的锦绣之城，在不同的人眼中，有着截然不同的风采。可是，当长安的少女们簪起摇摇欲坠的硕大鬓花，穿起束袖的马球服在马球场上挥舞球杆的时候，任谁都不会否认，长安的春天就在她们飞扬的眉眼之间，在这里，且，只在这里！

此时，方云修正坐在马球场边那为了各家公子贵女们欣赏马球而悉心搭设的凉棚下，欣赏着一场由名门贵女组成的马球比赛。

原本，他的身份不过是一间名不见经传的书画斋的老板，可是当他阔步进入马球场时，那俊美到令人目眩神迷的眉眼，那睥睨顾盼之间自带的高人一等的风度，让那原本想要拦住他的管事瞬间就弯下了腰，恭恭敬敬地将他迎了进去。连带着他身后小厮打扮的吴扉，也得以顺利入场。

参赛的两队一队身着银红底衬流云飞花样的马球服，如同早春初绽的桃花一般明媚耀眼。而另一队则是鹅黄底点缀着蔓草图样，恰似泼溅于山林间肆意染香的迎春花，也是分外喜人。

红队为首的是一位大唐公主，黄队为首的却是一位吐蕃公主。要知道这马球本是从吐蕃传来，吐蕃公主的球技不容小觑。

此地是大唐地界，大唐公主若输了，自然是有损大唐的颜面。若是吐蕃公主输了，便是丢了马球起源之国的体面。

一场小小的马球比赛，自此便生成了一场关乎两国颜面的荣耀之战。赛场上，一时间烟尘四起，马蹄疾驰，双方剑拔弩张，各不相让。

　　而在众多身姿高挑的贵女和她们驾驭的高头大马中，却有一个不起眼的身影匆匆掠过。只见她身形瘦削，甚至连胯下之马也比其他贵女的马匹矮了小半个头。若不是有人解释她乃是今上极为宠爱的江尚书的千金，几乎都会有人怀疑为何她也能加入这场马球赛。

　　一番激烈的角逐，双方旗鼓相当，不分伯仲，直到赛事落幕的鼓声临近，还没有哪一队打入那决胜的一球。围观的看客们不禁有几分唏嘘惋惜，虽然他们有幸观赏了一场精彩绝伦的马球赛，可比赛若是不分胜负，到底是少了些趣味。

　　就在众人都以为这场比赛会以平局宣告结束的时候，那个瘦削的少女骑着她的瘦马，敏捷而又不引人注目地穿过一匹匹高头大马，生生地将那颗小小的红色马球，拦在了自己的球杆下！

　　她这一举动，不光激怒了远道而来的吐蕃公主，就连她的队友也朝她投来错愕的目光！她要干什么？此时任何一个环节的破绽都是在给对方制造取胜的机会！

　　吐蕃公主的球杆瞬间挥了过来，她要抢到这个球！

　　此时，球场边计时的那一炷香即将燃尽，所有的人心里都清楚，若想打破僵局，只剩下这最后一息的机会。

　　那个瘦弱少女将球击起。只见那颗承载着场上场下全部人焦灼目光的马球，高高飞起，在空中划出一道弧线，朝球门冲去，光阴仿佛在这一刻被定格。

　　要知道，已经有不少精于马球的贵女和吐蕃的好手都曾试图将球击向球门。可是，那些球无一例外地撞击在球门边的木板上。几乎没有人认为，少女的这颗球能穿过那小小的球门。

　　它飞行的速度是如此之慢，慢得让人怀疑它是否能飞到球门处。可它依然执拗地，不偏不倚地靠近着球门。

吐蕃公主难以置信地瞪大了双眸。

那颗球,轻松得如同一团柳绵般,飘飘忽忽地穿过了球门。

不同于其他无数次马球撞击球门而来的雷霆万钧的气势,它几乎是在穿过球门的瞬间就落在了地面上。就连落地的声息都是如此轻盈,不曾发出一点儿多余的声音。

随着这一声轻不可闻的马球落地的声音,计时的那一炷香抖落了最后一点儿星火。随即,裁判官重重地敲响了昭示比赛结束的锣鼓!

这场比赛,尘埃落定,大唐,赢了!

一时间,全场寂静。目瞪口呆的不光是吐蕃公主和她带领的黄队,还有大唐公主和她带领的红队。所有人都难以置信地盯着球门边,那个静静停落在地上的红色马球。简直难以置信,这场高手尽出、精彩纷呈的决战最后居然是以这样一种方式结束。

比场上的这些贵女最先反应过来的,是围观的看客们。

众人纷纷打听着这位江尚书之女叫什么名字?不过多久,场上响起的欢呼声轰动全城——"天佑大唐,江碧凝大胜!"

江碧凝这个名字,在瞬息之间,为人们所熟知。她的勇敢,她的聪慧,她那一手计算精准的球路,那甚至不曾多费一分力气的击球方式,都迅速成为大唐的一个新传奇。

而此时的她,却羞涩地低垂着粉嫩的脖颈,仿佛根本无力承受这排山倒海般的灼灼目光。她局促地握紧了手中的球杆,轻轻拍了拍胯下那匹原本与她一样不起眼的马儿,仿佛正与它分享此时胜利的喜悦。

人们的视线终于顺着她的动作落到了那匹马的身上,已经有人在议论着马的品种,说这到底是传说中的高丽马,还是大宛马?

马球场边永远不缺少善于相马的高人,可是即便如此,也无人能相出这匹马的神奇之处。因为,它无论怎么看,也不过是一匹再寻常不过的马。

这种马,长安的商人用它来运货、拉车,谁也不会想到这样一匹马居然能骑到名驹如云的马球场上去。甚至已经有人开始不确定地判断,这匹马,也许……是一种从未被人赏识过的品种?

随着场边澎湃汹涌的欢呼声,大唐马球队的少女们骑着各自的高头大马,神采飞扬地绕马场巡游。虽然那决胜的一球是江碧凝中的,可任谁也不会否认自己亦在这一战中展现了精彩的球技。此时的欢呼声是给江碧凝的,同样也是给她们的。

那个本该荣耀万分的少女江碧凝,她不但没有露出大获全胜的荣誉感,反而似乎对于自己制造的盛况带着一丝不安和羞涩,自顾自地从马上跳了下来,左右闪躲着,看样子竟然是想躲开众人的视线逃走。

只不过此时正是全场焦点的她,就算她再如何低调也躲不开众人牢牢锁定的目光。到最后她只得在众人的欢呼声中,牵着那匹马徐徐绕场。

这还是吴扉第一次欣赏马球比赛,她整个人都沉浸在马球赛带来的新鲜体验和兴奋中。

"真想不到江碧凝如此瘦弱却有这样一手好球技。看她这样,说不定我也可以打马球?"吴扉有点儿跃跃欲试地看了看自己的瘦胳膊,脑海中不住地畅想。

"你?你会骑马?不对,你这么个三寸丁,只怕骑在马上,人家只看得到马,看不到你人?"方云修看着马队,吃着茶点,心满意足地开始嘲讽吴扉。

"我会骑马!酒坊送酒的那匹马我帮工的时候就骑过!哼!另外,我才不矮!"吴扉瞪着方云修,竭力踮起脚尖,展示自己的身高!别说她本来只是个女子,她这个身高就算是跟男子比,也不算矮的好吗?

"连我的肩膀都不到的人,说什么身高?"方云修继续喝茶,轻哼。

"我才十六岁,还在长!"吴扉气鼓鼓地握拳。

吴扉原本想要跟这个祸害精再舌战三百回合,此时被他一指,一眼望去,却看到那匹正陪着江碧凝徐徐绕场的马。是毫不起眼的栗色马,既没有高大的身躯,也没有所谓翩若惊鸿的矫健体态,唯一令人惊奇之处就是它的眸光,似乎在这满场的欢呼声中,带着一抹说不出的冷静与平和。和江碧凝在满场的欢呼声中只将目光投向了它一样,它的眸光也柔软地落在了江碧凝的身上,即使被无数人的欢呼和目光包围,他们的眸光中却只有彼此。

"真是好马啊,好像挺通人性的。"吴扉忍不住感叹。

"这真的只是一匹普通的马吗?我看……不像……"方云修总带着几分清冷讥诮的声音,此时在上好蜜枣糕的滋润下带上了几分难得的甜糯。

"什么情况?"吴扉望着那一人一马,并没有觉得这里面有什么异样。

方云修轻轻一笑,不再说什么。

如果可能,他也非常希望,自己看到的只是一场最普通的马球比赛,在所有的人都欢呼雀跃背后没有任何阴霾笼罩。

这时,方云修突然打了个响嚏,突然噎了一下,呃,这个蜜枣糕的味道是真的很不错,只可惜茶水备得不太够,现在都有几分口干舌燥了……

"快!快!快去那边帮我倒碗茶过来!"

江尚书的书房里,除了垂首侍立在旁的管家,就是下首的吴扉和方云修了。只是比起此时已经汗湿了脊背的吴扉,方云修却是气定神闲,仿佛眼前发生的这件事与他并无半点儿关联。在他那举世无双的眉眼之间,不光没有怯意,反而还似乎隐隐流转着某种捉摸不定的华光,那些寻常商贾在遇到高官之时的奴颜婢膝之礼在他这里是根本不存在。

江尚书的态度其实算得上平和,并没有身居高位者以势压人的气息,可是他的话还是让吴扉难以呼吸。

"刚才已经确认过了,这幅《弄玉吹笙图》,确属你们黑方斋当年售出的吴道玄大师的真迹。而小女江碧凝正是被这幅画迷了心智!你既然是吴家后人,此事就要落在你身上了。"

户部尚书江鹤年,年轻时便以才名声动长安,之后便以温和敦厚的行事风格,在这个看似一团和气其实风云诡谲的朝堂之上如鱼得水地坐稳了他户部尚书的宝座。这样机变筹谋的一个人,竟会认为女儿心智被迷是因为一幅画?

可是,面对着江鹤年严肃的面庞,却没有人会认为他是在说笑。

方云修的嘴角徐徐泛起一抹玩味的笑容。虽然被一群来势汹汹的衙役请入江尚书府邸让他有几分不爽,可是在看到道玄的那幅《弄玉吹笙图》的时候,他所有的不满情绪都随风而散。

当年,他虽是道玄的至交好友,可那时候年少轻狂,对于他的作品并未多加留心,直到道玄以身化印守护仙门,他才陡然惊觉,

不光是这个人消失在世界上,就连他的作品也成了稀罕之物了。那种所有的思念都无所依托的感觉,让他一次次在午夜梦回时分懊悔不已。

所以,今天当那幅《弄玉吹笙图》出现在自己面前的时候,他心中有种说不出的惊喜和感慨。可当目睹道玄的画作后,他也明白,这其中必有端倪!

江碧凝并非江尚书的嫡女,据说她十五岁之前一直被寄养在乡间无人过问,直到今春才因着她年岁渐长,许是要考虑议婚事宜,才将她接至长安。却不料一场马球比赛,让这个自小养在乡野之间,原本无人知晓的少女从此声震长安。

这一个月来求亲的人几乎要踏破了尚书府的门槛,虽然江鹤年并未应允任何一位求亲者,却也真真切切地感觉到,自己这个女儿,成了被整个长安,上至王公贵族,下至贩夫走卒,所宠爱着的天之骄女了!而他,也不由得为之骄傲。可是谁曾料想,就在前些天,这个孩子居然莫名其妙地陷入了痴傻懵懂之中。

如果她还只是那个养在乡间的庶女,江鹤年不过将她悄悄送回去也就罢了,可现如今江碧凝早已是整个长安的焦点所在,他是怎么都不能把这个正万众瞩目的长安第一马球少女就这样无声无息地送出长安的。

是以,他必须调查,为江碧凝这突如其来的痴傻找一个合情合理的理由。

直到今晨,有丫鬟来报,江碧凝在呈现痴傻之态前,总喜欢凝望着闺房的这幅《弄玉吹笙图》发呆。

当江鹤年发现这幅画居然是号称"画笔通鬼神"的吴道玄真迹的时候,一个念头冒了出来。虽说江碧凝是被这画上的鬼神摄去了心神不是什么好说辞,可是……这总比其他一些更隐晦的秘密被人

挖掘出来好。反正，吴家早已败落，黑方斋却还不曾倒掉，一切都顺理成章。这样的一个交代，对于长安的上上下下来说，应该算是足够了吧？

只是，他没有想到的是，如今的黑方斋已经易主，而那位新老板方云修，且不说那容貌俊美异常，单看他那泛光的双眸就知道，他绝不是个简单人物。

方云修在听完江鹤年一番说辞后，竟是一句反驳也没有。那副笃定的神态，让江鹤年不由得暗自猜想他早已经洞悉了自己心中的一切筹谋算计。

"道玄公确实是有'画笔通鬼神'之名，江碧凝小姐若说是被这画中鬼神摄去了心神也不算是胡说……"方云修轻轻点头笑道，脸上毫无怨怒之色。

"怎么？他这是要舍了这小伙计吗？"江鹤年面上带笑，心中思忖，徐徐道："我知道方老板你接手黑方斋不过月余，亦不是吴家后人……"

江鹤年的意图已经很明显，他都已经如此明确地给了方云修一个台阶下，若是他聪明点儿，就该趁势撇个干干净净。江鹤年这几十年来浸淫在朝堂之上，对于其中隐藏的任何危机都有灵敏的感应。是以，他宁可放过眼前这个捉摸不透的人物，只将那傻小子吴扉拿下，做个交代足矣。

谁料想，方云修却摇摇头道："不知道，江尚书您的意思，是要让小姐恢复神志，还是只要了结了此事就好？"

江尚书已经不记得有多少年不曾听到有人用如此直白的方式跟他说话了。可是在对上面前这人俊美无比的眉眼时，却又觉得，若是这样的人，用什么样的口气与人说话，似乎都是可以接受的。

他眸光一亮："你是说小女的神志还有恢复的希望？我已经

请遍了长安的名医，宫中也派出了数位太医诊治，可全都束手无策啊。"

方云修气定神闲："若是我说，在下可以为尚书大人一试呢？"

明明请遍名医，被反复告药石罔效，可当江尚书听到方云修这个提议时，他居然就这样如此顺理成章地点了点头。

是以，方云修和吴扉便以特邀前来为江碧凝看病的名义，住进了江家后宅一处僻静风雅的小院。而众人的异议声，在见识到了方云修那绝美的容颜和高华无双的风度后，戛然而止。

方云修带着吴扉登堂入室，大摇大摆地为江碧凝诊治这所谓失魂之症。而此时，那幅《弄玉吹笙图》正静悄悄地躺在方云修的书案上。

方云修摩挲着略显陈旧的画纸，辛酸道："道玄啊，想不到你的画作，如今居然被人当作令人失魂的罪魁祸首，可谓世风日下啊……"他冷漠疏离的气质，在这一瞬间隐隐带上了一丝俗世的烟火暖意。因为那个人，始终是他的心底最亮的星火。

正感慨，那厢服侍江小姐的丫鬟过来报说，小姐已经梳洗好了，可以见客人了。

方云修和吴扉对视一眼，心中了然，原来江碧凝真的只是失魂，并未陷入狂乱的疯魔？

这个推测，在他们踏入江碧凝的闺房的时候，就得到了证实。江碧凝安安稳稳地坐在桌边，手中捧着一碗热茶，正在慢条斯理地浅啜。看到方云修进来，她慢慢放下手中茶盏，露出略带恍惚的神色，抬眸问贴身侍女："这位……是？"她的声音带着点儿孩童才有的含混尾音，却有一种意外的软糯可爱。

旁边的侍女立刻回道："这位是方大夫，来给小姐诊治的。"

方云修注视着江碧凝，他还记得那个打出了制胜一球的羞涩少女，那种遮掩不住的灵秀和青稚的风情，在此时全都褪得干干净净。

江碧凝好奇地望着他，面上露出极为温暖又懵懂的笑容："你要吃点心吗？我要厨房再做些栗子羹过来好不好？"

她的语速极慢，带着孩童般的稚气。那种一览无余的善意却是让人心中欢喜。即使因失魂而变得懵懂，她纯善洁白的心灵反而更加鲜明了。面对着这样天真的女子，方云修竟也生不出半分恶意。

他点点头，声音里有种说不出的温暖亲切："好啊，我正想尝尝今年的新栗子做的栗子羹是什么味道呢。"

那侍女听他如此回应，立刻起身张罗了许多茶水点心，满满当当地摆了一桌子。再告罪一声，这才安心地在一旁侍立。

"小姐是何时入京的呀？"方云修舀起一小勺栗子羹，慢慢放入口中，感受着那质朴的甜润口感一点点在舌尖弥漫，他的笑容也随着这甜糯的口感一丝丝沁润开来。

"唔……那时候好冷……"江碧凝从他的面庞中感受到了那一丝丝的暖意，娇声道。

"小姐是去年岁末入京的，那时候小姐刚来，样样新鲜，不知道有多开心呢。我们这些下人看着也是格外欢喜。"侍女忙低声应和道。

吴扉听着他三人的谈话，看看懵懂娇憨如稚子的江碧凝，再看看那突然就有了几分温暖长兄风度的方云修。突然觉得，这画面万分和谐。

可是，下一瞬间吴扉就想起来，江尚书许给了方云修满满一盘子的金银问诊费。顿时就在脑海中将方云修的笑容，与那一整盘的诊金画上等号。哼，平时装得何等超然物外，现在还不是见钱眼开？

虚伪啊，虚伪。望着桌子上那满满一桌子的各色点心，吴扉小声地吞了一下口水。为什么有些人拿着大包的金银，吃着大盘的点心，她就只能站在后面干瞪眼吞口水呢？小气鬼……

突然，她感觉到脚边有什么毛茸茸的东西蹭了过来。低头一看，是一只巴掌大小的黑猫。那圆溜溜湿漉漉的大眼睛，让人看一眼心中就一片柔软。

吴扉将那猫团子捞在手心里，江碧凝一看到那猫就叫了起来："墨墨！"看来这猫是她养的。

吴扉正要将小猫递过去，却只见那侍女阻止道："小姐，你不能边吃着东西边抱猫。我先帮你抱着可好？"

可江碧凝不许，狼吞虎咽地将手里正吃着的点心吞了下去，又急不可待地将小猫揽入怀里。就连手里那些尚未擦洗干净的糕饼屑子也一股脑儿地蹭在了小黑猫原本油光水滑的毛皮上。看那模样，就是个彻彻底底五岁小儿，让人见了忍俊不禁。

可是，吴扉却敏锐地感觉到，自从那小黑猫出现后，侍女的面色就微妙了起来。只见她躬身行礼，只说是已经叨扰了小姐一下午了，让小姐且休息一下，过会儿好用晚饭。

方云修自然与她一起退出了江碧凝的内室。但望着那侍女欲言又止的神情，方云修心知肚明，只微微一笑道："那小黑猫……有问题？"

侍女原本等的就是他这一句询问，正好在他面前卖个乖，立刻故作神神秘秘，压低了声音道："那黑猫看着好像是刚足月的模样，其实养在府中也已经有大半年了。寻常近一岁的小猫长得那叫一个快。我们厨房廊下的黄猫，是小姐来了之后才出生的，到如今已经活脱脱一只大猫的模样了。这黑猫却是从被小姐带到尚书府起就一点儿不曾变化过！"

"哦？还有这样的事？"方云修只将那潋滟的柔波投向侍女，一副饶有兴致的模样。

侍女脸色上越发添上一层羞红，该说的不该说的此时都如同竹筒倒豆子一般脱口而出："虽然老爷说是那幅《弄玉吹笙图》让小姐迷了心智，可照我看来，说不定是这黑猫作祟也未可知呢。"

方云修心中一动，微微颔首："你自可如此猜测，却千万不要随意说出来。后宅人多口杂，你徒惹事端就不好了。"

侍女听了，面色更加绯红，急急点了点头，带着满溢的笑容扭身退下去了。

望着那侍女远去的身影，方云修徐徐舒了一口气，他心中已有几分了然。

看江碧凝的样子，并非是被什么妖物魇去了神魂，只不过是心智退化而已。许是那一日马球场上惊采绝艳的一杆太过耀眼，任谁也无法接受那样一个荣耀少女变成了如今的情形。至于那只猫……就更有趣了。

吴扉观察着方云修捉摸不定的神色，知道就算自己开口问，他也不会坦率回答。不过此时，她却突然想到了另外一件事。

"那个……那匹马呢？"要知道，那天在马球场上，以惊采绝艳的一球让众人叹服的，不光是江碧凝，还有那一匹分辨不出品种，却聪慧异常的马儿。

"哦！对，马也有问题！"方云修抚掌赞叹。

吴扉正要得意，就只听方云修接着道："看来你脖子上的这个脑袋，虽然帮不上身高，可还是挺有用的嘛。"

吴扉磨牙，调出一个毫无诚意的假笑："是啊，比不上方老板您的脑袋，又有用，又增加身高。"

方云修对她话语中的揶揄充耳不闻，居然坦然点头道："可是

你还忘了最重要的一条。"

吴扉一愣:"什么最重要的一条?"

方云修正色道:"我,还十分非常相当之……帅。"

吴扉扶墙:"从未见过如此厚颜无耻之人!"

第二日,他们在尚书家的马厩前询问马夫关于那匹马的情况。原本,吴扉是十分希望方云修的所谓帅气魅力在这些粗汉子面前吃瘪的。然而,事实告诉她,能在江尚书家当马夫的人,都是,非常有眼色的。那马夫看到方云修这番天人风度,忙不迭地将实情全倒了出来。

满心期望方云修遇冷的吴扉,最后只接受到了方云修一个得意的斜睨:小样儿,还想跟我斗?你还嫩着呢!

吴扉心塞。

马夫依旧滔滔不绝:"自从小姐打赢了那场马球之后,就不知道多少人来问过那匹马。可是说来也奇怪。就在小姐发病前,也不知道具体是哪一天,那匹马就不见了。原本这样的神驹不见了,尚书老爷得大发雷霆,可是正好撞上了小姐发病的事,老爷也就顾不上什么马不马的了。"

方云修敏捷地抓住了他话语中的重点:"也就是说这匹马的失踪与小姐发病的时间差不多?"

马夫点点头:"不过这丢马的事情,也不好说。要知道自从这匹马在马球场上大放异彩后,不知道多少人来打听这匹马,想打马的主意。说不定就是哪里来的宵小之徒偷偷窃走了马,时间恰好与小姐发病撞到一起了,也难说。"

"原来如此……"方云修颔首。

吴扉按捺不住地插了一句嘴:"不知道这匹马是你家尚书从何

处得来？竟是如此神骏非凡？"

马夫呵呵一笑："那匹马啊，是小姐从老家那边带过来的。不过就是一匹不知道哪里跑丢了的野马驹子养大的罢了。不过外头的人不知道，传得神乎其神的，我们听了也就当个笑话罢了。"

"原来如此……这么说这匹马是你家小姐从小养大的啦？"吴扉激动起来，怪不得会有那种人马合一心有灵犀的样子，原来是自小养起来的啊。

"是啊，我看我们家小姐说到喂马，懂的可不比我们这些专门侍弄马的人少……"

马夫来了谈兴，又絮絮地说了一些那匹马儿如何聪明，如何灵透，如何学习马球的步伐、身形一学就会之类的……方云修却懒得听下去，只任由吴扉捧场了。

入夜掌灯时分，方云修意兴阑珊地在院子里转了两圈，望着头顶影影绰绰的星辰，幽幽地长叹一声。

吴扉这几日在尚书府里吃得好喝得好，加上不用看守店面，觉得十分悠闲，此时见方云修居然在这里幽幽叹息，不由得惊奇。

"想不到这里的事情，竟是比我想象的还要复杂……"方云修边赏月边分析着当下的形势。

吴扉望着他迎着月光卓然而立的身影，恍惚间只觉得此人仿若仙境中人。人品虽然要另说，但是真的是相当好看啊……

"正好，你把那些盘子给我收拾了吧。"方云修一眼瞄见吴扉，就开始发号施令。

"啊？"吴扉错愕。谁能告诉她，刚才那个卓然独立的仙人，

是怎么一秒变身成了颐指气使的毒舌祸害精的？

盘子？吴扉顺着他的眸光指引望过去，看到在院子角落花树下的石桌上，一大堆盘子正错落堆叠。嗅着那隐约而来的甜香，吴扉不用猜也知道，又是那些侍女送过来的各色甜点。

自从发现这个绝色脱俗的方老板喜欢吃甜食后，尚书府的那些侍女就一个接一个地捧来了她们的拿手绝活，只为了送点心过来的时候，能听他温言浅笑地说一句："谢谢姑娘好意了。"如此这般，方云修的桌子上就总是流水般地堆满各式花样点心。然后他也就面不改色地全部吃掉了。

吴扉原以为他只会吸清风、饮甘露，却想不到他居然会……捧着甜点不撒手……只是，每次他吃完，负责洗盘子收拾烂摊子的人总是她。那些一看就很好吃的甜点没有她的份，干活却总是她，真的是……相当让人不爽啊……

"栗子羹一大盘、蜜枣卷两盒、金丝酥饼两盘、云片糕一盘……各色干果一大盘……"吴扉闻着那些她根本没机会品尝的美味糕点的香味，一道道如同传菜般地念叨。

方云修挑了挑眉，却是充耳不闻。

"你吃这么多……也不怕长胖吗？"吴扉磨牙，十分嫌恶地盯着方云修的腰腹处，脸庞再怎么俊美，若是配上个沉甸甸的肚子，也好看不起来了吧？

"胖？我当然怕啊！"方云修难得居然没有毒舌反驳，而是笑盈盈地接话。

"那你还……吃得盘光碗净的。"吴扉乘胜追击，将手里那摞高高的盘子示威般地晃了晃。

"我……"方云修还没回应。却只见吴扉手里那些盘子，因为她这一晃，顿时全盘倾斜、摇摇欲坠，眼看就要砸到地上。

"啊！"吴扉高声尖叫，却完全腾不出手去接。她只觉得眼前的光景，仿若天上的月华倏忽在身边流转过一般，瞬息之间，方云修已经稳稳地将那几个差点儿落地的盘子接住，再轻巧地搁回到她手中。

吴扉轻舒一口气，正要感谢，只听他又毒舌道："我只是觉得，我若吃胖了，不过是得人一句'膀大腰圆'，若是你这样的女孩子吃胖了，可就落了个又矮又胖，不堪入目的窘境了。为免你落到如此窘境，我也只好勉为其难替你把这些好吃的都解决了。"方云修说着还不忘用手掌扇扇风，做出一个"你不用谢"我的表情。

"你……你说什么呢？我哪里又矮又胖了！你再给我说一遍！"吴扉几乎想把手里的盘子全砸到他那张欠揍的笑脸上。

但下一秒她就突然定住了身形，结结巴巴："你……你知道我是女人了？"

方云修也是一愣，原本他虽然知道了吴扉的性别，可是看她如此细心遮掩，显然是不欲为人所知。他本也是计划故作不知，谁知道刚才一时玩笑，居然就这样戳穿了。一时间也有几分自毁失言。可是方云修是什么人，他怎么肯低头认错？

"我这么多天与你朝夕相处，怎么会看不出？你真当我傻瓜吗？"方云修昂首，不待吴扉继续反驳便已发号施令，"你若不想我将你的秘密传扬出去，就快些收拾好碗盘桌子，给我好好干活。"

"威胁……"吴扉斜眼磨牙。

而方云修恬不知耻的话还在继续："我素来人品高华，从不以男女之别论人，只要你肯好好做事，你依然是我黑方斋最好的小二！至于你刚才说我会吃胖什么的，我也一点儿都不曾……在意。"

明明就是很在意。吴扉几乎是懒得反驳他了，朝天空翻了个大大的白眼，就端着那堆碗盘走了出去。

等到愤愤然走了好远，她才突然意识到，原本以为被人戳破性别时一定会掀起的一场轩然大波并未出现。不光是方云修那个祸害精并未在意，就连她自己，似乎也比想象中要平静得多。

难道，他那一番无耻威胁，都只是……为了让我分心？让我无须因为性别被戳穿而张皇无措？这个念头只在脑海里出现了一瞬，吴扉的目光对上眼前那吃得干干净净，连个渣子都没剩下的糕点盘子，狠狠地摇了摇头。

这种连半块糕点都没想到要留给我的人，哪里会为他人着想？我想多了！

吴扉回到小院时，方云修还在喃喃自语。

"那幅道玄亲手绘制的《弄玉吹笙图》里确实还隐隐泛着当年道玄笔法中残留的灵力波动。"

"而那只黑猫，那种一直无法长大的东西，哪里会是寻常角色呢？"

"至于那匹神秘失踪的马，那次在马球场里来不及细看，但照目前的情况，已经可以确定并非凡品。"

……

吴扉听着方云修的喃喃，她还真没想到，尚书千金心智退化的事会有如此多的可能性。原本，她只以为方云修是见钱眼开，趁机在这尚书府诓骗点儿银两花花，却不知道他竟然是真的上了心。

"那我们接下来该怎么做？那幅画已经在这里了……猫的话，可以逮住它不让它靠近江小姐。至于那匹马，画好了图像让人四处搜寻，重金悬赏下总会查到点儿消息吧？"吴扉嘀嘀咕咕地盘算了起来。

方云修奇怪地望着她。

吴扉急忙开口:"你刚才怀疑的这些东西,我们一个个地调查过来,总会水落石出的。要不看着江小姐一直这样痴痴傻傻的,也是可怜。"

"哦……"方云修拖长了声音,似笑非笑地盯住她,"你不是觉得她娇憨如稚子般十分可爱吗?"虽然吴扉什么也没说,可是他看得很清楚,那点儿小心思,怎么逃得过他的法眼。

吴扉的脸不自觉地红了。正当方云修以为这话头要就此揭过,却听她低头小声道:"可是,如果她一直这样的话……也许在这尚书府的后宅就没有她的立足之地了。"

她在市井中长大,日日听到的见到的无一不是这些你争我夺的事情。后宅争斗原本就比寻常人想象的更加残酷,更何况,江碧凝以庶女的身份却受到了这许多的关注,只怕早已经成为众矢之的。如今她还能备受关注地被请医看护,若是长此以往,她的下场可想而知。吴扉想到这里,急忙抬起头:"难道……老板你不想帮一帮她吗?"

江碧凝的死活原本与她毫无关联,可她又那么清晰地感觉到了,如果没有人帮助她,她会落得个什么样的田地。为此,吴扉就觉得,即使会被方云修这个大毒舌狠狠嘲讽,她也必须要开口。

方云修盯着吴扉的双瞳,第一次,他不得不承认当这个少女这样近乎祈求地望着他的时候,那双黑白分明的瞳仁里透出来的气息,还真的有几分意想不到的可爱。

不过,此人装腔作势的本性根深蒂固,即使面对吴扉如此难得诚恳的祈求,他也不过意味深长地微微一笑:"不用着急,此事自有分晓。"

吴扉:我肯定是猪油蒙了心,才会想去求他!

自从江碧凝陷入懵懂之后,她院中侍候的丫鬟侍女就懈怠了许多。晚上,月亮刚升起来,院中就已经寂寥无声,显然是各自找乐子玩儿去了。

几日之后的夜里,月上枝头,在一丛无风摇曳的花树之后,缓缓地走出来一个挺拔的身影。即使只是个背影,也依旧透露出一种意气风发的少年气势。少年正缓慢又坚定地,一步步朝着江碧凝的闺房走过去。屋内的灯火并未熄灭,透过窗缝,他看到江碧凝正趴在桌边,百无聊赖地逗弄着那只巴掌大小的猫团子,口中念念有词:"阿巽,你到哪里去了?我每次去马厩找你,他们都说你被派出去了……"

她面前的猫团子在她轻柔的抚摸中肆意地舒展了肚皮,惬意又慵懒地"喵"了一声。

江碧凝将猫团子一把抱在怀里,娇嫩的面庞蹭过那小兽润泽的皮毛,道:"墨墨,你说阿巽他怎么样了呢……"

墨墨的喉头发出舒适的"咕噜咕噜"的声音,对于江碧凝提出的问题,它的小脑袋茫然地歪了歪:那匹马吗?

"阿巽……阿巽……阿巽……"少女混沌的低喃声在屋子里一遍遍地回荡着。

窗外少年的眸光紧紧地盯着少女。他的面庞上掠过一丝不忍,这曾是他最珍爱的少女,这曾是他铭刻在心的声音。就算是到了此时此刻,听到她的低喃声,他胸中依然有抑制不住的激荡。

少年伸出手去,想去回应她。可是,心底里的另一个声音却阻止了他的脚步。

"还在犹豫什么?你如今已经灵智开窍,再不是山野间那匹无智无识的野马了。你的目标是斩断尘缘,从此化龙飞升。怎么可以为这点凡俗世情牵绊住了脚步?"

回来是干什么的……阿巽在心中问自己。

不错,他就是刚才被江碧凝念念不忘的那匹马儿阿巽。只是现在的他不再是马儿姿态了,他已经化作人形。现在的他,与那些游走在长安街头高鼻深目的俊秀胡儿一般,有着深邃俊朗的脸庞和耀眼的金发,即使青涩的稚龄让这份俊美少了一份沉稳的气韵,可是谁也不会错认,这就是一个美少年!

而如今的他再度回到这个宅邸,目的只有一个,就是了结与江碧凝的这段尘缘。

可是,真的可以就这样离她而去吗?他控制不住地问自己。

当年,他曾那么认真地许下要用自己全部的生命和时间守护她的誓言。他也曾想过,要不要守护完她这一生,然后再入深山修炼。可是它心里的另外一个声音又冷酷且清晰地提醒着他,时间对任何人来说都是宝贵而不可逆转的。今时今日,乃是它修仙化龙的最好时机,若是错过……也许就是永绝仙缘!

阿巽,不能接受这样的结果,他一步步靠近门扉。

屋子里的江碧凝似乎有所感应,她一下就跳了起来,"啪"的一声推开了房门,望着门外如被墨色浸染的黑夜唤了起来:"阿巽,是你吗?我好像听到你的声音了!"

阿巽望着她,他多想跟以往一样冲过去,到她的身边,回应她的呼唤。可是,他的脚步却仿佛有千斤重,怎么也抬不起来!身体却比头脑更快做出了反应,他一个闪身就已经隐入了廊下茂盛的花丛里。他屏住了呼吸,静悄悄地看着那个熟悉的身影四下张望,最后无奈地叹出一口气。

原本阿巽以为江碧凝会回屋,却看到她一屁股坐在了门槛上。长安的名门闺秀可绝不会有这么一副浑不懔的草莽架势!笑意几乎是瞬间就跃上了阿巽的嘴角。

"肯定是我一直关着门，阿巽看不到我……就以为我不在家了……"夜风袭来，江碧凝的肩膀控制不住地一个寒战。

墨墨立刻钻到她的怀里。它柔软又暖乎乎的身体立刻让江碧凝舒展了眉头："墨墨，我们一起等阿巽回来吧……"

一阵凉风吹来，桌上的蜡烛被风吹灭了。可江碧凝毫不在乎，她就这样抱着小黑猫墨墨，一心一意地坐在门槛上，等着她的阿巽回来。

阿巽只是静悄悄地注视着她，心里隐隐觉得似乎有什么地方不对劲。可又猜想也许是这次分开的时间太久了，才会有这种异样的陌生感吧？

他正想着，一队查夜的丫鬟仆妇走了过来。为首的看到江碧凝居然黑灯瞎火地坐在门槛上，顿时就炸了锅一般地叫了起来："那些个小蹄子们都跑到哪里玩去了？居然让小姐就这样坐在风口里！"

说话间早已经有机灵的丫鬟将江碧凝扶了起来。

仆妇急忙殷勤探问："小姐，你可还好？奴婢这就去收拾了那群偷懒的小蹄子。快去吩咐小厨房给小姐做一碗热姜汤过来！"

仆妇说了这一番话，自然是想江碧凝赞她一声好，却只见江碧凝愣愣地盯着院子门道："阿巽……阿巽……我的阿巽到哪里去了？"

"阿巽？"仆妇愣了愣。旁边立刻有人提醒："就是那匹跑丢了的马。"

仆妇还没回过神来，只见江碧凝气呼呼地嚷了起来："跑丢了？阿巽怎么会……跑丢了？你们骗我的！"

仆妇急忙瞪了刚才那个嘴快的丫鬟一眼，安抚江碧凝："没有跑丢，是那丫鬟不懂事，乱说呢。"

江碧凝却低头"呜呜呜"地哭了起来:"阿巽……阿巽……"

"小姐,你别哭,今儿太晚了,明天就让他们把阿巽牵过来给你瞧。"仆妇急忙哄着她,推推搡搡地把她送入房中,一番洗漱之后总算是安抚她睡下了。一群人这才退了出来。

忙完了这一通,却是半点儿好处没捞着,为首的仆妇心中到底不乐意,碎嘴道:"她这个尚书小姐,也风光不了几天了。若是一直这样痴痴傻傻下去,等这阵风头过去,老爷又会将她送回乡下去。那时候跟我们这些下人又有什么两样?她这小姐日子,也就只得这几天受用罢了……"

"是啊,这样痴痴傻傻的,哪家的公子肯要啊……"

"这样了还想着那匹马,她也不算彻底傻了……"

"她这样已经算是好的了,没有疯癫,不过是痴傻……"

痴傻?阿凝,痴傻了?怎么可能!阿巽只觉得自己的心,正被一道巨大的惊雷击中。怪不得他从看到阿凝坐在门槛上喃喃细语等他的时候就觉得哪里不对劲,怪不得她会是那样一副小儿做派,就连声音都是绵软含混不清的。原来她竟然是……痴傻了!

当这个认知如此明确地出现在他头脑的时候,另一个声音也更加清晰——她已经混沌至此,却还牢牢记得你,记得你的名字!而你回来,却是要与她了断契约,斩断尘缘!

阿巽心中有什么在猛烈地撞击着,让他怎么也无法恢复平静。

月光悠悠地从云后透出皎洁的光华。举头望月,沁凉如水。

"人生代代无穷已,江月年年只相似。"两句诗油然跃上心头,阿巽的拳骤然握紧。他不能犹豫,他不要做那代代无穷已的蝼蚁,他要做高天之上俯视众生的月华!他必须要就此斩断与阿凝的契约!

可当他抬步,准备再度走向阿凝的闺房的时候,他的脚步,又骤然顿住。

原本空无一人的廊下,不知道什么时候,站了两个人。一个白衣翩飞,气质高华,威仪凛然。而跟在他身后的那个少年,亦是眉目清朗,不失风度。

阿巽还记得,刚才阿凝坐在门槛上的时候,廊下是没有这两个人的,就连仆妇丫鬟群里也没有这等模样的人。

瞬间他警觉了起来:"你们到底是什么人?为何会在这里?"

方云修自唇角处慢慢浮起一抹笑意:"我是江尚书请来为江碧凝小姐破解失魂之症的大夫。不知道,阁下深夜擅闯私宅,又有何贵干?"

阿巽顿时语塞,好一会儿才开口:"我叫阿巽……我是阿凝的旧友,听说她最近身体不适,特来探望。"

方云修意味深长地"哦"了一声。正当阿巽以为可以蒙混过关的时候,却只听他一声轻喝道:"哪里来的妖孽?是你吞噬了她的灵智吗?"说话间,已经有数道符光激射而来!

阿巽没想到他会趁自己不备突然出手。瞬间就被那几道符光定住了身形,动弹不得!

他本想高声呼救,却又担心惊醒了阿凝,只得咬着唇,将一双怒气冲冲的眸子死死地盯住方云修。

方云修原本是感应到这边有异样的灵力波动所以急忙过来护持,却没有想到现身的居然是个刚刚化形不足月余的马妖。他素来谨慎,不想因为疏忽叫这小妖逃了去,便不惜手段使出符光强行将他收拾了。

而此时,那马妖居然因为担心会吵醒江碧凝而硬生生将痛呼声遏在了喉间,倒是觉得有几分意思。如若它真的吞噬了江碧凝的灵智,又怎会折返回来送命呢?此事必有隐情……

思及此处,方云修轻斥一声,已然施展出遁术,瞬间将那小

妖带到了自己住的小院里。布下了禁锢阵法和结界，才迤迤然道："你还有什么说辞，都一一道来！我方云修从来不是嗜杀之辈，只要你说的是真话，我自然留你一条生路。"

阿巽没想到自己不过离开尚书府几天，这里居然来了这样一位厉害角色，心中不由得大惊，一时间竟然不知道该说什么好。

可听到方云修质疑是他吞噬了阿凝的灵智，少年气得再也按捺不住："我才没有吞噬阿凝的灵智！她丧失灵智这件事，我也是刚刚才得知！"

"哦？"方云修凝视着他，不放过他面上任何一丝的变化。

阿巽心中复杂，一时间千头万绪：如果阿凝丧失了灵智，那么他们之间的契约将无法解开！因为，现在的阿凝已经懵懂至此，什么都想不起来了！那么他不就飞升无望了吗？

阿巽心中一片纷乱，他从未想过一个简单的契约法术，会陷入现在这样一个迷局之中！

他不再试图挣脱身上的符咒束缚，而是一下冲到了方云修面前："你真的是尚书大人请来为阿凝恢复灵智的高人吗？求你一定要帮阿凝恢复灵智！"

方云修视若无睹，迤迤然坐了下来，吩咐吴扉："给我斟上一杯茶……还有白日里那些点心，正此时拿出来享用……就着清茶品甜点，真的是再好不过！"

吴扉同情地望了一眼目瞪口呆的阿巽，手脚麻利地布置起来。

不一会儿，方云修已经喝起了茶，吃起了点心。看那时不时停下来，眼角眉梢掠过一丝满足笑意的模样，她就知道，方云修并非

是故意做给人看,而是真心实意地在大快朵颐。

阿巽目瞪口呆。

这个人先是吞了好几片云片糕,再不紧不慢地开始品尝枣豆,到最后还拈起一块五福馅饼又送到唇边。这个看起来外表如同清风明月化作的美人,居然一直这样没完没了地……吃。

阿巽终于再也无法忍耐:"难道你是欺世盗名之辈,到这里来骗吃骗喝的?"

"哦?"方云修轻笑一声,将手中的五福馅饼放下,明明只是一个再简单不过的动作,阿巽却觉得,此刻,他整个人犹如一柄出鞘的利刃,寒光凛冽,让人不敢逼视!

阿巽心中一凛,不自觉地往后退了一步。

"此时此刻,比起让江碧凝小姐恢复灵智,让我更好奇的是另外一个问题。你——阿巽,是如何从一个月之前一匹开启了灵智的凡马,变成身有仙骨的化龙神驹的?"方云修的话语声极慢,却极清晰,带着一种不动声色的威压。

阿巽没有想到,他居然会一眼就看穿了自己的真身和来历。几乎是下意识地,他躲开对方这几乎洞悉了一切的双眸。

"凡马能开启灵智就已经是万中无一的机缘。而你居然还能身萌仙骨,化龙飞升指日可待。我实在好奇,为何你会有这样好的气运?要知道,这是多少凡人营营役役一辈子也求不来的机缘,你却以凡马之身屡次得上天垂爱……"方云修还是在微微地笑着,可是阿巽却从他的话语中,感受到了越来越强的气势。他清楚,若是自己敢说谎,只怕这个人会当场将自己杀了!

阿巽的冷汗瞬间涔涔而下。

月色清冷,他整个人沉浸在回忆中,只不过,回忆的画面纷繁复杂,他的话却简单直白。那些,是他已经决心要舍弃的回忆,此

时也没有必要跟这样一个陌生人提起了吧。

"我能开启灵智是因为我曾与阿凝一起,吃下了萤火芝。"

萤火芝?方云修的眉毛不自觉地挑了挑。

传说,萤火芝是一种难得的天材地宝,每吃下一片便可以让人心通一窍。若是凡人吃下七片则能拥有七窍玲珑心,从此心清目明,万事通透,可踏上浩浩仙途。若是其他生灵吃下,则可以开启灵智,拥有和人类一样的心智。

怪不得日前江碧凝能打出那惊才绝艳的一球,想来也是得益于萤火芝。只是,既然江碧凝已经有了如此仙缘,为何她看起来与寻常人并没有什么不同呢?

这样看来,这个阿巽倒是不曾说谎。

方云修点了点头,声音终于柔和了几分:"萤火芝也就罢了,可萌生化龙的仙骨又是如何解释?"

阿巽面上不自觉地浮起一股自得,他微微昂首,那耀眼金发映衬下的面庞越发光彩照人:"日前阿凝为了调养身体带我一起去了东海龙驹川,我在龙驹川独自游荡时,机缘巧合下发现了龙驹仙草!那时候我已经开了灵智,然后又吞下了仙草……"

"只是,我原本以为吃下龙驹草就可以立刻化龙飞升,却不料只是萌生出了仙骨,还须一番机缘历练才行。"阿巽的话说到这里,有点儿说不出的懊恼黯淡。他原本就不过是少年模样,此时心里的那点儿小心思一览无余地露在了脸上,倒是让方云修看清楚了,他当真不过是个涉世未深的小妖,那些心机筹谋鬼蜮伎俩他还不曾沾染。若说这样的小妖能百般筹谋设计害人,方云修是不信的。

"也罢也罢……"想到这里,方云修不由得一叹,挥手将阿巽身上的禁制符咒解开了。

身上的禁制骤然消失，阿巽并没有冲过来跟方云修理论，只是急切地盯着方云修追问："不知道高人你有什么办法能恢复阿凝的灵智？"

方云修充耳不闻，若有所思道："东海龙驹川千百年前就流传着龙驹草的传说，多少人趋之若鹜，却一无所获，甚至还赔上了性命，为什么你就能那么顺利寻到龙驹草？"

阿巽被他问得愣了愣，显然，他从未想过这个问题。半晌他才道："这难道不是因为我得上天眷顾，得天独厚吗？"自从吞下龙驹草，萌生仙骨之后，他自然而然地有了一份天之骄子的骄傲。天底下，徒劳奔走一生的凡马不知道有多少，可是唯有他，得到了那绝无仅有的无上机缘，又怎能不骄傲呢？

听到他如此自信的答复，方云修却"扑哧"笑出了声。他的笑意没有半分遮掩，那肆无忌惮的笑，配上他雄雌莫辨的绝美容颜，若是有外人窥见这一幕，只怕会惊得目瞪口呆，感叹尘世间居然会有如此倾城绝世的风华。

只不过，此刻有幸目睹方云修这倾城笑容的两个人，没有一个这样想。

吴扉想的是："这个什么阿巽看来是要倒霉了，而且是倒大霉⋯⋯"

而阿巽，则是勃然大怒："这是在瞧不起我吗？"

要知道，能寻到龙驹草，萌生仙骨，化龙飞升这样的事情，本就是阿巽心中最为骄傲的事情，如今居然被方云修当面羞辱，这口恶气他是无论如何也难咽下去。

"我承认今时今日我尚未化龙飞升，来日我必在九天之上俯览天下众生！"阿巽说着，眉宇间难掩少年的傲气。就算知道这话也许会激怒方云修，可他也绝不会放弃自己的骄傲！

听着阿巽的话,方云修骤然想起江碧凝的事来,照阿巽的说法,江碧凝已经是拥有七窍玲珑心的人,为何周身的气势仍如同凡人呢?想到这一层,他的眉宇间不自觉地升上一股感喟之色。

阿巽蓄势待发,只待他反击,却没想到他会是这样一副难以捉摸的怜悯神态,一时间竟有点儿不知所措。

方云修望着手边已经凉了的茶,有些迟疑。他到底要不要把真相告诉面前这个不知天高地厚的少年?

"要换新茶吗?我去烹水。"吴扉的自觉性很高。当然,更主要的原因是,如果她不积极侍奉好这个坏心眼的祸害精,下一秒他可能就会搞出很多么蛾子来。

"新茶啊……"方云修迟疑一瞬,突然开口,"如果真相极其残忍,你还希望知道真相吗?"

吴扉没想到他会突然来这么没头没脑的一问,拿着茶壶的手不觉一滞。一瞬间,她想起了父母的故去,想起了黑方斋的败落。这些对她来说,都是残忍的真相。可是……吴扉慢慢地抬起头,迎向方云修的目光:"无论真相如何,我总觉得,不该逃避真实。"

"是这样吗?"方云修轻轻地舒出一口气。仿佛在这一瞬间,他已经做出了某种决定。

"嗯?"吴扉不明所以,下意识地应声。

"所以,我要告诉你,你偷吃我的云片糕、枣豆、五福馅饼的真相,我都已经知道了。"方云修似笑非笑。

"我……我……"吴扉张口结舌,心中却忍不住懊恼。明明那些侍女送过来的东西那么多,他怎么就发现了啊?

"吃了就吃了吧,我这么宽宏大量的人,又怎么会在意?"

吴扉嘴角抽抽,整个人都在表达四个字:信你才怪!

"那么,明天早上的第一炉胡饼,就拜托你了。"方云修十分

潇洒地挥一挥衣袖。

"你说什么？你知道清早的那第一炉胡饼有多难抢吗？"吴扉近乎张牙舞爪地吼道。

"我不知道，我只知道我的云片糕、枣豆、五福馅饼被你偷吃了……"方云修一字一顿，铿锵有力。

"我……知道了……"吴扉败下阵来，在心中深深为自己的明天致哀。

全程围观了这一幕闹剧的阿巽又有了新的领悟，这个方云修也许真的是高人，但绝不是一般概念中的那种高人。

收拾完了吴扉，方云修的注意力再度转回阿巽这边："龙驹川的龙驹草极其珍稀的原因，你知道是什么吗？"

阿巽猝不及防他会有此一问，摇了摇头。

"龙驹草虽为天地造化所生，可若要长成真正能让凡马化龙的龙驹草，却得有一味七窍玲珑心的心头血浇灌。而寻常人要拥有七窍玲珑心，要么是天生通灵，要么是吃下七片萤火芝。一片萤火芝通一窍，七片萤火芝便可以让凡人七窍皆通，踏上仙途。"方云修盯着阿巽的脸，说得极其清晰，那话锋如同一柄利刃，直直刺入阿巽的胸膛。

"你是说……阿凝她，以心头血浇灌了龙驹草？"阿巽突然觉得脚下的地面在倾斜和颤抖，他几乎无法站稳！

方云修投来淡淡的眸光："真相，就是如此。"

吴扉望着有些站不稳的阿巽，骤然明白，刚才方云修为何会突然问她，那个关于真相的问题。

阿巽的思绪飞转，的确……阿凝那时候带他去东海龙驹川休养，明明俩人一起进入龙驹川境内，可是当他发现龙驹草时，她却

不见了踪影。那时候他被得到龙驹草的巨大喜悦冲昏了头脑,光顾着吞下龙驹草,完全没有注意到她。而等到他吞下龙驹草,萌生仙骨之后,她又再次出现。那时候她的脸色苍白得可怕,正是刚刚失血过多的症状!

"原来……原来……"阿巽一直认为自己是天命所归,可是现在他才发现,其实阿凝早就比他先一步得到了仙缘。可她舍弃了一切,默默地将所有的机会都留给了他。

她,不求回报,只希望,他能得到心中所求。

吴扉怔怔地听着,眼前浮现江碧凝在马球场上飒爽的英姿,以及片刻之前她那懵懂茫然的稚态。她知道自己放弃的是什么吗?她放弃了一世的锦绣繁华,就为了这么个没良心的家伙。

吴扉心中,瞬间升腾起了熊熊怒火。她一个箭步冲到阿巽身前,整个人都仿佛是一匹疾驰而来的烈马。

"所以你就这样,得到龙驹草后就离开了尚书府,追求你的化龙升仙之道去了?"吴扉一把揪住阿巽的衣领,明明她比阿巽还矮半个头,那气势却足以力拔千斤。

阿巽没料到这个从始至终都保持安静的少年会朝他发难。明明以他的修为,要挣脱易如反掌,可是,对上那双黑白分明的大眼睛,他居然动弹不得。

阿巽想辩解,却力不从心,道:"那时候……我帮她赢了马球赛,全京城的人都知道她,尚书大人待她大有改观,无数名门贵胄上门问亲,料想她日后自然是锦衣玉食,我也就可以……安心入山修道去了……"

"然后你就丢下她,自己跑了?"吴扉差点儿当场"呸"了出来,将他推了出去。

阿巽只觉得自己的脸像被人打了一耳光,火辣辣地疼。

想不到,她居然会这么愤怒。难道当初黑方斋的败落,也是另有隐情?

"吴扉,不可无礼。"方云修轻声喝止她,慢慢走过来。

吴扉撇撇嘴,终于不情不愿地站回到他身后。

"哦……"方云修盯着阿巽,唇边的笑意昭然若揭,他并不打算就此放过他,"原来,你竟不曾跟她好好告别吗?就这样,对一个付出了全部心血呵护你的人,不告而别?"

"我当时一心求道……"阿巽的喉头越来越涩,他的手一次次握紧,却不知道握在自己掌心里的究竟是什么。

方云修摇摇头,根本懒得将他苍白的辩解放在眼里,冷漠地问:"我只是奇怪一件事情,若是寻常人失去了七窍玲珑心,至多不过是灵智回到凡人的水平。江碧凝却为何会是如此模样?"

阿巽的心,不自觉地放松了些,然后他那些坚固的骄傲渐渐冰消雪融。

"阿凝她,从小就灵智不开,浑浑噩噩。所以江尚书才将她放在乡间寄养。若不是我们在那个雷雨山崩之夜偶得萤火芝,她根本不会恢复清明,被父亲接回长安。"

"扑哧",方云修嗤笑的声音落在阿巽的耳中,犹如惊雷。他突然站了起来,玉立的风姿如同骤然在夜风中盛开的一树梨花,动人心魄又带着凛冽的寒意。

阿巽的脚步竟是半分也挪不开。他,躲不开,也不想躲,这是对他的审判。

吴扉望着阿巽一步步被逼退的背影,突然觉得,自己的这个老板,并不像她以为的那么唯利是图。此时的他,也在愠怒。只是比起自己的暴怒,他的怒气如同地狱的业火般,徐徐而来。他是真的在为那个懵懂少女江碧凝心痛啊。

"她从混沌和痴傻中走出来,有多不容易!但她却为了你,放弃荣华富贵和无上仙途,用自己的心头血浇灌龙驹草,再度跌入浑浑噩噩的深渊里。"

"不!不是这样的!"阿巽的面庞控制不住地颤抖着,他用力摇着头。他无法相信事实会是这样的!

"你在骗我!我本就是有仙缘的,这一切都是天赐的机缘!上天知道我一直梦想化龙飞升,感念我心思诚挚,所以才给我降下这一场机缘造化!"阿巽一直就是这样相信着的,当他得到萤火芝和龙驹草的时候,都是这么认为的。他无法想象,也无法接受,他自以为的这场天赐机缘,居然……是她送给自己的!那样太讽刺了吧!

"她不惜代价完成你的心愿,而你得到了龙驹草就立刻转身弃她而去。这一去一留之间,真是一出好戏啊……"方云修的口气里带着一丝夸张的尾音,俨然是百戏艺人在舞台上煞有介事的念白,犀利到了极点。

阿巽想反驳,却无从开口。他只知道,那些自己一直忽略的东西在眼前巍然耸立而起,而那些一直笃信的东西,却在无声无息地倒塌,化为齑粉!

吴扉看着那个脸色骤然苍白得如纸的少年,终于忍不住开口:"你就这么执着于化龙升仙?"

他们曾经一起携手走过很长一段懵懂的岁月,拥有了患难与共的情谊,为何他在那萤火芝所开启的灵智之下,就这样撒手不顾而去?无论本着什么样的理由,吴扉也无法原谅这种行径。

阿巽好一阵才回过神来,仿佛捕捉到了一丝丝事情的由头,带着一丝迷茫摇了摇头:"我也不清楚,只知道当我吃下萤火芝,灵智打开时,这个念头就已经刻印在我的灵魂里了,挥之不去。"

方云修听着他的话,眸光幽幽流转:"刻印在灵魂之上的印记吗?原来你也是来历不凡……真是,越来越有趣了。"

次日晨,方云修踏入江碧凝的小院,进行他的日常问诊时,却见院门大敞,许多仆妇正围着猫团子墨墨,手里拿着口袋、网兜等物,在捉猫。

众人见到方云修过来,也不待他询问,早有伶俐的道:"老爷说既然一时间找不到小姐失魂的缘故,且先结果了这个长不大的孽畜再说。说不定杀了它,我家小姐就能恢复呢。"

说着,众人已经又将那小猫团子团团围了起来。

方云修听她们这么一说,唇角微微一弯,眸光朝阿巽藏身的地方望过去。

自揭破真相后,他就再未用符咒拘住阿巽了,阿巽本可以立刻离开,可是他到底还是留了下来。此时正藏在一丛茂密的桃花树之后,窥视着这院子中的情形。

阿巽对上方云修的目光,瞬间就读懂了他全部的意思——是你连累了这只猫。

"你们……抓墨墨做什么?"院子里这一通闹腾后,引得江碧凝跑了出来,口齿不清地问着。

"这猫一直长不大,许是吃坏了什么东西,我们带它去看看大夫。"为首的仆妇挤出一个笑脸应着。

那小小的黑猫团子仰头望着将它团团围住的众妇人,竟然是不躲不逃,十分温驯。吴扉轻轻伸手,抚摸它,将它拎了起来。墨墨乖乖地匍匐在她臂弯中,一动不动。乌溜溜的眸光却是投向了方云

修,仿佛发现了一个神秘的宝贝。

"你为何不逃?"方云修盯着那小不点儿,传出一道疑问直入它的灵识之中。

小猫团子愣了愣,好一会儿才歪着头回:"大家都觉得是我的错……说不定就是我不知道什么时候……就让阿凝迷了心智呢?"

方云修生平从未见过这么傻的灵兽,这还是灵兽吗?

"只要阿凝能恢复,我怎么样都无所谓的。"

方云修彻底无语了。

一念至此,他盯向阿巽的眸光顿时又多了一份重重的谴责!

阿巽被他锋利的眸光逼视,只觉得心神俱震。从昨天到今天,他已经经历了太多的震撼和错愕。

方云修不再理睬他的反应,迤迤然走进人群中。说起来这尚书府的仆妇们平时也不知道见识过多少达官贵人,可是当方云修就这样从容不迫地走过来时,所有人却都不自觉地低眉顺眼,静声屏息。

方云修朝吴扉手里的黑猫团子伸出手去。

吴扉心想,是自己眼花了,还是方云修今天喝醉了?这个懒成了精的家伙,居然要从她手中接过这只猫!

"它挺重的,你真的要抱?"吴扉小心确认。

"嗯。"方云修点头。

"而且,它要是掉了黑毛在你的白衣上……你的风度翩翩就要染上瑕疵了。"吴扉十分诚恳,"它……"吴扉还在喋喋不休。

方云修完美无缺的笑容终于崩裂:"别废话!把猫给我。"

面对此情此景,吴扉内心舒坦到了极点。哈哈哈……这个懒虫,今天总算是让我扳回一城吧?

吴扉心中想着,手上的动作却不敢怠慢,她抬手,正要将小猫送到方云修怀中,却只见小黑猫歪了歪头,迈着小短腿一骨碌跃到

了方云修的掌上。

墨墨，你一定要好好掉毛，让这个祸害精好好受惠哦！吴扉内心腹诽，用目光向墨墨深情期许。

方云修选择无视她的那些鬼心思，只抱起小猫，环顾众人，微笑道："那此事就交给我处理吧。"他的风度依旧从容，他的声音温文有礼，几乎每个人都不自觉地点了点头，随即无声退下。

转瞬之间，刚才还人声鼎沸的小院子里彻底安静下来，只剩方云修、吴扉、江碧凝和那个藏在花丛之后的阿巽。

江碧凝看到自己的小宠物落入了方云修的手中，便伸出手来索要："给……我。"

方云修动作一滞，不待他开口应付她，吴扉早已经满面笑容地朝江碧凝走了过去："这里是你住的地方吗？好多花啊！"

江碧凝的眼神顿时亮了起来，她忙不迭地点头应："是呢，好多漂亮的花！"

"你看这里……"

"这里也有哦……"

没过一会儿，江碧凝就已经拖着吴扉钻到了花丛深处。

方云修带着浅笑摇了摇头，想不到，不跟人作对的时候，也还算是有点儿用处啊。

方云修回首，冷声道："你可以出来了。"

阿巽迟疑地从花树后走出，他的眼神不自觉地朝着江碧凝与吴扉的方向望去。眼神中似有期盼，又有一丝藏不住的怯意。

"这只猫，是什么时候来到江碧凝身边的？"方云修抱着小黑猫，硬生生打断了此时阿巽纷乱的思绪。

阿巽愣了愣，不知道从什么时候开始，面对这个男人的问题，他早已经失去了最后一丝反驳和回避的情绪。他只知道，在他的面

前,他没有秘密。

"在吃了萤火芝后,阿凝恢复灵智,尚书大人决定将她接回长安。在回长安路上,车夫发现路中间居然站着一只木呆呆的小猫。不光是呼喝没有反应,就连车轮逼近它也丝毫不躲避。阿凝那时候,许是觉得这傻乎乎的小猫跟曾经的自己十分相似,于是下车收养了它。带到长安,直到今日。"

他到现在还记得,阿凝注视着这只小呆猫时的那种唏嘘感慨的神情,她……一定是想起了自己吧?那因为痴傻而被父母弃之不顾,被人欺负的惨烈过往。可是即使经历那么多悲哀往事,到最后她却还是扬起了最温暖的笑容,一把将那小泥球抱在了怀里,高声宣布:"我要养它!"

她,从过去到现在,一直都是比阳光还要温暖美好的少女!

听完阿巽的诉说,方云修低头望着懵懵懂懂蜷缩在自己掌心的小黑猫。那双湿漉漉的大眼睛一眨不眨地盯着他,似乎从来不知道所谓的人心诡诈。

方云修抬起指尖戳向它湿漉漉的鼻尖:"你该不会做猫太久,忘了自己到底是什么吧?"

小猫团子有点儿不舒服地甩了甩胡须,却在甩头的瞬间,发现自己的全身上下动弹不得!

方云修唇边的笑意陡然变得很危险:"既然你也觉得可能是自己害了江碧凝,那我就遂了你的心意,将你这条小命收了去。"

小猫团子望着方云修,柔柔垂下的四肢没有半分挣扎。

心志居然这么坚定?方云修眸中的兴味更深,话音骤然一转,犹如华美锦缎,被锵然撕裂:"只不过,没有了你守在她身边,未来她若是遭遇到什么不测,又有谁来护她周全呢?"

小黑猫那小小的头脑里，顿时就纷乱起来。的确，没有了我……那阿凝怎么办？

方云修盯着小黑猫，不放过它小小脸庞上的任何一丝微妙变化，他的声音仿佛在瞬间凝成了一条细线，直直戳入小黑猫的双瞳之中。

"你应该清楚的吧，你到底……有没有吞噬她的灵智？"

小黑猫的双眸瞬间从墨色变成了透明的色泽，它那两个大大的眼窝里突然空空荡荡，什么也没有了。

阿巽盯着眼前的一幕，简直难以置信。

比起阿巽，方云修却是真正地承受着灭顶般的巨大压力。这个蹲在他的手掌心里的小猫团子，已经从最开始的轻若无物变得重逾千斤，如果不是法力支撑，他的胳膊恐怕会在瞬间折断。

这种重量，这种气势……而在他掌心里的小黑猫却是始终保持着蹲踞的姿势，一动不动。

最后如同巨石落水般激起波澜又缓缓归于平静，它的眼眸渐渐变成了一种如同苍莽丛林的翠色，它周身的气势也与之前懵懂无知的姿态判若两物。

只见它昂首一声嘶吼，方云修下在它身上的禁锢已经被应声撕裂。

"我没有吞噬她的灵智！"小黑猫争辩着，虽然这少年般的声音出自一只猫略显违和，方云修却终于露出了如释重负的笑意。

"你身为山灵，居然离开自己守护的山跑到这里，搞得自己法力衰微神志迷蒙也不肯回去，究竟是为什么？"给墨墨设下禁制，不过是方云修为了逼迫它回复清明而耍的一个小把戏。而现在，毫不意外地，这手段生效了。

"山……我的山……"墨墨低头喃喃着，在他断断续续呢哝

着,一段往事徐徐开启。

墨墨本是守护黑龙山的山灵,在黑龙山里生长着一件稀世奇珍萤火芝。身为山灵,他一直想要长大,但他的灵体却总是如同小猫般柔弱混沌。冥冥之中,有个声音告诉他,如果吃下萤火芝,他就能真正地成长起来。从那一天开始,他就开始精心呵护着萤火芝,把它当作生命中最重大的事,一刻也舍不得离开。可是,到了萤火芝成熟的那一夜,天上突然降下雷劫……

墨墨低下了头。对于这样的发展,方云修并不奇怪。自古以来这种逆天之物的出现都是伴着雷劫而来。毕竟,七窍玲珑心,世上又能有几人能有?

墨墨小小的身躯抖了抖:"我拼命地想要挡住雷劫。可是那些雷劫真的太可恶了,我挡住了一道,又一道,到第三道雷劫洛到我身上的时候……我只觉得全身的骨骼筋脉尽断,昏了过去……"

阿巽听着墨墨的描述,双眸越睁越大,因为,他发现墨墨的这段回忆,与自己的那段记忆,早已经不动声色地重合到了一起。

"我醒过来的时候,萤火芝已经消失不见了。不光是萤火芝,就连我所守护的黑龙山,整个山体都变得跟我熟悉的样子完全不同了。原来我没能挡住的最后一道雷劫居然这么厉害。我养了好一阵的伤,才慢慢恢复。"

墨墨苍翠的眼眸投向远方:"我不知道那些萤火芝到底怎么样了,到底是已经被天雷所毁,还是侥幸残存被其他人得了去……我的头脑中总是萦绕着萤火芝的芬芳。可正当我以为再也与萤火芝无缘的时候,我居然闻到了,那种熟悉的芬芳……循着记忆中的气息找了过去,然后就遇到了她,她身上带着我最熟悉的气息,我听到她们叫她——江碧凝。"

其实他根本不知道该如何接近人类,他甚至忘了要把自己洗得

干净一些,就这样满身尘泥地站在她的车轮前,望着她。它就被那双温暖的手抱在了怀中。

本是山灵的它,在历经雷劫和山体倾覆后,力量大不如前。变化出的小猫咪连生长功能都已经丧失。甚至还总是迷糊,摔跤闯祸。可是她总是微笑着陪着他,无微不至地照顾着他。

在从前的时光里,它总想着变强大,为变成聪明睿智的大山灵而活。而在少女温暖的臂弯中,它却渐渐发现,自己并不需要那么执着于灵智和力量。因为即便就是这样懵懂孱弱,自己也依然可以被呵护和珍爱。

而当她不知为何变得痴傻之后,在它眼中,她并没有任何改变,她依然是那个善良、对他温柔呵护的少女。

只是,即使懵懂如它,也还是感觉到了,自从少女陷入痴傻之后,周围那些人的态度就变得轻慢了起来,甚至有传言说她天生就是个痴儿。它的心一点点地焦急了起来,也开始跟那些人类一样,期待着她能恢复神志清明……

所有的线索就这样慢慢地聚拢到了一起,墨墨突然发现,其实答案一直都很清楚明了。

那原本是用来增长灵智的天材地宝,在长久的呵护和照顾中,它已经不知不觉地对它产生了一份独有的依恋,它忘记了自己的初衷,只想就这样陪伴在那个萦绕着萤火芝芬芳的少女身边,不离不弃,矢志不渝。

"其实她是聪明还是懵懂,对我来说都一点儿关系也没有。我只要跟她在一起就很开心……我也不知道该怎么救她。也许,正是因为我,她才会变成这样的吧?"墨墨的眼眸里流露出茫然和自责,他低垂下头。

方云修能感觉到,它的爪子缩了缩,似乎有点儿不好意思:

"如果……如果牺牲了我就可以让她恢复清明,那我愿意。跟她在一起的时光,比我一个人在山里待着的那许多年加起来还要开心呢……我已经很满足了。"墨墨昂起头,苍绿的眼眸急切地望着方云修。

方云修简直是目瞪口呆,聪明睿智如他,竟然也无法在这一瞬间掩饰自己的情绪。从他识破这山灵的真面目开始,他就一直在怀疑它的用心。可是,眼前这个蹲在他手心上,居然还有点儿不好意思的猫团子居然跟他说"如果牺牲了我就可以的话……"这样的蠢话,他简直从来没有见过如此愚蠢的妖怪,简直是妖界之耻!

可是,当对上它那清澈的苍绿眼眸时,方云修却又觉得,它其实并不需要懂太多,它也不需要变得多强大、拥有多高的灵智,他只要守住自己天性中的善和真,就已经远胜无数、无双仙品。

方云修望着手心里的猫团子,心中感慨万千。

吴扉将江碧凝哄到房中睡下回来时,看到方云修和他手心的墨墨正在大眼瞪小眼,不禁大惊,吴扉觉得这画面……有几分诡异。

"你这是……要杀了它?"祸害精千机百巧,又是个杀伐决断的主儿,指不定正在脑子里演绎屠猫一百零八招。吴扉问着,声音竟不自觉地一抖。

方云修一愣,还没来得及回话,怀里的墨墨就已经应声:"喵喵喵。"

那声音,真的是听着就让人心软。

吴扉顿时有几分着急:"方老板,你怎么……连这么小的猫都不放过?我看你这次捞到的好处也不少,不用跟一只猫过不去吧?"

"杀猫邀宠讨赏什么的,很没品的,老板!"吴扉自顾自喋喋

不休,完全无视了方云修额角那根蹦得越来越紧的青筋。

"谁说我要杀猫了啊?"方云修只觉得后槽牙痒痒,非常痒!吴扉这个蠢货不是在市井中长大的吗?平时滑溜机灵得跟条小泥鳅一样,怎么这时候又能这么钝?他这是要杀猫吗?他明明是在温柔地爱抚好不好?

还有手里这只蠢猫,居然也露出楚楚可怜的眼神,一副慷慨赴死的模样!

你们一个两个的到底在想什么?我在你们眼中就是那么不堪,那么心狠手辣的人吗?

方云修内心的咆哮还不曾告一段落,突然,只见刚才离去的仆妇们去而复返。只见为首的道:"大人说了,并非是不放心由您来处置了这孽畜,只是这样的粗活,还是由我等处置方才妥当。无需让您这样的人物脏了手……"仆妇说着,满脸堆笑地就要把小猫从方云修手心里接过去。

方云修懒得与这些仆妇废话,只飞快地传一道讯息直入猫的意识:"我弄个障眼法,先把这些凡夫俗子糊弄过去再说吧。"

墨墨却坚定地摇摇头:"我说了愿意,就是真的牺牲,你不用帮我逃生。"

说话间,它已经纵身一跃,朝着那为首的仆妇手心蹦了过去。

"你!"方云修一看到那仆妇腰间别着根粗绳,就明白她们要将墨墨就此了解的打算了。

方云修顿时又气又急,他怎么可能眼睁睁地看着它去送死?

比起方云修的气愤,吴扉却注意到了,阿巽此时的面色,晦暗不明,变化莫测。

一切的变故都发生在瞬息之间,所有的一切似乎都在瞬息间被

定格。这令吴扉有些不知所措。

直到一个极其清澈悦耳的声音传来:"还好,被我赶上了。"

转瞬之间,那些仆妇消失得无影无踪,而原本正朝仆妇跃去的墨墨则不偏不倚地落入了一个男人怀中。

没有人知道他是怎么出现的,他就这样立在屋子前,从容自若,唇色嫣红,带着一抹若有似无的笑意,仿佛他早已经在这里很久了。他长长的发丝只用一支玉簪松散束起,在宽大的衣袍里露出一截白玉般的胳膊,映衬着手中乌黑如炭的墨墨,黑与白的极致反差,顿时产生了一种惊心动魄的美。

6

他轻轻拎起墨墨,微笑在他的唇边缥缈地荡漾开来。

墨墨的本身并非是真猫,所以它很不喜欢这种被拎起的感觉,可正当它奓毛准备反抗时,鼻尖却嗅到了一股气息。那股气息,带着一丝回忆中才有的清冽的桃花芬芳,让他在一瞬间就想起了水,想起了风,想起了黄土漫天的千年前的时光。似乎那时候起,这股气息就曾经长久地陪伴在自己身边了。就如同今日的江碧凝一样,是让它心安的存在。

他觉得有一个尘封已久的名字正在记忆之海中如同水泡般幽幽浮起,它愣愣地张口叫出了那个名字:"北落师门……"

北落师门唇角的笑容越发清远舒展:"不错,你还记得我的名字。我以为千年过去,你早已将前尘往事都忘了个干净呢……"

"北落师门?"方云修的心猛地一跳,这个北落师门难道是……

这个突然出现的男人,也让吴扉目瞪口呆。

"这个世上果然有人比你还漂亮啊……"吴扉看一眼北落师门,再瞄了一眼方云修,匆忙下结论。

方云修的额角不合时宜地跳了一下:"你能不能搞清楚了状况再发花痴?"

吴扉撇嘴,转瞬又调出一个殷勤十足的笑容,方云修只觉得一阵奇怪:"你这是什么表情?"

吴扉双手捧心,以最标准的膜拜姿态开口:"就算天底下还有比方老板你更漂亮的人,在我吴扉心中,您依然是独一无二的,没有人能取代你在我心目中的位置!"不就是喜欢被吹捧吗?我现在就给你来一壶,够你喝了吧?

方云修何等玲珑剔透,怎么会不明白吴扉这一番作态是故意讽刺他呢?

只是此时形势微妙,他根本无心理会吴扉这小丫头,遂挤出一个阴森森的笑容哼道:"你能如此想,我心甚慰,我心甚慰!"内心却想,等回头再慢慢收拾你!

北落师门却仿佛没有注意到他们的这一场口水战般,只是自顾自地将墨墨抱在了怀中,用白玉般舒展的手指一下下顺着他光滑的毛皮摩挲。

手底的小小身躯惬意地发出一声"喵",北落师门低眉敛目:"千年前我不曾让你化作龙身,千年后也不能让你就这样白白死去。"

"千年前在夏王宫里与你结下的那一段缘分,想不到千年后居然还能再续。只是为何这么久的岁月过去,你还是如此迷糊?好像一点儿也不曾长大般。"北落师门的声音轻盈,虽然是在询问,却带着老友重遇般的亲切自如。

夏王宫？北落师门？这只自称是山灵的猫妖，也许是……

方云修心中的涟漪泛起，却只见北落师门的手指毫不留情地在墨墨额间重敲了一记，墨墨又吃痛地"喵"了一声。只听北落师门带着恨铁不成钢的口气道："千年前，你缺少仙缘无缘化龙……千年后怎么还是如此冥顽不灵？"

墨墨忙解释："我知道我笨，所以才守着萤火芝想打通七窍，可是阴差阳错就……"

北落师门哭笑不得，摇摇头："萤火芝没吃到嘴，反倒把自己栽了进去，愿意为那个吃了萤火芝的少女而死，真是要我说你什么好呢？"

墨墨憨憨地缩了缩脖子："难道她的灵智消退，不是因为我的缘故吗？那你快告诉我，到底是谁害了她！"

北落师门见他颈后毛发全竖，显然是怒气冲冲，他却浑不在意地嗤笑了一声。方云修敏锐地感觉到，随着他这一声轻笑，他的气势，已然不同了。

方云修下意识地掩在了吴扉身前，他这厢尚在寻思着事情的来龙去脉，北落师门那边的动作却已经倏忽暴起。只见他的指尖凝聚了一团极小却极璀璨的白色光华，朝着静静伫立一旁的阿巽眉间激射而去。

阿巽猝不及防，直愣愣地僵在原地。北落师门点中阿巽的眉心，他的声音不复刚才那种清冽悠远，仿佛在瞬息间化作锋锐的利刃，毫无征兆地直刺而来。

"千年前它未曾助你化龙，千年后你就能眼睁睁地看着它无辜赴死吗？"

千年前，千年后……

方云修的眼眸蓦然睁大，他瞬间在时间的洪流中找到了答案，

所有真相的最后一块拼图。

眼前的龙驹少年阿巽,就是那个前世曾做着豢养神龙美梦的夏国帝王——孔甲。

那团白光没入识海后,阿巽脸上的神色在无声无息地发生着变化,前世的记忆如同潮水般涌入他的意识,一切都渐渐清晰起来。

没错,他曾是夏的帝王,他曾拥有广袤的土地,成群的宫殿,璀璨的珠宝,以及来自四海的忠臣,过着帝王家的锦绣人生,俯瞰天下苍生。直到有一天,他在一次盛大的求雨祭祀中,看到了真龙。那巨大矫健又迅捷如闪电般的姿态,在一瞬间就攫住了他的心。

身为帝王,他的一切愿望都会被迅速满足,可这一次是例外。龙是从不会轻易被驯服的神兽,甚至没人知道它们住在什么地方。孔甲为此闷闷不乐、茶饭不思,仿佛被龙勾了魂般郁郁不可终日,直到有一天一位名叫北落师门的仙人腾云驾雾而来。

他带来了有着神异鳞甲的巨大黑鱼,他说只要将这黑鱼豢养长大,待机缘成熟,它便可化龙飞升。

化龙飞升!他的说辞直直地击中了孔甲的内心。没错,其实他想要的并不是龙,而是——成仙。

可修仙界那些烦琐的修炼法门却是他无论如何也难以遵守的,他只想找到一个简单的方法,养龙,让龙带着自己飞升。

孔甲不知道自己等待了多久,期盼了多久。他只记得,当自己的生命不可逆转地走向尽头时,那条大黑鱼,依然没有化作龙,而北落师门也不知所终……

虚无缥缈的梦境,沉重地碎裂在千年尘埃中,发出了微不可闻的幽幽叹息。他的梦，直到最后，都没有实现。

阿巽的眼神在过去的幻梦中逐渐清醒过来，他的目光从屋子里的人面上悉数扫过，千年前的光景仿佛以一种意想不到的形态，精巧地重现在了这个屋子里——曾是帝王孔甲的自己，曾有着奇异鳞甲的黑鱼灵兽墨墨，和一如既往散发着桃花芬芳的仙人北落师门。

北落师门盯着阿巽的面庞，捕捉那上面的任何一丝细微变化，他明白，他已经想起来了，想起了前世今生，想起了千年的执念。

"想不到今生的你，会化身龙驹，再度踏上求仙之路。"不知道为什么，明明北落师门的声音如同珠落玉盘般剔透清朗，可在吴扉听来，却有那么一股挥之不去的感叹。

面对他的感叹，阿巽在骤然散发出的王者气势中浑不在意地点了点头："我执念在此，有什么不对吗？"

北落师门盯着他的双眸，那眸光竟没有一丝躲闪，就这样直直地与他对视着。帝王的骄傲与屡获机缘的眷顾让他坚信自己本就是那个天命所顾的"仙运"之人。

北落师门抚摸墨墨的动作不知不觉凝滞下来，他的声音中也带着一丝威压："孔甲，没错，你本就是有仙缘的人。若非如此，千年前我也不会降入你的皇宫，教你养龙了。"

"既然我有仙缘，可为何……"阿巽的声音有些迷茫。

"你知道为什么千年前你始终没有等到黑鱼化龙的契机吗？"北落师门的声音中，突然多了一份混合着尘沙的沧桑。

阿巽摇了摇头："我若知道，又如何会让这份机缘在眼前白白错过？"

北落师门缓缓地摇了摇头，飘逸的长发在风中乱舞，脸上弥漫

着挥之不去的惋惜:"那是因为你缺少一份真心。而今生,上天怜惜你,给了你这份绝无仅有的真心,你却想把这份真心当作仙路上的阻碍,彻底抛却。"北落师门的话语声,一字一顿,不容置疑。

"什么真心?当年你在我的皇宫养龙时,你要什么我都给你,只要是夏国土地上有的,我都千方百计地寻来给你,只希望你能把龙养成,结果……你不过是骗子罢了!"阿巽瞪着双眸,毫不留情地暴喝。

北落师门凝视着突然陷入暴怒的阿巽,或者应该叫他孔甲,他眉目间有一股说不清道不明的情绪。他是早已经窥破了天机的仙人,可是有很多事情,此刻他还不能道破。

倒是他掌心里的墨墨突然高声叫了起来。

北落师门抬眸,只见一个身着粉色裙衫的少女一脸惊喜地跑过来:"墨墨……"

明明是十四五岁的年龄,她的声音中却依然带着稚子般娇憨的笨拙。明明屋子里这么多人,甚至有她未曾谋面的陌生男人,她的眼里却只有那只小黑猫。她欢天喜地地朝它伸出了手去,仿佛周遭的一切,全与她无关。

吴扉心中一惊,阿凝此时出现,北落师门会不会对她不友好?

她冲过了方云修的阻碍,一个箭步冲过去,揽住了正奔过来的阿凝。可是阿凝的目光却没有半分落在她的身上,而是挣扎着高呼着:"墨墨!"又险些摔倒在地。

那只小猫团子则在瞬间纵身跃起,如同乳燕投林般跃入了阿凝的怀中。

吴扉只觉得自己的胳膊先是在挽住阿凝时被狠狠一扯,这会儿小猫跳过来又是一撞,肩膀顿时一阵痛意划过。吴扉急忙咬了咬牙,不让自己痛呼出声,而是赶紧扶着阿凝站定身子,这才长长舒

出一口气。无论她打扮得有多像少年,无论她能成功地蒙蔽多少人的眼睛,真实的吴扉,始终只是个少女。

方云修凝望着暗暗咬牙忍痛的她,心中十分无语,逞什么强呢?皱了皱眉,没好气地道:"你给我过来!"

吴扉有点儿不确定地想,他这是……在担心我的安危?

正要抬脚过去,却只见阿凝又一个踉跄,险些跌倒。

"阿凝好像崴了脚,我还是在这里扶着她一点儿,比较好。"吴扉说着,已经护在了阿凝身边。

方云修简直气不打一处来,恨不得现在就去拧着她的耳朵把她拎过来。

这个死丫头到底知不知道眼下的状况有多凶险啊?平时那么胆小怕死,怎么到了这时候就糊涂了呢?

突然成为全屋焦点的阿凝,却对周遭发生的一切浑然不觉,她只是全心全意地将墨墨抱在怀中,亲昵爱抚,口中昵哝着听不懂的话语,俨然已经沉浸在了自己的世界之中。

北落师门望着她,那种萤火芝特有的气息还在少女的周身淡淡地萦绕着。身为仙人,他很敏锐地觉察到她心脏处的伤痕,那是曾经不顾一切逼出心头血留下的缺口。在数月前,她剔透灵秀,能寻到龙驹川,成就别人,现在却因为那最重要的心血流失而重归迷惘。不能说不是让人感喟万分的事情。

可是,望着少女将墨墨抱在怀中笑得弯弯的眉眼,北落师门又觉得,她其实并没有任何改变。一个人的心境和快乐,从来都与灵智无关。

而阿巽在江碧凝出现的时候,就不自然地侧起了身躯。他想看到她,可又怕看到她。自从洞悉了一切的前因后果,知道她为了自己化龙飞升所做出的巨大牺牲后,他就觉得,她的每一句懵懂的痴

语,都是刺向他心头最犀利的冷箭。让他不自觉,想要躲避起来。躲避那让自己显得如此丑陋的,她的笑颜。

阿巽躲开了江碧凝的笑颜,却对上了北落师门的凝视。

他咬了咬唇,开口道:"你是仙人,你一定知道怎么才能让阿凝恢复清明吧?只要能让阿凝恢复,让我做什么我都愿意!"

北落师门听着阿巽这话,唇边隐隐泛起一抹感喟的笑意:"如果我告诉你,让她恢复心智的方法就是你交出龙驹草在你身躯里凝成的那截仙骨,为她重塑灵台,你还肯吗?"

北落师门的声音极缓、极慢,他仿佛将这几个字细细地在唇瓣间流连了许久才倾吐出。然后,他盯着阿巽错愕的面庞,绽放出如桃花般灼艳的笑容来。

阿巽恨这种笑容,恨他总是居高临下,似乎看透了一切人心诡诈的做派。

他为了能成仙,经历了千年的轮回周转,好不容易才生出仙骨,飞升可期,他怎么能在此时放弃?可是,如果阿凝真的无法恢复灵智,那么他们之间的契约便会因她的混沌而永远无法解除,他也将错过最好的时机。要知道仙途渺渺,也许他这一错过,又会是千年的等待。

阿巽发现摆在自己面前的,根本就是一个无解的难题!

突然,阿凝一个脚底不稳,硬生生朝石板铺就的小径上重重跌去,吴扉这次反应稍慢,没能一把挽住她。倒是阿巽如同闪电般冲了出去,稳稳地扶住了她。

感受着从臂弯上传来的熟悉的温暖,江碧凝望着这个突然出现

在自己面前的陌生少年,她恍惚觉得,自己早就认识他,认识了很久很久……

冥冥之中,似乎有什么东西,在他们周围的空气中发出了一声几不可闻的脆响。犹如看不见的天人敲响了虚空中的钟磬,庭院中的树木在瞬息之间恣肆疯长,从上到下,每一个枝梢上都绽开出硕大的粉色桃花。那花朵与江碧凝的裙摆有着同样的色泽,与她交相辉映。

正当众人都为这神奇的一幕惊叹时,那些粉色的桃花又纷纷扬扬地从枝头上飘落,化出一只只巨型蝴蝶,蝴蝶裹挟着花瓣,汇合成一股潮流,朝着众人席卷而来。

一时间,阿巽只觉得,自己的全世界都只剩下那铺天盖地的花瓣状的粉色光斑。

阿凝呢?阿凝到哪里去了?阿巽的心中,陡然升腾起了强烈的不安,他高声叫了起来!

"阿凝!"

不知道叫了几声,到当他终于清醒过来时,才发现,荡在自己耳边的,是马嘶声。他震惊地发现,自己居然又变回了马的模样,而且还是年幼的小马驹!

远处正不知道有什么东西在朝这边窸窸窣窣地靠近,几乎是本能地,它急忙躲了起来。

那是一个穿着破旧衣袍的小女孩,她睁着水汪汪的墨色大眼睛,在草丛中寻觅着带有清甜草液的草茎。待寻到一根,一口咬下去,脸上露出满足的笑容:"好吃……"

阿巽整个人都在这一瞬间僵住,他突然明白了,这个少女,就是阿凝。而他此时经历的,正是当年他与阿凝相遇的那一幕。小小的柔弱的马驹,和懵懂混沌的少女,在草原上相遇,彼此相伴,天

真无邪,仿佛一对关系极要好的兄妹。

过了不久,远处就走来一个彪悍的妇人,那妇人粗鲁地抓住小女孩的衣领,打掉了她手心里的大把草茎,拖着她就往家里赶。

小女孩挣脱了她的手,朝着来的路上跑了过去,妇人追不上,便懒得再管她了。

小女孩焦急地寻找着刚才那一大把草茎,可是,草深地阔,她早已经记不清那一把草茎落在了什么地方。

"哪里……去了……"小女孩喃喃着,声音里已经不自觉地带上了哭腔。

突然,草丛里发出一阵窸窸窣窣的声音。

"啊?"小女孩愣愣地望着草丛,却连躲闪都不知道。

茂密的草丛中,一匹栗色小马缓缓地钻出头来,而它嘴里叼着的,正是刚刚她丢失的那团草茎。它优雅地弯下脖子,把那团草茎轻轻搁在了小女孩的手心。

"哇!"她抓起草茎就往嘴里塞,那股丝丝清甜的滋味让她瞬间就笑弯了眼。

小马歪着头,望着小女孩,眸光中有某种奇异的光彩在闪烁。

小女孩停了下来,把掌心里的草茎小心地分出一半来,送到了小马的嘴边:"这一半,给你!"

小马吃下了那小小的一把草茎,欢喜地用脖子朝小女孩的脸颊上蹭了蹭。小女孩有点儿痒痒,便"咯咯"地笑了起来。就这样,小女孩和小马儿在草地上越走越远,把村庄远远地甩在了身后。

等小女孩意识到天色已晚的时候,他们的周围,已经围上了一圈绿莹莹的光。那是狼的眼睛!饥饿的狼群是如此凶残,在它们眼中,毫无抵抗力的小女孩和小马儿不过是它们利爪和尖牙下唾手可得的一场飨宴!

然而，它们错了！小女孩居然挥舞着一根比她的胳膊还要粗的木棍，执拗地一次次击退了狼群的进攻。

当发现小女孩迟迟未归，终于着了慌的妇人带领着一群人赶过来时，看到了令他们目瞪口呆的一幕——那个蠢丫头和一匹小马，居然各守一方并肩作战，即使面对的是数量十数倍的狼群，他们依然没有丝毫的畏惧和退缩。

人群驱散了狼群，原本妇人只打算带小女孩回家。可是，那个傻孩子，却紧紧地抱住了小马的脖子，她在用行动向他们宣告，如果不带它一起回家，她是不会迈步的。

就这样，妇人无奈地带上了小马。

这便是江碧凝与阿巽最初的相遇。混合着草茎的甘香和狼群喷吐的血腥气息的相遇。而在那一天之后，他们便成了彼此最好的同伴。

春天来了。

他们一人一马顺着山道徐徐而上，谁也没有注意到，头顶的乌云正飞快地聚集着，一场大雨即将降临。

"啪嗒"！硕大的雨滴坠落在草叶树梢上，阿凝愣了愣，急忙拉着阿巽往大树底下躲。

天空中的乌云如海浪般翻涌着，一道雪亮的电光劈了下来。阿凝分明看到，那道闪电是朝着她和阿巽正在躲雨的这棵大树劈下来的！

"快跑！"阿凝猛地一推阿巽。

阿巽撒开四蹄瞬间冲入那片铺天盖地的雨雾当中，雨水瞬间就模糊了它的视线，一阵轰鸣的巨响混合着从天而降的雷霆在它耳畔滂沱地激荡着。

当它扭头去看时，它震惊地发现，小女孩居然不见了。而刚才

那棵还立在山间为他们遮风挡雨的大树,此时已经沉重地倒在了泥泞之中。

阿巽突然明白了,在电光石火的一瞬间,觉察到了危险的阿凝,最先想到的,是让它逃生。

它不顾一切地冲了回去,张嘴去扯那棵大树的枝条。此时,雨声、雷声,都与它没有半点儿关系,它只知道,她为了救它,生死未卜。

终于,在那些枝条被撕开后,它看到的,是少女满是泥泞和细小伤痕的脸。而此时的她,居然还在笑着。她望着它,仿佛此时它的平安比自己的性命还重要一千倍一万倍,她就是这样微微地笑着,喊着它的名字:"阿巽……"

那一刻,阿巽的心中暗暗发誓:阿凝,这一生,我一定要好好守护你!

阿巽帮着阿凝,从那堆树枝下爬了出来。很幸运,除了一些树枝划出的细小伤痕外,阿凝一切都好。只是,从天而降的巨大雷暴,仿若一双翻云覆雨的大手,将整个山体塑造出了让人难以置信的全新模样。而下山的路,没有了……

"咕咕……"阿凝的肚子叫了起来,在这暴雨初歇的山林中,分外清晰。

必须要找到吃的!阿凝已经很饿了!阿巽想着。

突然,它觉得自己似乎看到了什么,在那远处的密林中,似乎有什么在隐隐约约地散发着光芒。当他们穿过密林,终于看清了在那重重叠叠的巨树笼罩下的东西。

"蘑菇！"阿凝欢喜地叫了起来。

那是一片散发着温暖光芒的蘑菇，如同萤火虫之光，看着让人有种说不出的安心。

阿巽低下头，咬住一株，小心地拔出来，然后，轻轻地叼着，放到了阿凝的掌心。凭着动物的本能，它知道，这是能吃的东西。

阿凝小心地把蘑菇捧到嘴边，一股清香扑鼻而来，她迫不及待地张开嘴，"啊呜"一口将蘑菇吞了下去。清甜甘润的触感从她的舌尖一直流淌到她胃里，阿凝只觉得自己从来没吃过这么好吃的东西！

不待阿巽再采摘，她又迫不及待地把地上的蘑菇都采了起来。一面往自己嘴里送，一面往阿巽嘴里塞。"好吃！"

就这样，一人一马分掉了那一小丛闪烁着萤火光芒的蘑菇，那温暖的光泽顺着舌头一直暖到了心底，没多一会儿，困意如同潮汐席卷而来，他们互相依偎着，沉沉睡去……

当阿巽再度醒来的时候，它看到阿凝正在梳理着头发，整理着衣裙。

突然间，好像有些地方，不太一样了！

阿巽猛地一个激灵，不对，不一样的不仅仅是阿凝，还有自己！它怎么会注意到这些事情，还能够这么仔细地分析……它，灵智已开！

他们迅速找到了下山的路，回到了村里。原本正要对着阿凝大骂一通的妇人，在看到她微笑着朝她施礼喊"大娘"，并询问她什么时候可以回长安时，彻底就歇了气势。

雷鸣之夜后，阿凝变作聪慧无双的尚书千金，而阿巽则和她一起，在大唐与吐蕃的荣耀之战里，以一场精彩的马球赛，名扬天下。

一时间,名门贵胄求亲的庚帖堆满了江尚书的书房。望着侍女们艳羡的目光,江碧凝只是清浅地一笑,将目光投向了那卷《弄玉吹笙图》。侍女们告诉她那是来自吴道玄大师的真迹。她们以为她看到的,是名家真迹,是双宿双飞的美好图景。却不知,她的心早已澄澈清明,看清了人世繁华,过眼云烟。

她从古书上得知,那一日她与阿巽吃下的萤光蘑菇,乃萤火芝。这是世所罕见的天材地宝,吃一片能让人通一窍,而她当时和阿巽则各自整整吃了七片,都已经是拥有了七窍玲珑心,达到了"世事清明,心境空明"的境地。

而让阿凝没有想到的是,阿巽,在灵智彻底开启后,它的愿望居然是——化龙。

即使拥有了七窍玲珑心,它的本质依然无法改变。甚至,正是因为有了七窍玲珑心,它有了这样一份无法实现的执念,却显得更加遗憾了……

有没有办法让阿巽实现心愿呢?阿凝开始翻阅典籍,她永远都无法忘记,自己在尘世间得到的第一抹温暖,是阿巽给自己的。她想要帮助它!

直到那一日,阿凝借故带着阿巽去了东海之滨,她偷偷寻到了龙驹草,并用心头血催熟了它。她以为接下来看到的,将会是阿巽化龙的神异景象,却发现阿巽虽然在龙驹草的滋养下脱胎换骨,散发着不容逼视的仙气,可是,它却终究没有在瞬息之间化龙而去。

"原来化龙并非吃下龙驹草就可以立刻做到的啊。"

望着同样陷入迷茫的阿巽,她假装从别处绕了出来,浑不在意地呼唤着阿巽。

而这次,全身心都沉浸在懊恼中的阿巽,竟连她异样的苍白面色,都没有注意到。随着七窍玲珑心的心头血的流逝,阿凝逐渐陷

于懵懂浑噩，不复往日清明。

其实，她并非没有感觉，那种再度陷入混沌中的感觉，是如此清晰，重新归于浑噩之中，平庸而寂寥地消失在众人的视线中，无声无息地湮没……可是她不后悔。是它给了她最初的温暖，和最好的灵智，让她能像最美的牡丹一样，惊艳长安。虽然，只不过一瞬间，那也就够了。

"我不后悔！我只希望，你能得偿所愿！"阿凝闭目双掌合十祈祷的时候，所有人都听清了她内心坚定的话语。

而在这一声轻微又重若千钧的祈祷之后，众人眼前的蝴蝶幻境骤然消失。依然是那个小小的院落，众人依然站在原地，仿佛什么也不曾发生过。

北落师门轻叹一声，凝视着手背上的蝴蝶重新恢复成树叶和花瓣的样子："化蝶桃木制造的幻境居然能还原如此复杂的思绪，真是让我这个施术者也大开眼界。"

"这是……我的记忆。"阿凝望着面前正一只只重新恢复成树叶的蝴蝶，眼眸中，似乎有了片刻清明。

阿巽则想起了那时候自以为一生一世的誓言。墨墨也想起它一直守护着萤火芝，不惜用身躯护着它。

化蝶桃木所制造的幻境里并没有涉及更加久远的记忆，可是眼前的那一幕幕却叩响了他们记忆的门扉。那些被他所遗忘的往事烽烟，被一点点地勾勒了出来。

北落师门紧紧盯着他们三人，没有放过他们面庞上任何一丝最细微的变化。到最后，他又对上了方云修兴味盎然的目光。

北落师门悠悠然地轻咳一声："孔甲，只要你愿意，我可以帮你。"

曾经的孔甲，现在的阿巽，他昂起头，有点儿惊讶地望着北落

师门:"帮我?你真的有办法?"

"我可以用仙术,彻底抹去这段记忆。阿凝会恢复心智,契约会磨灭,你可以去自由地追寻你的求仙大道,你和她之间,从此再无牵绊。如此,岂不是很好?"

北落师门的声音轻松得犹如轻舟过海,找不到一丝沉重的痕迹。可是阿巽本能地感觉到这话背后,一定有什么!

"世上没有……那么简单的事情吧?"阿巽艰难地确认。

北落师门浑不在意地挥了挥飘逸的衣袖:"唯一的不同是,她会彻底忘记你。只有她忘了你,你们之间的契约才会彻底解除。"北落师门的笑容,如同千年前一样肆意,又带着一股苍茫的感喟。

阿巽想拒绝,他不知道北落师门的这感喟中有多少复杂的情绪。可他知道成仙飞升,这是他横亘千年的执念啊!他已经追寻了这么久,他真的可以在这最后的时刻放弃吗?他做不到!其实,这样也好,阿凝恢复灵智,他升仙而去,这样难道不是一个皆大欢喜的结局吗?

北落师门凝视着阿巽面上的变化,微微一笑:"那我开始施术了。"说这他的手掌心里,凝聚起一抹淡淡的嫣红色,这色泽犹如春风里初绽的桃花一般,柔柔地将阿巽和阿凝包裹在了其中。那些粉色丝线在空中闪烁着难以捉摸的光华,然后阿巽和阿凝的身体也仿佛是在呼应着红光般,闪烁起了同样的光华。

记忆的丝缕无声无息地从阿凝的眉心被抽出,那些丝线极美,散发出的金色光华压倒了周围粉色烟雾的光华,如同穿破桃花的灼灼烈日,任凭粉色的浓雾如何翻腾聚集,它依然是最夺目的存在。

那金色的丝缕在半空中如同是有意识般地飘舞着,最后居然围绕着阿巽一圈圈地旋转起来。阿巽只觉得自己的眉心隐隐作痛,随即,它看到了,自己的眉心也有一脉丝缕在飘摇而出,只是色泽比

起阿凝那一根，略显暗淡。

所有的感觉都在此时被十倍百倍地放大了，分外清晰。阿巽仿佛看到了，所有的那些如同繁花般绽放的过往在一点点地从自己的记忆里被抽离。阿凝的娇憨，阿凝的笑容，阿凝的……所有的一切，他正在无可逆转地失去她！

"不！"阿巽低低地呢喃。

北落师门的眉心骤然一蹙！阿巽居然在抵抗他的施术！

阿巽的身躯倒了下去，他居然无法再维持他化出的少年形象，而是一头栽倒在地上，重新恢复成了马的模样。

阿凝目瞪口呆地望着眼前发生的一切，从这个少年出现在她身畔挽住她差点儿跌倒的身躯的时候，那种熟悉的感觉扑面而来时，她就似乎有了某种感应。而现在，答案如此清晰地呈现在她眼前——这个丰神俊朗的少年，居然真的是阿巽所化！它是已经踏上了仙途，都能够化形成人了吗？只是，既然它已经能化作人形，怎么会又回复成马的样子？

阿凝心念急转间，猛地惊叫了一声："阿巽！你怎么了？"

阿巽感觉到，她一把紧紧地抱住了它的脖子，就像他们初遇时候那样，那么紧，那么毫无保留。而这样一份真心，他居然要从此抛却，就只是为了那虚无缥缈的仙途。化龙而去又怎么样？无上仙途又怎么样？他开始怀疑，到了那个他一直向往的世界里，还能不能遇到这样的一份绝无仅有的真心。

"不！"阿巽的声音陡然响起，那根渐渐变得稀薄的丝线，在他的声音中彻底崩断。

北落师门的手掌一僵，他没有想到，自己的法术居然会被阿巽硬生生地终止。

"你在干什么？就这样截断我的法术，我可是会很受伤的。"

北落师门皱皱眉,总算是没有大发雷霆。

"请你剔出我的仙骨,让阿凝恢复神志吧。"阿巽清晰地说着。他惊讶自己居然现在能够如此洒脱地说出这样的话,没有一点儿凝滞和不舍。

北落师门盯着他,神情前所未有的复杂,一向睿智的他,也不知道该如何回答。

阿凝却摇摇头,在刚才那阵粉色烟雾中,她的神志更清明了。她急忙开口道:"只要你能踏上仙途,我情愿牺牲。"

墨墨在一旁着急地叫了起来:"只要阿凝能恢复,要我牺牲什么都可以!"

这一刻,阿巽突然明白,为什么自己千年之前无法让那鳞甲黑鱼幻生成龙。因为,他从来不曾如此地爱一个人,为了她,情愿牺牲。而他所爱的,所执念的,从来只有他自己。当年他养龙如此,如今他自身化龙,依然如此。

阿巽望着身侧的阿凝和那个他眼中从来傻乎乎的黑猫,突然觉得,自己与他们之间的距离,是那么远。

上天的确会把人分成三六九等,可是,却不是以高低贵贱的方式,而是,另外一种方式——灵魂的高洁和卑劣的方式。

天色仿佛是在一瞬间彻底暗了下去。只是他们所在的这个小小的庭院,却仿佛世外之地,从傍晚到现在,没有人闯入这个院子,就连仙人北落师门的降临,也不曾引起任何人的注意。

吴扉从方云修淡定自若的眉眼间,领悟到这是某种隔绝空间的术法。可是此时,她依稀觉得,自己的血脉中,那种强烈的感应之

力,再度袭来,无法抗拒。

仙门即将出现了!身为继承了"扉"的力量的吴家后人,她已经能感应到那股天地间的震颤。虽然方云修从不肯好好地告诉她"扉"的真正意义和职责,可是她已经清晰地感应到,自己的使命,即将再度降临。

而此时,仙门的出现对眼前的这些人来说,到底意味着什么呢?仙门的开启和隐没都会在刹那之间发生,而眼前的局面,又将走向一个什么样的终局。

一个声音,突然打破了此时的沉默。

"只要仙骨就可以了吗?"墨墨一跃而起!自阿凝的手掌间猛地暴起!

"墨!"北落师门已经不知道自己有多少年,不曾这样失声惊呼了!他是仙人,他早已看透了人世间的沧海桑田,悲欢离合,那些在他眼中不过尘埃一般,激不起半分涟漪。

可是此时,他在惊呼。因为,那个千年前不曾化龙的鳞甲黑鱼,在千年后的今天,居然能硬生生地剥离自己好不容易生出来的仙骨,甘愿将它融入少女的身体中。而它自己的身体则在不可逆转地变得越来越小,越来越透明。

"你在干什么?"北落师门咬牙切齿。

"不!"阿凝能感觉到自己的身体里正在发生着天翻地覆的改变,她使劲地儿抗拒着这样的变化。

而墨墨的声音如同孩童般,软糯娇憨:"当年我不能化龙,北落师门说要我等机缘。我在山中发现了萤火芝,我以为那就是我的机缘。可萤火芝总是不成熟,我一天天地等啊等……直到那个雷劫降临的夜晚,当我从昏迷中醒来时,萤火芝不见了。我循着记忆中

萤火芝的气息找到了你,那一瞬间,我突然觉得,如果我守护的萤火芝化作人形,应该就是你的样子!即使在黑暗中,也是那么……让人心中温暖的模样。可惜……以后不能再守在你身边了。跟你在一起的日子,我特别开心,真的……"

"不!"阿凝拼命地摇着头,在这仙气激荡的空间里,她已经能维持住清醒,"我不要你的仙骨!我只希望你能实现自己的心愿!"阿凝没有丝毫迟疑,竭尽全力地抵抗着仙骨的嵌入,她不能接受这样的馈赠。

而墨墨的愿望是什么呢?化龙!答案是那么清晰,在一瞬间跃入了阿凝的头脑里。

"千年前,在孔甲的王宫里,你不曾化龙成功,现在,我希望你可以!"仙骨的剥离所鼓荡起的仙气在这狭小的空间里肆掠飞旋着,可阿凝的声音依然穿破所有的喧嚣迷茫,疾射而出!这就是少女在取回自己的灵智与让墨墨实现心愿之间做出的铿锵抉择。她的声音,响彻云霄,没有半点儿污浊和私心。

阿凝的声音慢慢地在空中变成实质,最终变作飞舞的明亮星屑。那些星屑如同被指引一般,朝着墨墨越来越透明的身躯席卷而去。犹如二月春风般低回的姿态,一点点地,沁润入墨墨的透明身体。那小小的身体在星屑中越长越大,最后,出现在众人面前的,居然是条颀长矫健的黑色龙身。

墨墨,化成了一条黑龙!

墨墨愣怔地看着自己陌生的身体,它张了张嘴,却发现自己居然发出了属于龙的清越长啸声。墨墨突然领悟到了什么。

千年前它不曾从那个高傲的帝王那里得到的仙缘,千年后终于从一个少女的身上得到了。而千年来它一直不能化龙,所缺欠的,也不过是这一点真心的心念之力罢了。而在它终于决定舍弃私心成

全别人的时候,它终于得偿所愿。这就是修行吧!

"我变成了龙,那……阿凝怎么办呢?"墨墨的声音居然还如同它是猫时的一样,没有半分气势。

吴扉只觉得自己的脚下控制不住,一个踉跄,差点儿扑倒在地。

龙啊!人人仰望,梦寐以求的祥瑞啊!她简直是要叩谢祖先居然给了她这么一个能目睹化龙盛况的机缘。可是……谁能告诉她,这条龙,怎么……好像……真的……挺傻的呢?

"这……是错觉,一定是错觉……"吴扉喃喃,然后开始努力克制自己不要一直盯着那个黑龙宝光灿烂的鳞片看。因为那鳞片,一看就很值钱啊!

吴扉想着,已经朝距离自己最近的那截龙尾巴摸了过去。三尺,两尺,一尺半……半尺……正要摸到鳞片,整个人被狠狠地拽了回去。

"你要是想打什么歪主意,我现在就把你扔出去。"方云修的视线没有落在她身上,可他的声音里透出来的那股气急败坏的气息,简直让吴扉大吃一惊!

方云修在竭力保持平静。谁能告诉他,在这个化龙的祥瑞时刻,那个财迷丫头,是怎么会想打人家鳞片的主意?吴道玄家高贵的血统呢?书香门第的传承呢?你……身为女孩子的那一点儿羞耻心呢?对眼前的祥瑞难道就没有那么一点儿敬畏之心?

方云修没有觉察到,自己手底的力度越来越大,生生捏得吴扉动弹不得。

"嗯……"吴扉的喉间,终于控制不住地发出一个压抑的尾音。

方云修这才发现,吴扉的胳膊,被自己捏得一片红肿。急忙松

开手,他对上的,正是吴扉咬着牙,带着几丝倔强的目光。

如果她一早就喊疼,他自然会立刻松开手的。方云修轻哼一声,不想理会吴扉那气呼呼抱着胳膊不爽的眸光。

北落师门目睹这一幕好戏,和方云修对视一眼,只觉得万年难遇的化龙奇景,在这出闹剧的映衬下,变得有点儿无厘头起来。而他还有些纳闷,这个墨墨明明都变成龙了,怎么还这么傻呢?

而墨墨似乎看出了吴扉的心思般,笑着道:"那……我把这个送给你吧。"墨墨说着,突然舒展着长长的身躯和指爪,从它的指爪间悠悠然地释放出一些黑色云絮般的烟雾来,那烟雾悠悠然地飘到吴扉的手边。

"啊?"吴扉手忙脚乱,急忙接住,却发现那些刚才还无形无质的东西,在落到她手心的瞬间凝炼成形,猛地一沉。

"这是……墨?"

吴扉反应迅速,瞬间将玉沫寒送他的龙须笔掏出,用笔尖蘸了蘸墨,朝远处挥洒去,仿佛是在回应她的这个动作般,天际上,一座隐约的仙门慢慢现出缥缈透明的轮廓。

吴扉左手托墨,右手执笔,又将墨汁一泼,一方小小的墨印阵符便朝着仙门的方向飞去。就在那阵符与仙门融为一体的时候,仙门豁然洞开。

仙门中的世界烟云渺渺,蓬莱仙山若隐若现,虽然看不真切,可那却是无数人期盼一生也无法窥探的仙界啊。阿凝目瞪口呆地望着眼前仙门开启的景象,再看看身畔那条黑龙,只觉得脑颅中如同有万马奔腾,她从未想过,自己有生之年还会见到瑞龙现身,仙门临世。

这时,墨墨飞到她的身畔道:"我想好了。"

"啊?"阿凝错愕,墨墨在说什么呢?

刚才还一直在想,自己变成了龙阿凝怎么办的墨墨,似乎豁然开朗:"我知道该怎么做了。"

墨墨说着,只一个轻轻躬身的动作,阿凝就发现,自己居然已经坐在了龙脊之上!墨墨正背负着她,要穿越仙门。

"啊?"阿凝结结巴巴,简直连话都说不出来了,"你怎么会知道我……"

"你一直望着那幅《弄玉吹笙图》时我就知道你的心意了。"墨墨认真地回答。

阿凝的脸庞上,是掩饰不住的惊讶。她总是望着那幅图发呆,人们都以为她是羡慕那画中的弄玉可以跟爱人琴瑟和鸣,双宿双飞,却不知道,她心中真正向往的,其实是跳脱尘世,从此逍遥自在。她自以为无人知晓的心事,居然被一只懵懂的小猫识破。阿凝的脸庞上,溢起幸福的笑容,她俯身紧紧抱住了墨墨修长的脖颈。

而此时深深陷入震惊的人,除了她,还有阿巽。他一直陪伴在阿凝身边,可是从什么时候开始,他的头脑中就只有自己成龙飞仙,再也没有了她的半点儿位置?

刚才,在墨墨驮着她朝仙门飞去的时候,他几乎快要哭出声。因为,他猛然发现,他居然就要失去她了!那一刻他的嗓子仿佛是被什么东西彻底堵住,却发不出一点儿声音来。

北落师门的声音在耳畔响起:"若你此时穿越仙门,说不定亦可以化龙飞升。"

仙门开启,便是这世间万千生灵的仙缘。只是这仙门的开启往往只在瞬息之间,寻常人根本无缘得见,即使侥幸得见也没有穿越仙门的机缘。

而此刻,仙门开启,近在咫尺,阿巽的心猛烈地跳了起来。

正当他将目光投向那影影绰绰的仙门时,却见一群魑魅魍魉不知道从哪里涌现了出来,一股脑地朝着仙门拥去!更有甚者,隐隐化作凶兽模样,朝着正乘在龙背上的阿凝袭去!

"保护阿凝!"阿巽一跃而起,在刚才的冲击中瞬间恢复了人形。

这段时间他在山中修行,已经小有所成。随着他手掌间犀利的灵力波动,那些原本就形质松散的魍魉瞬息间就被他击得七零八落,再也聚集不起形体。可是,那些魍魉哪里肯罢休,转瞬间就又纠集在了一处,卷土重来。

阿巽却顾不上这许多,他只昂首望向那黑龙和龙背上的少女阿凝,高声喊着:"你们快走啊!"

阿巽看到了,那龙背上的少女最后回眸的一瞬间,她的眼眸中有盈盈欲滴的泪水,在泪水的映衬下,她的笑脸更加美丽动人了。她的心愿,实现了。

仙门在黑龙和少女穿越之后,当即关闭,天地瞬间恢复了平静。在那湛蓝的夜空中,仿佛什么都不曾发生过,仿佛从来没有出现过让人梦寐以求的登仙之门。

阿巽虽然没能把握住那瞬息之间的机会,可他没有一点儿懊丧。只是,他的身体因为刚才猛烈地催动灵力阻挡魑魅魍魉而变得虚弱不堪。但他心中,却是说不出的坦荡和宁静。

那个千年前无论如何也不曾得到的答案,此时是如此清晰地浮现在脑海中。原来,这就是真心吗?全心全意,不为自己,只希望那个人能得到幸福!即使在她幸福的画卷里,没有他的痕迹,只要她幸福就好……

阿巽的身体变得越来越轻,内心一片宁静,他轻轻地闭上了眼睛,身体飘飞了起来。再度醒来时,已经是数日之后了。

长安江尚书之女修仙而去的传说在长安街巷流传了一段时间后，一切又如同纷纷扬扬的尘埃，渐渐地被人们遗忘在记忆深处。

阿巽睁开眼睛时，看到一脸似笑非笑望着他的北落师门，那个人如同桃花般明媚的双眸中，跃动着灵动飘逸的笑意，他道："这次你又与化龙升仙失之交臂了。"北落师门的声音中消去了些感喟意味，缓缓地沉淀下来。

"那样鸡鸣狗盗地趁着仙门开启时偷摸闯入的丑陋模样，我还不屑如此。"阿巽眉目清朗，没有半分懊恼，他那被金色发丝簇拥着的皎洁面庞在这一瞬间更加熠熠生辉，"若要成仙，我自会好好地经历一番历练，自有我的一番机缘。"他的声音平平地舒展开来，却少了之前志得意满的傲气。

北落师门轻轻地微笑着，他看着他，仿佛看到了一个终于历经风雨成长起来的孩子："那你要不要随我去蓬莱仙山修行？"

阿巽先是惊讶地睁大了双眸，正当北落师门以为他要点头同意的时候，却只见他摇了摇头："我要在红尘中历练，以真心入道。"

他与阿凝这一段缘，这一份真心他差点儿就彻底辜负，他不愿再如以往一般浑浑噩噩，他要好好磨砺内心。

北落师门望着他，仿佛能从他的双眸里望进他的内心深处，他轻轻地叹出一口气："那你打算如何去做呢？"

阿巽抬眸，望着眼前那古老陈旧的房屋，和那处处透露着岁月痕迹却被打理得干干净净的桌椅板凳，随即露出一个坦然的笑容："我看，黑方斋可以再多雇一个伙计吧？"

方云修走进屋子里来的时候，正好听到这句话。

他夸张地皱起了眉头："你说什么？我这里可没有闲米养闲人！"

北落师门轻哼一声,原本属于上界仙君的高华气度荡然无存:"前几天我好像还听说你巴不得这里多几个供使唤的下人,你就更舒服了……"

方云修皱眉,绝艳的眉目在这一颦之间更加荡漾出潋滟的波光:"说什么呢?你不是也说要把他拐到蓬莱去给你看守桃林的吗?现在他选了我这里,你就沉不住气了?"

"跟我走总比跟着你这家伙好!"

"你再说一遍!"

当吴扉端着粥走进屋子里时,看到这两位原本仙风道骨、风度翩翩的人物,正在那儿斤斤计较互不相让的样子,吴扉和阿巽对望了一眼,都从对方的视线中感觉到了相同的无奈……这两位,真的是什么神仙高人吗?我们肯定是看错了吧?

就这样,方云修的黑方斋里多了一个俊朗非凡的少年——阿巽。到底他的到来会将这一幅传奇画卷涂抹上什么异样的色彩呢?

让我们静静地往下看吧……

第三章 断舍离

滚滚红尘,千树繁花,
不如少年眉间一抹朱砂。

1

在纷纷扬扬落入长安的第一场大雪中,回纥使团抵达长安。身着异色番邦服饰的使节们入住鸿胪寺的消息,一时间成为当下最热闹的话题。人人都说那位回纥新主为了求娶大唐公主带来了无数的珍宝和马匹。对于经历了开元盛世的老人们而言,这意味着昔日的荣光并未远去。而对于长安街头巷尾的市井闲人们来说,这更是一件可以足足说上一个月的上好谈资。

"听他们说,这次回纥王带来了举世无双的宝剑和雕弓,就算在夜晚也是熠熠生辉!"吴扉兴高采烈地说着从酒馆里听来的传言,双眸亮晶晶的,仿佛已经看到了那些璀璨宝物。她全然忘记了,自己不过是长安东市一家小书画店的伙计,这些东西,于她就如同天上宫阙般遥不可及。

面对吴扉的激动,阿巽却是不置可否:"想当年我的皇宫里可是连龙都有的,这些凡俗之物又算得了什么?"

面对这个时刻总在提醒自己"我前世可是皇帝"的同伴,吴扉真的很想翻白眼。

在阿巽这里被浇了一瓢冷水,吴扉转而将期待的目光投向了方云修。身为黑方斋的老板,他总该会多少展现出一点儿,哪怕是作为生意人对此事的兴趣吧?

但方云修只是无精打采地抬起眼皮,勉为其难地从面前的枣泥糕上稍微移开了一点点的注意力,捧起茶盏幽幽长叹:"宝剑和雕弓吗?不知道我们的皇帝,还能舞得动宝剑,拉得满雕弓不?"

要知道，当今天子也曾是担任过兵马大元帅的人物，只是登基多年，只怕早已经忘却了当年的戎马生涯。原本，他这番忧国忧民的话，是很能让人有一番感慨和追思的，呃，如果，吴扉能忽略掉他那一声满足的饱嗝声的话。

吴扉很郁闷，正要转身走掉时，却见方云修在将最后一块枣泥糕消灭掉之后，终于正色道："这些东西如今尚未送入皇宫，就已经如此沸沸扬扬尽人皆知，只怕会引得有心人觊觎。"

吴扉的头摇得跟拨浪鼓一般："这怎么可能？老板，你是没睡醒还是宿醉未消？这可是皇家的宝贝！谁敢偷？"

对于吴扉的揶揄，方云修轻哼："我是没睡醒加宿醉未消，但也比你清醒十倍！"

"清醒？那我去给你泡一壶浓茶，让你好好清醒清醒。"吴扉举起被喝了个底朝天的茶壶，姿态十足谦逊，口气却万分不屑道。

阿巽扭头望向窗外，如果说其他店铺的日常是开门迎客，那么黑方斋的日常则是，两人没完没了地斗嘴把客人吓跑。他已经开始忍不住要怀疑，自己留在这里修行的决定，是否是个错误了。

方云修似笑非笑："十天之内，这批珍宝必会失窃。"

"鸿胪寺可是有重兵把守的地方，你就不要大放厥词了好吗？"吴扉重重地把重新添满的茶壶搁在桌上。

"打赌吗？"方云修伸了个懒腰，决定找点儿乐子。

吴扉眼珠儿转了转："赌什么？"

"十天之内，若是这批宝物失窃了，你这个月的工钱，就归我了。"方云修毫无形象地打了个哈欠。

"若是没失窃呢，这个月我要双倍，不对，三倍的工钱！"吴扉几乎是一跃而起，眼中的精光直射三千里地比画着。

方云修颔首："一言为定！"

"三倍工钱……三倍工钱啊……阿巽,你快给我做个见证哦,可不许这家伙赖债。"吴扉乐呵呵地掰着手指头盘算着,眼睛里满是银钱纷飞的画面。

方云修无语地看着她,明明在接受传承感应仙门所在的时候,不是还有几分超然物外的风度吗?怎么到现在,还是脱不了这满身的市井气息呢?现实太过残酷,我还是再去睡一觉吧……

事实证明,现实确实很残酷。不过,不是对他,而是对吴扉。几天后的清晨,方云修看到的是吴扉垂头丧气的模样。

"怎么了?"方云修不禁有几分奇怪,"钱袋被人给扒了?"

"方老板……我一直觉得……你特别英俊,天底下再也找不到比你更风度翩翩的人了!"吴扉脸上的表情瞬间从沮丧变成了谄媚。说着,她将手里的胡饼高高举起,捧到了方云修面前。刚出炉的胡饼那扑鼻而来的芝麻香气,让人一闻就忍不住想要多尝两口。

方云修听着吴扉这排山倒海般的奉承,看着那一脸谄媚相,他轻轻一抬手,就将胡饼接到了手里,饱吸了一大口香气后,一口咬了下去,那酥软的口感,让他瞬间就满足地弯起了眉眼。

"那个……方老板……"吴扉结结巴巴开口。

"即使方老板我是个不食人间烟火的高人,赢来的彩头,我还是不会放弃的。"方云修望着吴扉,不放过她脸上任何一丝变化。

"啊……你已经知道了?"吴扉瞬间泄气。方云修忍俊不禁,"花了一个月的工钱,买一条做人的道理,我希望你铭记于心。"方云修十分认真地教育吴扉。

一想到自己那飞走的一个月的工钱,吴扉就被打击得摇摇欲坠。她捧着受伤的心口,扶墙点头:"我……懂了,这个道理……我会好好地……记住的……"

不远处的阿巽无语望苍天,他们都在说些啥?

而方云修望着浓云密布的天空，轻轻叹了一口气："不知道这回，又会掀起多大的波澜呢？"

几天前，收藏在鸿胪寺密室中的那两样回纥至宝不翼而飞之后，另一桩更让人难以置信的流言却在一夜之间传遍了京城的大街小巷。众人都在传，那位回纥可汗不远千里带着重宝来到长安，为的就是求娶大唐宗室公主。而那位雀屏中选的紫宵公主却对于嫁到蛮荒之地十分不满，所以便指使手下盗窃宝物破坏求婚。

说实话，生长在长安锦绣温柔乡里的宗室公主不愿意嫁到边远之地也是人之常情，更何况之前还有嫁到回纥的公主差点儿为回纥的老可汗殉葬的事做前车之鉴，哪里还有宗室公主肯去冒险？

可是如今的大唐早已经不是当年万国来朝的开元盛世，对于如今的陛下来说，若是一个子女就能让回纥心悦诚服，实在是一次相当不错的和议。在这样的判断之下，公主们的哀求和眼泪，又算得了什么？而紫宵公主若为了不被嫁到那蛮荒之地，做出什么不理智的行为，似乎也就情有可原了。

而与之相对应的，是回纥使臣的暴怒。多年的休养生息让回纥早已不是当年的回纥，而大唐也不复开元时的盛况。他们送来的宝剑和雕弓一方面是为了敬献，另一方面何尝又不是为了炫耀呢？

面对这纷纷扰扰的乱局，天子下令无论如何也要寻回至宝！大唐必须要向天下人证明，公主的清白以及大唐与回纥修好的决心。

只是，纵然各州府衙门全军出动拼命寻找，这宝剑和雕弓就好像是长了翅膀自己飞走了一般，没有半点儿蛛丝马迹。而在宝物失窃的这些天里，回纥使臣的嚣张气焰也日益高涨。

原本，人们都在兴高采烈地迎接新年，而此刻笼罩在长安上空的浓重乌云，却让这种祥和气氛烟消云散，取而代之的，是近在咫尺的金石兵戈之声。

　　长安的各大城门开始严格盘查进出口货物，巡城的卫队更加一丝不苟。人心渐渐浮动起来，已经有城中的商户贵族打着要回老家祭祖的旗号，将田产换作金银，朝外搬运。有心人则注意到，边关的兵马开始了不动声色地调动。甚至有人听到风声说，朝廷准备一改以往春季征兵的传统，要在这个寒冷的冬季展开征兵事宜。多方消息，宛如一颗小石子投入了长安这汪大池塘里，回纥宝物失窃的影响，正在以人们难以忽视的方式，荡漾开一圈接一圈的涟漪。

　　原本，寻常市井的百姓对这些传闻都是将信将疑的，直到有一天，东市里一个回纥商家喝得烂醉后在人前趾高气扬，号称："只怕从今以后，大唐就要向回纥称臣了！"次日这个商人的尸体就被人在路边发现。

　　随着此事的爆发，回纥使团的愤怒冲到了顶点！他们对于大唐多日来寻找宝物毫无进展的情况，终于丧失掉了最后一丝容忍，回纥使臣与大唐定下了一个约定——若是十日之内不能寻回宝剑和雕弓，那么大唐与回纥交好的盟约将就此作罢！十天内，若大唐不能如期找回失窃的宝物，长安将关闭东市，以此来展现出大唐示好的诚意！毕竟，那个回纥商人死在了东市，这是铁一般无法遮掩的事实。显然，在让大唐付出代价之前，回纥打算先让东市付出代价！

　　消息传回东市时，全东市的人都陷入了恐慌之中。有人想转让店铺，有人想抛售货物，而更多的人，则是惶惶不安，根本不知道该何去何从。在这历史洪流的冲击下，作为一介升斗小民，他们的力量微如蝼蚁。

　　相比其他老板的惶恐不安，黑方斋老板方云修却是淡定如常，

仿佛这消息也不过是他在饭后茶余打的一个哈欠罢了。黑方斋的生意,一向清淡……不久前,他还被请到尚书府喝了几天茶。街口茶棚酒坊里的闲人早已议论纷纷:这书画斋的生意维持不了几天了。

可是,并没有。不知道是不是拜方云修那俊美的外表所赐,黑方斋的生意固然清淡,却时不时会有贵客上门,让这家小店苟延残喘地维持了下去。

而比起黑方斋的经营之道,更让茶棚酒肆里的闲人看不透的,却是半个月前才刚开张的杏林堂药铺,刚开张不足一个月就要被迫关张,这份倒霉,只怕也是东市独一份的了。

当时并没有店铺开业的锣鼓喧闹,等到人们回过神来的时候,就看到一个身形单薄的青衫少年,执一卷书,安然端坐在那重重叠叠的药柜前面。照理说,能在长安城这寸土寸金的地方置办下这样一份产业,又是如此年轻,该是何等长袖善舞的角色。可是,眼前的少年,只是静悄悄地坐在暗沉的药柜前,仿佛早已经与那年深岁久的陈设融合到了一起。

有倚老卖老的婆子打着抓汤药的由头过去打探,不消半日,街头巷尾都知道这个少年名叫葛倾罕,出身清贵,从小身体虚弱,父母常年请大夫在家里替他调养,时间久了他便也渐渐精通药理。因想着四处走走,就索性来到长安,盘下了这小小的一家药店。

就这样,葛倾罕的这家杏林堂在东市的街头巷尾卷起了一股小小的风声后,又无声无息地化作长安城最寻常不过的苍茫底色。

而现在,当长安波澜再起,这片原本不起眼的底色,也被迫卷入到了不可逆转的大潮之中。

黑方斋里,"啪"的一声响,吴扉将扫帚掷在方云修的脚边。

"老板!若是东市被迫关市,我们的生意不就没法做了吗?"吴扉压下心头翻滚的怒气,竭力保持叙述的条理性。

"那又如何？没有东市，还有西市，大不了换个地方再开就是了。"方云修若有所思地望天嘀咕，"又或者，我们干脆把黑方斋挪去扬州开？据说那里繁华富庶，是个风流锦绣的好地方。"

"啊？"吴扉大惊失色，"黑方斋可是我吴家代代相传的基业，决不能就这样随随便便处置！"

"黑方斋现在是我的，需要我提醒你吗？"方云修不动声色地抬眸，眼神坚定不容置疑。

"可是……"吴扉猛地噎住，说不出半句话来。

的确，她没有立场反驳，她的黑方斋，属于吴家的黑方斋，早已经易姓转手。若不是拜方云修那极致的散漫所赐，只怕就连黑方斋的店名都要改掉。

吴扉沉默了，长久的沉默，久得方云修都以为她是个哑巴。

"你要我签多久的卖身契给你都行。我要你把黑方斋还给我！反正，你压根儿也不在乎它的死活！"吴扉说，着已经抓起桌子上的笔墨，"唰唰唰"开始写了起来。她的手，在压抑的激动之中，控制不住地颤抖着。一个墨点重重地滴落在了宣纸上，她咬着牙，再扯过一张纸，继续写。

方云修还是头一次看到如此愤怒的吴扉。他的面色渐渐冷肃下来："你这是要……干什么？"

吴扉正在奋笔疾书的手猛地一顿，正在写的那个字，瞬间又被弄污了一片。她抬起头，直直地迎向方云修的眸光："既然你不肯保护黑方斋，那又何必非要把它留在手里？"

这目光如此锐利，如同一道犀利的剑光。方云修只觉得，自己在那一瞬间，看到了那个曾经的少年。瞬间，所有的揶揄和毒舌悉数散去，他露出一个仿佛是兄长面对任性幼弟的笑容，轻声叹息："我有说过，我不管黑方斋了吗？"

吴扉错愕。

方云修轻轻地从她手底抽出那张早已经被墨滴染得乱七八糟的卖身契道:"我不需要你写什么卖身契,不过,你可以试试别的办法。"方云修说着,将卖身契揉了揉,毫不迟疑地扔到了地上。

"别的……办法?"吴扉心中那些刚刚还甚嚣尘上的迷茫和愤怒,仿佛在方云修这个轻描淡写的动作中,不动声色地沉淀下去。就算方云修收下了她的卖身契,把黑方斋给了她,她一样无法在这风云飘摇的局势之下守住它……而现在最重要的,不是黑方斋在谁的手里,而是……守住东市,守住黑方斋。

吴扉捡起了地上的扫帚,转身去给方云修斟茶。方云修饶有兴味地注视着她。

其实方云修之前从未注意过吴扉烹茶,但此时见她面色沉静,从容不迫,动作都如同行云流水一般,没有半分的凝滞和仓促,看起来竟不像是个新手,而俨然是一个浸淫茶道多年的行家。

茶香在少女的手腕间袅袅升起,吴扉将那杯茶郑重地献到了方云修的面前。一时间,就连轻佻毒舌的方云修,也只觉得眼前这杯茶的分量,实在是不轻!

"吴家的黑方斋,自当年我爷爷在东市开张到现在近五十年,一直都在这里。这里就是我们吴家最重要的根基。就算日子再困难,我也没想过要丢下这里。如今……如今……大唐与回纥之间纠纷不断,东市的事情越闹越大。老板,我只求你,帮帮我,帮我守住黑方斋,守住吴家在东市的这片祖业!"吴扉说着,咬了咬牙,捧着茶,似乎要跪下去!

方云修的手,缓慢却毫不迟疑地托住了少女。

"老板……"吴扉惊喜地叫出声。

她的眸光却没能对上方云修的眼眸,方云修只将目光遥遥地投

向了那累积着乌云的窗外,仿佛是在应声,又仿佛是在自言自语:"不错,只有东市的黑方斋,才是……真正的黑方斋……"

这是什么意思?吴扉有点儿摸不着头脑。却只见方云修接过了她手中的茶杯,徐徐地啜了一口。他的眉目在甘香入口的瞬间舒展得更加夺人心魄:"真是好茶!跟当年一模一样……"

吴扉的手在那一瞬间攥紧,明明是空空的掌心间,却仿佛已经接续住了令黑方斋和东市转危为安最重要的一缕命脉!

"看在这杯茶的份儿上,我答应你。东市和黑方斋,都会好的。"方云修的话,让吴扉惊喜得差点儿跳起来。

第一次,她如此由衷地感激眼前的方云修。她曾被他的皮相惊艳,曾被他的散漫激怒,曾因他的毒舌无语。可是,此刻吴扉发誓,只要能守住黑方斋,她将一辈子感激他!就算他毒舌傲娇好吃懒做,她的这份感激之情永远不会变!

方云修凝视着吴扉激动又饱含感激的眸光,慢条斯理:"你有这么一手烹茶的好手艺居然敢一直藏私?若不是今天为了求我,只怕你还不肯露出来吧?哼,我可是很会记仇的哦!正好,最近京城第一茶坊新来了一批蜀中的好茶,你去买些来吧。"

他那温润如美玉琳琅的声音听在吴扉耳中,只让她本已经僵硬的脸庞,更加僵硬了几分。吴扉咬了咬牙:"我知道了。"

吴扉是飘飘忽忽地走出黑方斋的大门的,她心中五味杂陈。到底刚才的感激之情是怎么回事啊?他这个人真的是会认真地去做事的人吗?他刚刚是不是对我施了法术……

可是,当她的眼神再度找到焦点,走上正确方向时,她的心里却有个笃定的声音在说,相信他,没有错。

方云修不紧不慢地品着茶,直到阿巽的身影遮挡住了他身前原本就黯淡的天光。

"其实就算是吴扉不开口,你也会守住这里的,对不对?毕竟,黑方斋必须在这里,在东市。"阿巽的声音带着少年特有的清冽,又透露出一丝不满。

方云修抬眸,绝美的眼眸因茶香的荡漾深邃而迷幻:"不错不错,阿巽,你最近果然是修炼有成,这都被你发现了……"方云修并不回应阿巽的质问,顾左右而言他。

面对这只狡猾的老狐狸,阿巽也没好气地转身:"哼……"

"虽然,也不想管那个小鬼的事情,可是,这次就帮帮他吧。"阿巽心中暗自想着,昂起头,他全然忘却了,即使身负过往的记忆,此时的他,依然不过是个与吴扉年龄仿佛的少年。

次日。距离东市被迫关市,还有九天。

最先感觉到了那种不同寻常的气息的,是阿巽。清晨,吴扉手脚麻利地开了店门,正在洒扫的时候,却见阿巽皱着鼻子在大堂里嘀咕:"这是……什么味道?"说着,又是一阵猛烈的咳嗽。

吴扉极其不爽的面庞凑过来:"我记得你是来黑方斋做伙计的,可是你告诉我,你这些天究竟做了什么?"

最开始,吴扉当然很愿意跟这个非同一般的同伴一起做事。可是她很快就发现,阿巽——百无一用。

洒扫庭院——不会。

招揽客人——不会。

端茶送水——不会。

如果不是他那张俊脸,在吸引女客人方面还有一点儿功劳,吴扉简直不知道他留在这里的价值。若不是因为这店铺是方云修大老

板说了算,吴扉是真的很想请这位大爷,哪里凉快哪里待着去。

"什么味道?这里就只有灰尘的味道,你要受不了就离远点儿吧?"吴扉没好气地说,东市岌岌可危,黑方斋门可罗雀,她已经相当不爽了。

阿巽却摇摇头:"有一种不同寻常的气息。"阿巽闭目仔细分辨着这香气,觉得与他曾接触过的任何一种花香都不同。

这气息,犹如初生的婴儿无知无觉又充满好奇心地伸展向这个世界的手,一次次地在他鼻端若有似无地扫过。那种柔柔嫩嫩的懵懂气息,让他不自觉地就想要紧紧握住。

阿巽几乎是一瞬间就被攫住了心神,他放缓了呼吸,试图分辨这气息时,却发现刚才那香气,居然在瞬息间消失全无。

阿巽下意识地伸出手想要抓住些什么,但手掌在虚空中陡然握紧落空的触感,又让他猛然觉悟——香气原本就无形无质,他这是在干什么?要知道,他可已经是得窥仙道的人,寻常声色早已经再不能迷惑他的身心,可是此时此刻,他居然在这飘忽的一脉芬芳之中有些行为失控!幸亏没有大碍,若是阵前对敌,这片刻的动摇也许早已经万劫不复。

阿巽思及此处,只觉得一股冷汗自脊背处蔓延而上,面庞突然变得极其苍白,下一刻,就被某人的哈欠打断了:"怎么回事……一早上就有这么一股气息……"

打哈欠的人,不用说,自然就是那个永远睡不够的方云修。

寻常人若是在人前打哈欠,总带了半分遮掩,可是他却是肆无忌惮地将哈欠吐出。这还不止,他的一头如瀑青丝亦不曾细细梳拢起,就连衣服也是松松垮垮地笼在身上。这让他整个人如同晨光初露时分那转瞬即逝的斑斓朝霞,带着难以捉摸又绚丽的光华。

吴扉一扭头,就看到了他这副祸害众生的模样。

第三章 断舍离

"你!你!"吴扉一边努力移开目光,一边怒指,"你怎么能这样就跑出来了?你不知道你这样……你这样很丢人的吗?"

"你在说什么?什么丢人不丢人的?"方云修完全不明白吴扉在说什么。下一刻,他发现自己居然被吴扉一把推回了房间里!"啪"的一声,门被狠狠地关了起来。

门外是吴扉带着羞赧的气鼓鼓的声音:"你要是再这样一副不检点的样子,我就……我就……用扫帚打断你的腿!"

"不……检点?"方云修低头看了看自己的模样,终于恍然大悟地笑出了声。

好吧,他好像忘了一件很重要的事情,那就是——吴扉是女孩子!他这副衣衫不整的样子出现在她面前,的确是……不太妥当。

虽然从心理上接受了吴扉此时的举动,可是方云修还是在心中暗暗给吴扉记下一笔。什么不检点啊,打断你的腿啊……小妖精!我可是很会记仇的!

当方云修再度出现在黑方斋大堂里的时候,头发已经梳理得整整齐齐,衣襟也是一丝不苟,就算是最古板的老学究看到他,也挑不出一丝毛病。

他刚一坐下,吴扉就捧上烹开的新茶:"老板,请用茶。"

"哦?"方云修接过茶,饶有兴味地看着她。

"老板,你一直都是一个胸襟宽广、胸怀天下的人……那个……"吴扉的笑容简直堪称完美典范,笑得像个天使。

"所以?"方云修轻啜一口茶,追问。

"所以就算刚才我说了什么不合适的话,想必你一定不会介意的吧?"吴扉更加全力以赴,释放笑容。

"扑哧!"方云修几乎已经可以想见,刚才她一时羞涩,朝他喊出了那句话后,又是怎么样地懊悔,唯恐他报复。一阵团团

转不知所措后,急忙泡了他最喜欢的茶过来哄他高兴,企图蒙混过关。

她还真的是一条滑不溜秋的小泥鳅!果然是在市井里混的,心思果然活络。这一杯茶下去,就算我想找她的碴,也不好再开口了。头一次,方云修觉得这样市井气的吴扉,不那么讨厌了,反而有一种灵动的气息,让人有了一股说不出的好感。

"你在说什么?我已经不记得了。"方云修大发慈悲,好吧,今天就放过你吧。

说罢,他想起一早闻到的那股奇怪气息,忍不住问:"那时候你们也闻到了吗?那是什么香气?"

吴扉巴不得赶快转移话题,急忙道:"阿巽说闻到了奇妙的气息,我却没什么感觉。"

阿巽点点头:"嗯,是很奇妙,但是又不太好……描述……"

"会不会是药香?"吴扉嘀咕。

阿巽沉吟着,微微摇头:"熬药吗?的确是从对面杏林堂里传来的。可是那香气,并不是药香。"在刚才香气消失的瞬间,他似乎隐隐有了某种感应。

"不是药香还能是什么?我怎么什么也没有闻到?"要知道吴扉曾在不少酒楼帮过厨,对于各色气味可以说是十分敏感,没道理阿巽闻得到,老板闻得到,她却毫无知觉啊。

"那绝不是寻常药草的气息。"方云修意味深长地笑了笑。

望着自家老板这个浅浅的笑容,吴扉却突然回过神来。眼下最重要的不是什么没头没脑的香气,而是——"老板,东市马上就要被迫关市了啊!"吴扉急急地嚷了起来。

昨夜一宿未睡好，吴扉一直在盼望着方云修起床。可是再怎么着急，她也是知道这位的起床气有多么可怕，遂忍住了撩虎须的冲动，好不容易熬到方云修起床。

"哦……今日倒是有些想吃胡饼呢。路口那家老胡饼摊子还在做吗？去给我买几个回来……"方云修继续打着哈欠。

"老板，我说的是东市被迫关市了，你能不能不要一直想着吃好吗？"吴扉都快急哭了。

方云修干脆利落地截断他的话："不是还有九天吗？你急什么？你们年轻人就是这样，一点儿都沉不住气！"

吴扉简直要被他噎死了："可是……东市！"

"若是我吃不到上好的胡饼，这种鸡毛蒜皮的事情，我也不想管。"方云修对吴扉的焦急视若无睹，自顾自地嗯哼着。

什么人啊！东市都要没了，他还光只想着吃！吴扉的腹诽简直是排山倒海。可是……又不能不听……今时今日，若说还有谁能保住东市，除了他，还会有谁呢？

在艰难地认清这个铁一般的事实后，吴扉只能咬了咬牙，转身就朝外跑去，一边跑，一边还不忘确认："我知道了……老陈记家的胡饼对吧？"

"没错，记得要他们多放胡椒。"方云修眉开眼笑地叮嘱。

阿巽盯着此时颐指气使的方云修，简直想为吴扉掬一把同情之泪。"败类啊……"他暗暗腹诽。

下一刻，方云修抬起眉，唇角诡秘地一弯："我听到了！"他的眉眼间，是不动声色的隐秘威胁。

对上这妖孽的威胁，阿巽那曾经属于九五之尊的尊贵气势却是丝毫不落，只冷冷地撇嘴："听到了还不快想办法帮帮她？"

没能成功把死小鬼唬住的方云修摆摆手，声音和那摆手的动作

一样轻松:"不是还有九天吗?慢慢来……慢慢来……"

阿巽:……

距离东市被迫关市,还有八天。

阿巽不知道自己是怎么在那一股若有若无的撩人气息中,一步步踏入这静寥无声的杏林堂的。

此时正是午后时光,阳光暖融融,竟似是这一室的气息都在酣睡一般,不起半分涟漪。

杏林堂的格局与黑方斋如出一辙,都是"前店后家"的格局。只不过明明是白天,后堂的正屋却是门户紧闭。正当他想来无事转身要走时,那股奇异的香气却在瞬间钻入他的鼻端。没错,就是之前那种犹如婴儿手掌招引般的气息。

在这种不知名气息的引诱下,阿巽穿过店面,走过庭院,来到后堂正屋的窗棂边,在还没意识到自己在做什么的时候,他早已经寻了个窗纸上的空隙,朝里面望了过去。

他看到了,一个少年正在沐浴。正是葛倾罕。原本,看到他人沐浴这样的事情是极为尴尬的,阿巽在看清了眼前的一幕后,瞬间不自觉地移开目光。可是,就在那电光石火的一瞬间,当那少年转过身去,在他光洁如玉的后脖颈上,阿巽似乎看到了奇怪的东西!

那是……一朵灵芝!生长在少年的脊背之上,在他的后脖颈处绽放出如同绒羽般华丽光芒的扇形灵芝!

阿巽吃过养神芝,吃过龙驹草,可是那些无一不是生长在名山大川之中、雄奇险峻之地,他从不知道,会有一种灵芝,生长在人的身上!葛倾罕知道自己的身上正在生长着这样的东西吗?

阿巽使劲儿眨了眨眼睛，他心里明白，有些东西，而在很多凡胎肉眼看来，是看不见的，其实是存在的。这样一株生长在人身上的灵芝，无论如何，都绝不会是什么好东西！

一念至此，阿巽想立刻冲入房中去提醒他，可是，接下来的一幕，却让他生生顿住了脚步。

葛倾罕被热气蒸腾得面红耳赤，荡漾起迷幻的笑容，他小心翼翼地伸出手，触摸着后颈上的灵芝，阿巽听到了他低低的轻喃："又长大了好些呢……"

水汽缭绕的房间，脖颈上隐隐流转着一朵异色灵芝，还有葛倾罕眉目间那股难以捉摸的妖娆笑容，这一切构成了一幅令人心神一震的画面。阿巽只觉得自己的心被猛地一振，脚底居然不自觉地一滑，重重踢在了门板上。在他这不经意的一踢之下，门豁然洞开。

被迫洞开的，不仅仅是门扉，还有某个看不见的结界。

正当阿巽想要解释自己并非是有意闯入的时候，却见衣衫不整的葛倾罕"嘭"的一声关上了门，再度张起了结界。他似乎根本没有在意，而阿巽已经被他关在了房内，封在了结界之中。

阿巽目瞪口呆，正要开口询问，却在目光落到屋子里一个不显眼的角落里时，眸光骤然一凝。他的身体在那一瞬间猛地立直，以一种猛兽蓄势待发的姿态，狠狠地盯住了眼前这个纤细的少年。

"怎么回事？"阿巽紧紧皱起眉头。他却不知道，只有一张少年面庞的他，无论如何疾言厉色，也不过是虚张声势罢了。

"我做了什么触犯律法的事情，需要向你这么一个私闯民宅的外人解释？"葛倾罕的面色在最初的惊慌过后，迅速恢复了平静。

"你身上那个……"阿巽的声音顿住，他不知道那是什么。

"你看到了？"葛倾罕的声音流露出几分慌张。与此同时，他的手，不自觉地捂了捂自己的后颈处。

阿巽肯定地点了点头。

"这……"葛倾罕急忙将手从后脖颈处收回,动作带着一种难以掩饰的狼狈。可是在他瞬息变化的眼神中,阿巽敏锐地感觉到了一闪而过的凛冽杀意。

阿巽整个人都警觉起来。可是,让他没有想到的是,这个刚才还目露凶光的少年葛倾罕,居然在此时猛烈地咳嗽起来。很快连站立的姿态都无法维持,他在一阵接一阵剧烈的咳嗽中一点点地蜷缩身子,整个人都仿佛是用灯笼纸糊起来的一般,有种说不出的虚弱。此时若是来一阵疾风,只怕他都会立刻倒下。

阿巽立在原地,死死盯着他,不放过他的丝毫举动,他并没有忘记刚才葛倾罕眸光中的杀意。但很快,他又发现了——在这个少年的身上,还有古怪之处。

葛倾罕虽然整个人颤抖得如同风中之烛,可是他的面庞上依然萦绕着一股说不出来的润泽光华,这光华就如同夜明珠上流转的珠光,深沉蕴藉,熠熠生辉,让人禁不住怀疑,肉眼看到的这些虚弱,不过是一种假象。

不,不是这样的……阿巽眨了眨眼睛,早已经身具仙骨的他,耳聪目明,所能感受到的远比普通人清晰敏锐。原本稳如磐石的他,竟然也有了一丝不易觉察的动摇。

"咳咳!"葛倾罕的咳嗽声接连响起,他晃着身子控制不住地朝地面扑去。阿巽在瞬息的迟疑后,一个箭步,扶住了他的胳膊。

只一触手,阿巽就发现了,葛倾罕的身体极冷。如果不是亲眼所见,他简直无法相信自己手底正搀扶着的,是一个人类的身躯。那么冷,那么硬,感觉不到一丝血肉的温度。

葛倾罕没有想到阿巽在窥破了他的秘密和动机后,居然会选择伸出援手,那透过肌肤而来的暖意,让他在瞬间就下了一个决心。

"在我背上的，那是……养神芝。"葛倾罕认真地，坚定地，一字一顿地告诉阿巽。

在那三个字入耳的一瞬间，阿巽竟似乎觉得，自己此时听到的，并不是什么传说中的神物，而是，某种坚定不移的信念。

养神芝，传说中可以让人长生不死羽化登仙的神妙之物。

"你是说……"阿巽的帝王胸襟和气度也没能帮他维持住此刻平静的神情，他目瞪口呆道。

如果这真的是传说中的养神芝，而这少年正在做的就是……以身体为壤，在滋养它？答案如此清晰，又让人难以置信。阿巽的眸光一点点地从少年那坚定得没有一丝动摇的眸光上挪开。

他相信葛倾罕没有说谎，他也相信自己看到的一切。而现在，唯一的问题是为什么葛倾罕会选择用自己的身体去滋养养神芝？这并不是阿巽所知道的任何一种正统道术，而行这样的歪门邪道，不惜伤害自己的身体，到底又是为了什么？

阿巽没有问葛倾罕，他只是默默转过头去，再一次将目光投向了这个屋子的角落里，那个被他无意中瞥见的存在。

若是普通人，只会看到那里有一张普通的木床，悬挂着素洁的帐幔，而床上，正有人酣睡。可是，阿巽却知道——这个状似酣睡的人，早已经死去多时。

"将军他，只是在休息。"葛倾罕突兀地挡住了阿巽的视线，声音中却透露出一丝颤抖。

阿巽盯着葛倾罕的眼睛，什么也没说。在这个看似普通却诡秘的药店后堂，用肉体豢养的养神芝，以及早已经死去多时却依然被人用秘法维持容色的男子……这一切，在那段萦绕鼻端的香气中，陡然变成了一种让人作呕的气息。他不再说什么，转身就要走。

"我……我想让将军复活！"葛倾罕的声音，在阿巽霍然转身

的瞬间,颤抖着追了过来。

养神芝……复活,阿巽陡然发现,自己刚才居然忘记了养神芝最重要的一个功用——起死回生。只要用秘法留住那逝去之人的魂魄,就可以用养神芝让他重生!一个人不惜用自己的身体去滋养神芝,目的仅仅只是为了让另一个人复活。阿巽长长地叹了一声,明明人类的生命是如此短暂,注定会被时间的洪流淹没,可是这样的付出,在那些执念里,就是永恒吧。

阿巽的双眸里,没有质问,没有不解,只有一种烽烟过后,感同身受的感喟。

仿佛是在他的眸光中汲取了某种力量,葛倾罕的声音悠悠响起:"将军本是名将李晟之子,只是妾室所出,在族中不受重视。将军一直仰慕父亲的功绩,希望有朝一日也能如父兄一般在战场上立下赫赫战功。只是在与兄长李愬夜袭蔡州之战中,孤军深入,被冷箭射中,天寒地冻救治不及而……"葛倾罕的语声极其稳定,仿佛他曾经在心底千百次地默念过、回忆过、抚摸过这段生平。

"将军他不该这么早就……"葛倾罕咬着唇,他不再盯着阿巽,他似乎忘记了,他说出这段话的本意,是要说服阿巽。他默默地转过身去,凝望着床上的青年。

那青年有着俊朗的眉眼,有即使在紧闭中也依然含笑的唇角。阿巽能够想象,如果这个人睁开眼睛,开口说话,该是怎样一副又明朗又潇洒的模样。

刚才葛倾罕说得很少,很简洁,可是阿巽知道,一个庶出的少年想要沿着父兄的辉煌继续前进,他的道路上该有多少阻碍。就算他已经为了奇袭蔡州那一战身殒,在所有的史书上留下的依然只会是他兄长的名字,没有人会记得他,甚至,在他的躯体还尚未腐朽的时候,他所追求的荣耀与声名早已经消散全无了。只有……这个

名叫葛倾罕的少年还记得。

　　他是他的侍从还是卫兵？阿巽不想去追问。他只是看到了，那个明明已经脆弱得不堪一击的身影，就是那么执拗地守护在将军身边，任由养神芝不停地汲取着他的神魂。

　　阿巽转身："我不会说出去，你自己小心一点儿。"

　　在这一天里，吴扉为了满足方云修对各种美食的念想，几乎跑遍了整个长安城。她所有的反驳，在对上方云修那好整以暇的威胁中，都化作一声认命的长叹。到最后，跑得筋疲力尽的她，睡了这么多天以来的第一个好觉。

　　阿巽望着桌子上堆积如山的各种吃食点心猜想道："其实你的本意就是想要她分心，不再一直为此事提心吊胆吧？"

　　在明亮的烛光下，方云修正不紧不慢地解开一包云片膏。他将那薄薄的一片雪白抿入唇间，眼眸里泛起潋滟的笑意："你说什么？我怎么听不明白？"

　　阿巽默默转身：还说你是个好人呢，看来我真的是想多了……

5

　　距离东市被迫关市，还有五天。

　　吴扉简直不知道这几天自己是怎么熬过来的。方云修先是像不要钱一般地指使她跑遍长安四方去给他买各路稀奇吃食，好容易他对吃的热情下降了，今天突然又说要盘点库存，清点账簿。

　　若是吴扉敢反对，他就横眉立目地表示："不是你要我守住黑方斋的吗？现在我不过是想整理库存和过往账目，又不愿意了？"

　　吴扉真的不知道这陈纸旧墨的老店里有什么库存可盘点，更加

不知道那几个月开不了一次张的账簿有什么账好整理,可是在方云修的威逼之下,她认命地开始整理那五十年前的老账簿!天知道,整理那些她爷爷开店时的万年旧账究竟有什么意义。

可是,面对方云修那云淡风轻的威胁"东市关市的事情……看来其实也不是很需要我来管啊……"时,吴扉也就只能,咬着牙,扑腾掉那旧账册上五十年前的积灰,整理起来。为了东市,为了黑方斋,她必须——忍!

而此时,长安城里的肃杀之气越来越浓厚,本应是年味满满的东市,此时却如同死巷一般。仿佛是感应到了这股山雨欲来的气息,几日之内,天气陡然寒意料峭,一夜间无数人都染上了风寒。

饶是整个东市都已经门庭冷落,杏林堂的生意却在这一片萧条之中,显出了一股异样的红火。毕竟,无论长安的风云如何变幻,染了风寒就必须抓药治疗。

此时东市还没有关门的药店,恐怕也只有杏林堂这一家了。只是葛倾罕并没有借机提高价格,还拟了几张见效快又省钱的草头方子,叫药童们帮着各家各户煎煮,街头巷尾人人都赞他妙手仁心。如此这般,杏林堂里的药香就更加地蒸腾四溢了。

方云修懒洋洋地在角落里翻着本闲书:"咱们的招牌天天对着这药气,只怕都要熏出一股药香了。"

望着头顶黑方斋的那块久经风吹日晒的招牌,吴扉的唇角却不由自主地泛起一抹笑意。这能化作星槎的招牌,可是这黑方斋最大的秘密和珍宝!身为吴家继承人的她,她打心里感到骄傲。

可是,东市被迫关市,黑方斋也难以幸免……思及此处,吴扉的心情再度沉重起来。这几天,她冒着寒风,一次次奔到州府衙门前,盼着官府发出告示,说宝物已经寻回,东市可以幸免于难。可

是她对上的,永远只有空荡荡的墙壁,和衙役们长长的一声叹息。

"我新得了点儿好茶,你帮我给对面杏林堂的老板送去。"方云修突然把书往桌子上一掷,吩咐道。

就这样,吴扉捧着一个精致的纸封踏入杏林堂的大门。却只见店堂里空空如也,然后有"哎哟"一声短促的痛呼声从后院传来。

吴扉急忙循声奔去,只见一小药童正惊慌失措地捂着手,在他面前的小炭炉上,药罐子的汤水正翻滚沸腾,"咕嘟咕嘟"地冒着气泡。想来是这药童一时不察错过了取药时机,等回过神来这药已经翻腾得太厉害,就算是用布巾裹着药罐也烫手得拎不起来了。

"我来帮你。"吴扉急忙丢下茶叶封,接过那药童手中的布巾就去拎药罐。但她刚将那药罐拎起半寸,那急袭而来的一阵火烫,就让吴扉控制不住地松开了手!

"噗"的一声,药罐闷声跌回了炭炉,原本已经沸腾的药汁更加翻腾奔涌,发出如同火灼般的"嗞嗞"声。

吴扉一时间竟不知如何是好,只听身后传来葛倾罕的声音:"让我来吧。若不赶紧拎起来,这盅药就要煎干了。"说话间,他已经伸出手去,将那药罐拎了起来,吴扉清清楚楚地看到,他居然连布巾都不曾包裹,就这样直接赤手拎起那只滚烫的药罐。而且药罐里的药汁正沸腾翻滚,硬生生地漫上了他的手指!

"啊!"吴扉禁不住倒吸一口气。

然而,没有被烫伤的痛叫,没有药罐被抛下的碎裂声,葛倾罕只是平静地将药罐从炉子上取下,然后走到附近的桌边,小心地将盖子盖好,放入篮子里,这才转身吩咐道:"这是巷子口张家的药,你快给人送过去吧。"

药童忙忙地点了头,依言而去。

吴扉怔愣地盯着他的手,只见葛倾罕的手指尖洁白细腻如玉,

刚才被灼烫的地方居然半点儿痕迹也没有。吴扉又低头看看自己的指尖，明明不过是一瞬之间的接触，却有几分若隐若现的红肿。

"我体质较寒，性不畏热。"葛倾罕浑不在意地微笑道，"你有什么事情吗？"

吴扉这才想起自己的来意，急忙将那封茶叶送上。葛倾罕接过那纸张封起的茶叶，不知怎的，原本用上好的纸张封好的茶叶包居然散落开来，一时间，纸张与茶叶纷纷扬扬地散落了一地。

吴扉顿时一惊，急忙要去捡。葛倾罕却拦住了她："不妨事，我自己料理就好。"

吴扉手忙脚乱，肯定是她刚才把这茶叶包随意一掷，将茶叶包的纸张撕裂了吧？正想着，鼻端却嗅到一种特别的气息，幽幽袅袅不可捉摸。正当她想要细细分辨的时候，杏林堂又来了客人，她只得匆匆告辞。

不知道为什么，这发生在杏林堂的一幕总是在吴扉的心头挥之不去。她总觉得自己似乎看到了什么，闻到了什么，又似乎什么也看不明白，什么也闻不透彻……

入夜，心情沉重的吴扉关上大门，打算早点儿休息。虽然方云修答应了她会出手，可是这么多天来，吴扉除了见着他打盹就是吃零嘴，没半点儿行动。若不是曾见识过此人的通天手段，吴扉简直要怀疑自己当初捧茶下跪求他救急的行为，是不是个笑话了。

"今天实在太无聊了，不如……"方云修伸了个懒腰。

"老板，你这是要有所行动吗？今晚月黑风高，正好调查！"吴扉整个人都激动起来。

"不如吃锅子吧！"方云修袍袖一挥，"你快准备起来！"

吴扉欲哭无泪："老板，东市都快要没了，你……怎么还有心情吃喝啊？"

"你在说什么呢？吃锅子不就是为了要救东市吗？"方云修一本正经，煞有介事到了极点。

吃锅子救东市？老板，你是真的觉得我很好骗？还是你现在其实已经喝醉了？"老板你究竟有没有把东市的安危放在心上啊？"

方云修斜斜地瞥她一眼："这么容易焦虑，小心秃顶哦……"

吴扉陡然一惊，赶紧摸了摸额头。为了扮作小厮，她的头发总是紧紧地束在头顶，唯恐被旁人看出端倪。要说秃……貌似还真的是有点儿……吴扉陡然担心的眼神，对上了方云修那看好戏的眉眼，顿时回过神来。这家伙，就是等着看她的笑话呢！

难得的，方云修并没有继续刁难她，而是望着她束得紧紧的发髻喃喃："你若是好好地梳个女孩发髻，应该还是能看的吧？"

"女孩子？你为什么要吴扉梳女孩子的发髻？"阿巽不解问。

"这当然是因为，她就是女孩子啊。"吴扉的秘密，在黑方斋早已经是心照不宣。方云修却没料到阿巽竟然没有看出来。

"女孩子？"阿巽用一种难以置信的眼神盯着吴扉，从上到下，再从下到上，最后，目光停留在了她的胸前。

吴扉用眼神捅杀着他："你想说什么？"

如果阿巽会被这种虚张声势的恐吓吓住，那他就不是曾经的大夏君王了，只是在迟疑很久之后，他下结论似的说："不像。"

"哈哈哈哈！"方云修毫无形象地爆笑出声，完全无视吴扉此时黑如锅底的面庞。

吴扉咬着牙，真的很想把面前这两个可恶的家伙都扔到锅子里一锅炖了！突然，她又朝方云修和阿巽笑盈盈道："我的确不像女孩子，比起在座二位，我只能甘拜下风，甘拜下风啊！"

方云修的笑声戛然而止，额角上青筋暴起："胡说什么呢？"

吴扉一本正经："酒馆里的说书先生说的，他说方老板你，貌

若好女,倾国倾城。"

方云修听到"好女"这两个字就气得张牙舞爪!他方云修生平最大的心结就是——被人说长得像女人。

吴扉顺利扳回一城,得意地嚷嚷着:"这可不是我说的,整个东市,不对,整个长安,谁不知道你的美……名呢,对吧?"

不待方云修再度咆哮,吴扉已经见好就收,一股烟溜到后厨去准备锅子了。

但刚踏入后厨,吴扉脸上得意的笑容就不知不觉地退去了下去。她的手,不自觉地抚上了头顶上那个束得紧紧的小厮发髻。

这些年,长安流行过几种好看的少女发髻,坠马髻、飞仙髻、双环髻,但她都没有梳过。日复一日陪伴她的,只有这个简单的小厮发髻,她几乎要忘记,自己也是个少女,也曾憧憬着飘摇的发髻和灼艳的鬓花。

吴扉的手不自觉地握紧了。为了守住黑方斋,为了不让吴家的祖业就这样落入他人之手,不要说永远不能恢复少女的打扮,就算是真的秃了,她也心甘情愿。

在吴扉的一番忙碌下,热气腾腾的锅子很快就上了桌。还好,方云修还没有无耻到自己吃独食的程度,招呼吴扉和阿巽一起吃。

这锅子原本是川蜀之地的菜式,如今长安的达官显贵为了冬日驱寒,把吃锅子的习惯带入长安,吃锅子便渐渐流行了起来。锅子是好吃,只是总免不了有些辛辣,方云修吃不了辣,却喜欢这个味道,便一边饮茶一边吃,到最后居然把那包茶叶的封纸也扔到了炭炉里当作燃料。

一股袅袅的幽香袭上鼻端,吴扉觉得此时的香气与记忆中的某个香气不谋而合,忍不住喃喃:"好香……"

"吃了这么久你才觉得香啊。"阿巽有点儿不解地看着吴扉。

方云修却知道此时吴扉说的并不是锅子，微笑道："这茶叶的封纸可是蜀中的茶商精心制作，不光是厚薄适度，更加侵染了特殊的药草气息，可以更好地保留茶香。你闻闻，如今就只是这么烧着玩，也自有一股不俗的气派。"

吴扉只觉得，方云修其他的话都无声无息地在记忆中被抹掉了，只有"烧"这个字，清晰地烙印在了她的脑海中。

白天，茶叶陡然散落的瞬间，她所闻到的，正是这种茶叶纸包被灼烧后散发出来的气味。可是她记得很清楚，那个装着茶叶的纸包，自始至终并没有接近过火，除了……接近那葛倾罕那双，即使拎起了滚烫的药罐，也依然莹白如玉的手。

就是在那短暂一息的接触之后，茶叶纸包才散落一地的。

那时候葛倾罕是如何解释他不怕烫的事情的，他说什么来着："我体质较寒，性不畏热。"

当时吴扉并没有在意，现在想来，觉得有些不对劲。谓寒性体质的人不过是大热天觉察不出热罢了，哪里会有不怕烫的？

不怕烫的指尖……瞬间就被灼烧散落的茶叶纸包……吴扉盯着眼前翻腾的锅子，不禁陷入了沉思。

阿巽将狐疑的眼光投向吴扉。方云修却是浑然不觉，自顾自地涮起一片片美味的羊肉，吃得怡然自得。仿佛什么都不曾发生。

距离东市被迫关市，还有四天。

杏林堂的生意一如既往地好，吴扉总能看到各色人等络绎不绝地到对面去取药开药，伴随着的，是或高亢或低沉的道谢声。

吴扉一眨不眨地盯着对面，经过昨天晚上一夜的思考，她已

经有了属于自己的结论，可是她并不能知道这个结论到底意味着什么。到底……要不要告诉老板呢？

葛倾罕自从接手了这杏林堂，街坊邻居不知道多少人受了他施医赠药的恩德，人人都夸他是妙手仁心的君子。可是，他……只怕，并不是人！

阿巽的身影突兀地挡住了吴扉的视线。他那绚烂的金发，在如今遍布浓云的长安东市，恰如一抹跳跃的金色阳光，让人眼前一亮，连颓丧之气也不知不觉地被驱散了几分。

"你发现了什么？"阿巽犀利的双眸朝着吴扉直投过来问。

"我……"吴扉并没有想过隐瞒他，只是被他这样陡然一问，她竟然有点儿不知道该怎么跟他解释。

阿巽却比她要直截了当："昨天白日里你送完茶叶之后就有点儿怪怪的，似乎是想什么想了一日。入夜，老板烧那茶封纸包你发呆了好久。我想，你一定是发现了什么。"

吴扉没想到自己的一举一动居然早就落在了阿巽眼中，顿时也不再迟疑："我只是感觉……葛倾罕他，应该不是人类。"

阿巽的眸光缓缓一凝，第一次，他如此认真地望着面前的少女。他身具仙骨，自然能窥见凡人无法企及的真相，可吴扉居然也能看得出来。这么看来，吴扉真不是他想象中的那么简单，她清澈的眼眸里，一样深藏着睿智的光芒。来到黑方斋这些天，他一向是瞧不起这个只知道念叨生意好坏、满脑子只想着赚钱的俗气市井少女的，可是此时……他却觉得，她，不该再被自己如此轻慢。

"的确，无论是人类是妖修，就算可以通过锻体之术让身体强健不畏炎凉，却绝不会在接触了高热之物后，指尖残留的热度居然可以令纸张燃烧的。"阿巽不再是高高在上的口气，而是平和轻缓，如同对真正的朋友般倾心交流。

"那这个葛倾罕的本体,到底是什么呢?"吴扉皱起眉头,她是真希望杏林堂真的有这么一位妙手仁心的好老板的。可他真正的面目谁知道呢?那些被送出去的一碗碗汤药,真的没有问题吗?

吴扉越想越觉得不安:"我们还是快把此事告诉老板吧!"虽然她对方云修毒舌懒散的本性有着深刻的认识,可是她更加明白,此人是个真正的高手。

阿巽沉吟着开口,将那天见到的一幕告诉了吴扉。

"你是说他以自身精血魂魄滋养养神芝,想让那个将军主人复活?"吴扉目瞪口呆。

"没错!我看他忠心耿耿,便答应替他保密。"阿巽沉吟着加上一句,"想我当年也是天子,怎么可以出尔反尔?"

吴扉真的很想擦一擦自己的额角,黑方斋是触发了什么神奇的气运啊,有那么一个祸害精方云修还不够,还有这么一位总是时不时提醒自己"我从前是皇帝"的同行,真的是让她开了眼界。

吴扉挠着后脑勺:"可是……现在根据我们的判断,他根本就不是人类,甚至不是妖修,只怕他的本体……根本就不是寻常之物。若他压根儿不是活物,那他没有精血滋养养神芝。"

这个认知的盲点,是阿巽之前一直没有注意到的,此时被吴扉一语道破,他只觉得自己的心猛地一沉:"什么?"

这一刻,他终于再次被迫承认,吴扉是最普通的东市少女,同时,也是有着不为人知的灵秀睿智!那么现在必须要搞清楚的是,这个葛倾罕的本体到底是什么。

夜里,葛倾罕被一阵窸窸窣窣的声音惊醒。多年的军旅生涯让他练就了比寻常人更敏锐的感知能力,他几乎是在瞬息之间一跃而起,躲到了院中的树荫下。

他不是一个在乎财帛的人，可是，行走在俗世间，金银亦是必不可少之物。自从杏林堂开张以来，葛倾罕是个豪门公子的传言就不胫而走。只是他平日里衣着简素，起居也不过寻常用度，这种说法便渐渐没了声息，可是这些日子以来，他日日赠医施药，又帮人免费煎煮汤药，这众人称颂的善行，只怕到了某些宵小之徒的眼中，便又成了他腰缠万贯的铁证。

而这杏林堂入夜之后前前后后只得他一人，而他又是出了名的病弱，在居心叵测的人眼中，这杏林堂可不就是一块上好的肥肉？

葛倾罕侧耳听着周围的动静，一阵翻箱倒柜的声音自前面的店面传来。间或还有人不满的声音响起："什么破地方！我连一点儿散碎银子都没见着！"

"别说银子，你们看看这药柜里，就没见几两像样的药材！"

"是谁说这店铺有钱的？这一趟怕是要跑空！"

一个粗重的声音响起，听那口气，像是首领："你们这些小杂碎还在啰唆什么呢？手底下的活计给我麻利着点儿！"

"前面我看是翻不出东西来了，怕是都藏在后屋里呢。"几个小喽啰应着。

葛倾罕凝神听着，原来这伙蟊贼竟是来了足足四个，还真把他这小小的杏林堂当作大家富户来打劫了！到底要如何应对呢？

葛倾罕正犹豫，却只见一个手脚麻利的小贼身形一闪，朝着后面的主屋蹿去！原本就不曾紧闭的门在他的轻推之下豁然洞开！

结界！葛倾罕心中陡然一震。他所布下的结界是为了维持床榻之上将军的生气不绝，不受外界气息破坏，可若有外人闯入，结界却是无法阻挡的。

那小贼轻松进了屋内，左右扫视一圈后，没发现什么金银宝物，却一眼瞄见了床榻上酣睡的身影，那在夜色中依然灿烂华美的

衣袍让他瞬间就睁大了双眼。这床上之人衣饰华美,哪怕只是摸走他身上的一块玉佩腰坠,也算没白来啊。

思及此处,那小贼已经朝着床榻边掠去。

"小子,你可不许自己把好东西独吞了啊!"那个粗重声音的人急匆匆地扑了过来。瞬间,一群人全都朝着屋里直冲了过来。

葛倾罕在最初发现那个蠡贼朝着床榻上扑过去的时候,心中已然大怒。此时再见这三个人肆无忌惮地全部冲了过来,葛倾罕的眼眸,瞬间变成赤红色。那些他以为自己早已经忘却的愤怒和嗜血,瞬间复苏。

"打扰了将军安枕的,全部都得——死!"

那个刚才还不可一世吆喝着的贼首,陡然发现,在角落里,犹如宝剑骤然出鞘般,赫然出现一个挺拔清瘦的身影。

在片刻的愣怔后,他浑不在意地咧嘴一笑:"想不到你已经醒了啊?不怕!我们兄弟向来只求财……不……"

他还没说完,在场所有人的呼吸都在那一瞬间彻底凝滞。

那个在上一刻还孱弱得似乎要扶墙的少年,此时只是轻轻地扬起了手,那种雷霆万钧的气势瞬间就袭过所有人的胸膛。

"啊啊啊!"惨呼声短促地响起又在黑暗中迅速结束,摧枯拉朽。只有胸前正汩汩流动的鲜血让他们明白,在刚才的一瞬间内,究竟发生了什么。

"啊?饶命……"那个原先冲在最前阵的蠡贼本是要转过身来接应一下同伴,却没想到,不过是眼前光华一闪的瞬间,那些刚刚还在活蹦乱跳的同伙就已经无声无息地倒下了。

那个苍白的少年盯着他,眼神死寂,俨然在看着一个死人。

"不……"小蠡贼彻底瘫软下去。

葛倾罕的手,慢慢抬了起来,在月光下光华流转,任谁都不会

认为那只是一只普通的人手。因为此刻,在那看似寻常的手掌上流转的,是一道比月光更加冷彻的寒光。它不同于人类的骨肉肌理,冰冷寒彻,似乎会在瞬间收割敌人的性命。

它的寒光映照在他们极度绝望的瞳孔之中,越来越亮。

"不!"葛倾罕的手,被陡然出现的一只胳膊拦住。葛倾罕抬眸,眸光中凛冽的杀气难以阻挡。他对上的人,是阿巽。

阿巽直直迎上了他的眸光:"他们罪不至死。"

"可是!"葛倾罕的手试图划动,却被阿巽牢牢地禁锢住了。

那蟊贼早已经再发不出一丝声音,整个人如同化作泥胎木塑般,动弹不得。

阿巽的衣袖一挥,那三个身受重伤和那个已经吓痴了的蟊贼一伙瞬间就消失得无影无踪。

"我已经把他们弄走了,我已经施过遗忘咒,他们不会再想起今天晚上的事情了。"阿巽缓缓松开手,葛倾罕死死地盯着他,那一瞬间,阿巽觉得他眸光中那席卷的怒火几乎能毁天灭地。

即使如此,阿巽依然不曾有丝毫的犹疑和退缩:"闹得太大,对你没有任何好处。相信你也是好不容易才找到这个容身之所。"

阿巽以为此时的葛倾罕会没有心情理会自己,他只是徐徐说完,就转身而去。

在他的身后,葛倾罕笔直站立着,没有丝毫的动作。可是阿巽知道,这已经是他在盛怒之下做出的最大的控制和容忍。

前襟传来一阵透胸而来的寒意,阿巽低头,只见厚厚的衣襟不知道什么时候已经被割开了一条长长的裂口。那裂口极其纤细修长。此时正是冬季,他身上裹的这件棉袍子是用今年上好的新棉做的,而那道裂痕居然能将那细小丝缕的棉絮精准地一分为二,这份锋利,简直让人难以置信。

这是……刚才葛倾罕从他前襟掠过的那一道劲风吗?

直到现在,阿巽才明白,在那一瞬间自己究竟经历了什么。

距离东市被迫关市,还有三天。

吴扉心急如焚,可又无计可施,只好一圈圈地在黑方斋那小小的店面里转悠。

到最后,方云修实在是看不下去了,指着门外驱使:"好吧好吧,你快出去走走!求别这样哭丧着脸在我面前转圈了!"

若是平时,能得这半日空闲,吴扉简直会开心得跳起来,今日她却是无精打采,

"我也跟你一起出去走走吧。"阿巽说着,居然就这样自顾自地走了出去。吴扉总算是回过神来,迈大步跑了出去。

望着吴扉终于恢复了几分活力的身影,方云修忍不住轻轻地长叹一声。他总是看不惯吴扉身上那股挥之不去的市井气息。可此刻他也不得不承认,正是那种市井气息,刁滑智慧,让她活了下来。似乎对她的反感,也没那么强烈了?

方云修用指尖叩了叩桌子,古老的桌子回应出沉郁的回响,似乎在说,你对她的反感,其实早就已经消弭殆尽了吧。否则,你怎么会看到她愁眉不展焦灼难安时,让她出门去散心?

我只是看她这样转圈实在碍眼!方云修不自然地别过头去,只想把心中这个念头甩得更远一些。

吴扉跟阿巽一起并肩走在萧条空旷的东市大街上,走出了那破旧的店堂,她的心情确实不自觉地放松了几分。

阿巽则趁机跟她说起昨晚发生的事情,即使阿巽的口气淡然,可吴扉也不难想见他当时是身处怎样凶险的情境。

望着眼前萧条的东市,听着昨夜杏林堂的异变,吴扉不知道,到底是东市和黑方斋的存亡更重要,还是葛倾罕的神秘身份更加让人忧心?她已经几乎无法回答自己了。

在经过一间不起眼的店铺时,两人都被里头传来的叮当不绝的声音吸引,停住了脚步。这些日子,东市里还不曾关门的店铺,当真是找不到几家了。而这是一家铁匠铺,铺子里许多精赤着上身的汉子,正在热火朝天地打着各式农具。那些铁器在火热的炉膛中被锻得通红透亮,在半空中挥过时,划出一道道金红的轨迹,不小心掠过案几上包裹着东西的纸时,瞬间就将那纸张烧焦了一大片。

吴扉直愣愣地望着这一幕,不觉停下了脚步。

在高温中也丝毫无损其质,带起的灼热却可以瞬间将纸张引燃……葛倾罕,不就是这样存在的吗?

当她扭过头来的时候,正对上了阿巽的目光,显然,他也看到了这一幕。

吴扉有点儿没把握地问:"葛倾罕……他应该是……这样的金属器灵所化?"

阿巽的眸光中却早已有了肯定的锋芒:"不错!可不是寻常金属,要说能将我的棉袍割出齐整的裂口的,也只会是——兵刃!"

"若是他追随将军,那我们大唐将军最常用的兵器是什么?"吴扉心念急转。而答案在下一瞬间便昭然若揭——"唐刀!"

葛倾罕的本体,真的是唐刀吗?

唐刀,本就是大唐特有的军刀,它所代表的荣耀与坚定无人怀疑。所以,此时此刻的他们,也绝没有想过,要去怀疑一个唐刀器灵的品质。因为对于每一个大唐的子民而言,唐刀本身就已经是勇

敢和坚毅的象征！吴扉是这样看的，阿巽也是这样看的。

此时此刻，他们对自己的决定，没有丝毫怀疑。如果葛倾罕真的是唐刀，那么这个身为器灵没有精血的少年，又拿什么来滋养神芝呢？

距离东市被关闭，还有最后一天。东市的萧条，也在这一天，彻底达到顶峰。

一大早，当吴扉打开黑方斋的大门时，赫然发现，无论是朝长街的哪一头望去，她所看到的，都只有空荡荡的街面，没有一个行人，没有一辆马车。仿佛是在与这份寂静相呼应一般，连续肆虐了许多天的大风，也骤然止歇了。

据说兵部已经开始悄悄调兵遣将，以备不时之需。若是骤然开战，谁也不想落了先机。而回纥看似平静，可是回纥多年来马上立国，全民都骁勇善战，若是刀兵乍起，他们也能迅速应战。

"今天……是最后一天了。"吴扉站在黑方斋门口，望着被浓重的铅云压迫下的天空，情不自禁地低喃起来。

方云修漫不经心地应着："嗯……"一个歪歪斜斜的懒腰舒展开来，将原本就不曾系紧的袍袖扯得更加松散了几分。浅紫色的外袍衬着雪色暗纹的中衣，再映上他乌黑如绢的发丝，在这昏暗的早晨，竟硬生生地透出一抹不能忽视的亮色来。

"老板，你就不能……稍微，再检点一点儿吗？"吴扉每次看到他这副样子就忍不住想磨牙。

"要多检点？"方云修显然还没有完全清醒过来。

吴扉一咬牙，轰隆隆如同一辆马车般，直冲到方云修面前，在方云修还没明白过来时，揪着他前襟的衣带，帮他狠狠地系紧了。

方云修丝毫不怀疑，如果吴扉能选择的话，她要做的不是帮他

系紧衣带,而是用那衣带把他捆起来再狠狠教训一顿。

"老板……衣冠整齐,才配得上你的天人之姿!"吴扉努力深呼吸,用力挤出笑容。

"哦?是吗?"方云修低头看了看自己的衣带,吴扉如此暴躁之下,这衣带的结扣居然也如此妥帖漂亮。由此可见,吴扉控制自己脾气的功夫,已经在他的长期磨炼下,上升到了一个全新的高度,真是可喜可贺,可喜可贺啊。

"你要吃的点心都准备好了,茶汤也在炉子上温温地热着,随时可以喝。"吴扉有条不紊地一一道来,竟是丝毫不乱。

这份难得的沉稳,竟是让方云修都禁不住挑眉朝她望过去,想要细细端详这少女的眼角眉梢是不是早已经泄露了些许焦急。

吴扉很着急,她是真的在为东市的存亡着急。可是,在这份着急之外,她更加明白,自家这个懒散的恶质老板,如果他没有睡饱,没有吃好,没有把他侍奉得舒舒服服的,他是连一根手指头也懒得抬一抬的。所以,她只能把所有的焦急都压下去。去买老板最喜欢吃的茶点,静悄悄地等他把懒觉睡足……

阿巽知道吴扉在做什么,他本来就是自外地入京,对东市本无半分执念,可是看到吴扉这样,他也早已经下了决心,若是吴扉开口向他求助,他就勉为其难地助她一臂之力吧。

可是,吴扉并没有。吴扉仿佛是将这一份坚持和忍耐当作一种修行一般,默默地自行应对,为买到最新鲜的点心四处奔走,为了将茶汤炖热乎,一早就将炉子烧好……

在她近乎虔诚的动作中,阿巽突然明白,在他眼中,吴扉是在做所谓的琐事。而在吴扉眼中,她是在努力,竭尽全力地做自己能做的事,用自己的方式,为东市存续去争取那最后一分,也许很渺茫,却绝对不能放弃任何生机。

所以,她不求助,她不假手于人。她有她的信念和坚持。因为,这是她所认定的,她能做的全部。如果连这样的事情都要求助于人,她会觉得愧对自己。

不知道过了多久,方云修已经将桌上的点心吃得差不多了,茶也喝得所剩无几。今天早上他的心情出乎意料的好。等方云修露出真正满意的神色,打出一声混合着满足意味的响嗝声,吴扉的声音,才终于响起。

"老板,你准备好要如何行动了吗?"

吴扉早已经没有了最开始那数日的焦急,内心沉静下来。

"我自有主意。"方云修抬眸望着天空中的乌云,口气轻松。

吴扉望着他俊美无比的侧颜,心中猛然一动:"也许,在你这样的人眼中,我们凡人,不过是蝼蚁一般的存在吧?"几乎是在问出口的一刹那,吴扉就感觉到也许会因此冒犯到这个毒舌的方老板,可是,不知怎的,她竟然不怕了。

方云修抬眸望着面前的清秀少女,吴扉也看着他。方云修的浓丽风采,让他无论站在哪里,都会与周围的环境有一种格格不入的疏离感。不光是不属于这陈旧的黑方斋,就连这长安城,也仿佛与他毫无关系。

突然,吴扉一点儿也不想知道这个问题的答案了。

方云修的回答还没有响起,却听见阿巽的声音突兀地插入:"你们都站在门口吹什么风?"

吴扉将目光移向阿巽。阿巽是修仙者,已经身有仙骨。这种寻常升斗小民的死死生生,在他眼中,或许什么也不是吧。

只有自己是生在长安,长在东市的吴扉才清楚,如果这场战争真的打起来,带给这人世间的,会是什么。而眼前的这两个人,也

许,谁也不会明白自己的担心吧?修仙者也罢,皇帝也罢,他们的眼中,从来就不会有寻常人的生死。

虽然,当初在听到了东市要关市的消息后,她就知道自己的力量实在太渺小,什么也做不了,只能选择求助方云修。可是这么多天来,她实在是没有看出来,这位手段通天的高人究竟做了什么。今天,却是十天的最后一天了,吴扉觉得,自己必须要做点儿什么。就算自己的力量再小,也终归是有自己能做到的事情吧。哪怕是拼命努力之后依然没有任何结果,起码她的心情不会像现在这般低落。

正当吴扉心中纷乱如麻的时候,只听到方云修淡淡地道:"今天是个……适合水落石出的日子。"

"你是说……"吴扉的话还没说完,就只听见头顶那块黑方斋的匾额微微震颤起来,吱吱作响。

方云修露出一个慵懒笑容:"星槎都感觉到了什么呢……"

吴扉的双眸骤然亮了起来,转瞬她又想到,现在是白天,星槎根本不方便现世。

"像今天这种落雪大晦之日,只要稍加掩饰,应该没问题的。"方云修的这句话听在吴扉的耳中,当真如同仙乐纶音。

可以白天驾驭星槎飞翔!扑面而来的巨大惊喜瞬间笼罩住了吴扉。她差点儿没立刻跳起来,她拼命压抑住心中喷薄而出的喜悦,抖着嗓音问:"真的……吗?"

方云修毫不迟疑地点头:"我何曾对你说过谎?"他那总是如同云山雾罩的双眸,此刻居然有难得的清明犀利,不带半分含混迟疑。

"太好了!"吴扉只觉得,这半个月以来胸中郁结的闷气都在这一瞬间彻底烟消云散。

方云修满意地凝视着少女清秀的脸庞,原本的稚气在这份喜悦

中越发清新可喜，让人忍不住地就生出一些促狭的坏心思来。

想当初他来黑方斋，是想帮旧友守住基业，却没有想到遇到了这么个滑不溜秋的小泥鳅。从原本的看不顺眼，到了现在态度的转变，原来他也被渐渐改变了。

每天，看着她为了自己的片言只字瞬间暴跳，或是笑逐颜开的画面，说实话，还挺有意思。所以，一定不能放过这样的乐趣啊！方云修抬起手，摸了摸胸前那个刚才吴扉为他系上的衣带结扣，一股不期而至的熨帖在心头流过。

小泥鳅又气又竭力忍耐的表情，看到就让人心情舒畅。不过，没关系，若是想看的话……

方云修迤迤然地继续开口："我施术的辛苦费和符咒的损耗，就从你的工钱里扣吧。"

吴扉脸上的笑容瞬间僵住，整张脸上的表情都是在说：什么？你在说什么？我的工钱？

吴扉的心中，无数头羊驼飞驰而过。

浑蛋……抠门儿……看我着急很有乐趣吗？明明忍笑忍得肩膀都在抖动了，以为我真的没发现吗？可是……这种坏心眼、无良、懒惰到极点的老板却是真的完完彻彻绝对不能得罪的……否则，他就能立刻扭头回榻上再一口气睡十二个时辰……东市，就全完了！忍……必须要忍……

在方云修的连番打击下，奄奄一息的吴扉终于撑起最后一口气，用她能发出的最顺从的声音应声："全都……听你的！"

"很好！"方云修满意地点点头，伸手揉了揉吴扉的头发。

就连方云修自己也不曾想到，为何会如此自然地伸出手去？他只知道，那触手而来的感觉如此柔软，让他忍不住，又多揉了两下。而吴扉，却在方云修的这番动作中，彻底僵住了身形。

"什么?现在是什么情况?方云修那个祸害精在揉我的头发?这是错觉吧……可是这个感觉怎么好像……挺好的呢?"

"咳"的一声,阿巽终于再也忍不住,重重地咳出声。方云修的整个人生中,头一次居然如此心虚,闪电般地缩回手去。而吴扉则在一种"刚才到底发生了什么?肯定是错觉吧"的恍惚表情中,缓缓回过神来。

在那突如其来的一幕后,方云修的动作前所未有地迅速起来。

望着再度在天空中如同天鹅展翅的星槎黑方,吴扉丢开了刚才的微妙记忆,为这天空中的星槎雀跃了起来。

阿巽还是第一次看到星槎黑方,对于这神奇的飞舟有一种难以置信的震惊。只不过高傲如他,到底只是紧紧抿着唇,不曾透露出半句感叹。以为自己掩饰得天衣无缝,却不知,他眼眸中的流光溢彩早已经泄露了他全部的情绪。

他们刚一登上星槎,星槎就迫不及待地飞了起来,它飞得极快,但掠过吴扉耳畔的风却并不凶猛,反而有一种和风的温柔。吴扉知道,这是方云修的结界在不动声色地发挥着作用。

其实,他并不像他表现的那么冷漠。吴扉的心,掠过一瞬间的柔软,而刚刚那种头发被抚摸的感觉,又瞬间涌上了心头。

突然,星槎停了下来,它宛如一艘真正的游船那样,静悄悄地落在了长安郊外一片云海中。

"它怎么会到这里来了?"吴扉有点儿迷惑。

方云修回头望着他,唇角有一抹难以捉摸的神色:"星槎只是回应了你心中的呼唤,难道你还不明白吗?"

"我心中的呼唤?"吴扉不解。

"你不是希望找到回纥珍宝,保全东市,使得大唐百姓免受

战乱之祸吗?"方云修微笑,"星槎听到了你的呼唤,待封印一解开,它就迫不及待地带你来到了这里。"

啊!原来这十天以来,星槎对她的焦急和担忧置若罔闻,都是为了这个时刻,等到她真正决定承担起属于"扉"的责任,勇敢地面对命运的挑战,星槎的力量才会真正发挥出来。还好,她没有放弃!

"你是说,两件珍宝在这里?"吴扉来不及去细细深究自己和星槎之间的奇妙感应,此刻她最想知道的就是,那些珍宝在哪里。

"星槎的灵力只能感应到那两件珍宝在这里,接下来的就要靠你们自己了。"方云修从容说道。

"可是,这片山林也并非是一眼就能看透的方寸之地啊。"吴扉环顾着周围那片黑沉沉的山林,她的心中没有恐惧,她只是担心就算自己倾尽全力,恐怕也无法走遍这片广袤的山林。

"我都帮你到了这一步,难道你就不打算自己出点儿力气吗?"方云修毫不心虚地打了个哈欠,"要去找什么你们自己去,我先在船上小睡片刻。"

吴扉:"你……"刚才居然觉得他是个好人,果然是自己想多了。

直到她的声音被阿巽淡漠地截断:"跟我来。"

不待吴扉回话,阿巽就已经大步流星地走了出去。他璀璨的金发,在这暗沉的山林之间,犹如一盏耀目的灯火,为她指引着方向。

阿巽在前面走着,吴扉的身量原本就比他矮了不少,此时要跟上阿巽的脚步不觉十分吃力。可是她咬紧牙关,没有喊一句累。

她知道,长安,不是方云修的长安,不是阿巽的长安。长安,只是她一个人的执念,所以,她甘愿为了这心中的一点执念,披荆斩棘。

其实从星槎黑方落下来开始,阿巽就闻到了一股熟悉的气息。在这寒风萧瑟的山林中,如同一道金色的丝线,清晰,独特,不容忽略。他几乎是一瞬间就分辨出来了,这是养神芝的香气。虽然香气已经有了些变化,可是阿巽绝不会弄错!

分开丛丛荆棘,翻过嶙峋山丘,吴扉的前襟和胳膊上都落满了残叶和泥土。而走在前面的阿巽,只怕是更加狼狈。因为所有吴扉走过的路,都是他在前面开好的路。他所面临的艰险只会更多。

望着阿巽那被枯叶点缀得似乎少了几分润泽的金发,吴扉却觉得,这样的他,看起来更加多了几分柔和的气息。阿巽在用自己的方式帮助他,即使他一句话也没有多说。

不知道过了多久,密林深处,一个背影出现在了他们的视线里。那个裹着厚重狐裘的单薄身影,几乎用不着再看第二眼,吴扉就已经能确认——那是葛倾罕。

此时的他正昂起头,凝视着手中的一把长剑。在他的手底灼灼燃烧着一团幽蓝的光芒,而那柄长剑则正在一点点地……熔化。

虽然,只在坊间传闻里听过这宝剑的名声,不用猜想,吴扉就能确定这就是传说中回纥敬献的珍宝之一——宝剑!

"住手!"阿巽还没来得及阻止,吴扉就已经径直冲了过去!

葛倾罕在施术中陡然被人打断,一惊之下,几乎是本能地,一道寒光就朝着吴扉激射过来。

阿巽急忙一跃,将吴扉猛地扑倒在了一旁,而他自己的肩头,却是瞬间就染上了一片血红。

"是你们!"葛倾罕反应过来时,直直盯着阿巽和吴扉。

吴扉在厚厚的枯叶间抬起头,望着这个曾经无比熟悉的少年,在他的眼眸中,吴扉居然看不到任何情绪。

阿巽身上的血迅速浸染开来,染上了吴扉的衣襟,那带着温热

的血液让吴扉一瞬间就紧张起来。阿巽在流血！

吴扉手忙脚乱地试图为阿巽包扎，却被阿巽一把推开，他那因为受伤而更加低沉的声音，带着一股不容辩驳的气势："现在不是管这些的时候！"说着，阿巽一把将吴扉推到了自己身后。

透过阿巽并不宽厚的肩膀，吴扉对上了葛倾罕的双眸。在那一瞬间，她敏锐地觉察到，葛倾罕注视着阿巽流出的鲜血时，眼眸中不可遏制地流露出一种兴奋的神采。那是……嗜血的兴奋！

他真的是那个赠医施药的温润男子葛倾罕吗？难道，那一切都不过是假象？

"原来是你……"质问的话，比吴扉想象中的还要难说出口。

阿巽却已经彻底不耐烦了："回纥珍宝就是他偷的，刚才他还在毁坏宝物，你差点儿就在他手底下送了命！"

"回纥人狼子野心，我不过是想早点儿撕下他们伪善的面皮罢了。"葛倾罕的眼神瞬间就恢复了平静，声音也骤然柔和下来，"刚才我以为来的是回纥的人，情急之下才出手的。还好……阿巽，你没有大碍吧？"说着，他已经掏出了挂在腰间的药囊，"这药囊里有些止血的药粉，你先敷上吧。"

葛倾罕的话虽然漏洞颇多，可是他身为戍边将军的兵刃，讨厌那些虎视眈眈故作善意的外族人倒也不是不能理解。

吴扉心里似乎又有了些动摇，比起那个冰冷妖媚的葛倾罕，吴扉更加希望，那个有着温暖微笑的少年，才是真正的他。

葛倾罕说着，郑重地将药囊朝阿巽递了过来。

阿巽却没有接，他定定地望着他："如果我没有嗅到你身上那朵养神芝的气息，说不定我会真相信你的这番说辞。"

葛倾罕的脸色变了变："你说什么？"

阿巽的唇边泛起一抹冷笑："难道你没有发现吗？你身上的养神芝在感应到了我身上的血气的时候，正在拼命地散发出令人作呕的气息。那种尸山血海的……杀戮气息。"

阿巽的话，仿佛是一记警钟，将沉浸在迷梦之中的人猛然敲醒。几乎是在下一瞬间，吴扉也闻到了那股扑鼻而来的血腥之气。而那血腥之气的源头，正是葛倾罕的后颈！

在暗沉的夜色之中，吴扉觉得自己似乎看到了，那从他的后颈幽幽散发着暗红色光华的可以度人羽化登仙的养神芝……

"你盗走回纥珍宝，真正的目的就是引起足够的杀伐之气，然后你正好利用这股杀伐之气，让养神芝完全成熟吧？"阿巽牢牢盯住葛倾罕试图躲闪的眼神，那是帝王在做着他最后的审判。

8

"扑哧……"葛倾罕在瞬息间露出一个毫不掩饰的讥诮笑容，"两个笨蛋，想通了就早点儿说啊，还害得我逢场作戏一番。"他脸上那些担忧的神情在一瞬间褪得干干净净，最后出现在阿巽和吴扉眼前的是一个用近乎轻慢的手势把玩着宝剑和雕弓的妖媚少年。

吴扉心中一惊："你要做什么？"

"嘭"的一声，那宝剑被葛倾罕随意地扔在了地上，随即，他的手掌间再度凝聚起了流转的凛冽光华。而更凛冽的，是他的声音："我只是奇怪，你们怎么会认为，就凭你们，也能阻止我？"

葛倾罕身为带着无数杀戮之气的刃灵，吴扉觉得他们连最后一丝侥幸的理由都没有，这一次，他不会失手。

"你快逃，去告诉方老板！"吴扉忙将阿巽推开。阿巽身具仙骨，又是千里驹，若他奔走报急，葛倾罕想要追上也绝非易事。

阿巽拧起了眉头："如果那样的话，只怕我还没有跑出三步，你就已经血溅当场了！"

吴扉还没来得及反驳，葛倾罕那不带一丝感情的声音已经在耳畔回荡："真是难得，死到临头，你们倒是变聪明了点儿！"他掌心璀璨的华光映照着他此时的笑容，透露出一种难以名状的诡谲。

仿佛是在叹息，又仿佛是懒得再多浪费一丝气力，葛倾罕的声音低得微不可闻："本来，我也并不想……"

在那华光笼罩而来的瞬间，阿巽几乎是本能地，紧紧地抱紧了吴扉，他用自己的后背，试图为吴扉挡住那致命的一击。

吴扉感受着那切肤而来的暖意，感动得几乎要说不出话来，这是今天阿巽第二次为她受伤。上一次还可以说是情急之中不曾预想，可是现在，他明明可以逃走，却为了自己……

吴扉看到了在那电光石火的一瞬间，阿巽闭上了双眼，正准备迎接那致命的一击，他的手没有松开，依然紧紧地护在她的身上。

这一瞬间，吴扉想要挣脱和呼救，她不想看到阿巽为了保护她，让那绝美的金发染上血痕。可是，她什么也做不了。时间仿佛在那一瞬间彻底静止，直到数息之后，她才再度听到那个声音。是沉重的喘息的声音……不是自己，也不是阿巽，而是——葛倾罕！

阿巽猛地睁开双眼，便对上了葛倾罕那蘸满怨毒的双眸，此刻，他的手指正僵硬地伸展着，颤抖着，仿佛是受了重伤。然后阿巽目光一转，就看到了对面的那个人——方云修。

他是什么时候出现在这里的呢？阿巽瞬间松了一口气。吴扉也纳闷这个祸害精是怎么做到神不知鬼不觉地闪现在眼前的。

"你……怎么来了？"话一出口，吴扉就忍不住想把自己的舌头拔了。明明心里很感激他出现救人，怎么就……说不出一句好话

呢？难道是跟祸害精的口水仗打太多，已经习惯了？

方云修则毫无形象地掏了掏耳朵，不满地朝吴扉嘟囔："你明明就好好的，星槎居然感应到了你有危险，拼命震动了起来，扰了我的一场好梦。下次我得教训它一顿，没事儿不能大惊小怪了！"

"哼！"吴扉嗯哼。

"阿巽这是……受伤了？"方云修总算注意到了阿巽般。

平时面对方云修，阿巽总是刻意保持着一种疏离和淡漠，可他也终究没能克制住内心的激动："我还好，不碍事。"

"我要再不来，你们恐怕要被人收拾得连渣都不剩了吧？"方云修笑言，美目流转间光华潋滟，打了个极有诚意的招呼："你说是吧？杏林堂的葛倾罕大夫？"

眼前的这个男人，居然在电光石火之间阻断了他的术法，他的手掌到现在都不曾恢复知觉，这个人的可怕可见一斑。葛倾罕的目光中，有一种抑制不住的怨毒。

"收起宝剑和雕弓，送回鸿胪寺吧。"无视葛倾罕的怨毒，方云修却似连多看他一眼的精神都懒得消耗。

"我不管你到底是什么，我只知道你既然触犯了唐律，就该让按律法处置。"方云修说着已经转身，吴扉搀扶着阿巽紧跟其后。

"你要……逼我自首？"葛倾罕咬着牙。从方云修出现的那一刻起，他就想过各种的可能性，却没有想到，这个肆意妄为的方外之人，居然跟他说什么唐律。

"你几乎要搅动整个大唐的国运，陷万民于水火，自然应该由唐律来给你定罪，这还有什么话可说？"方云修皱皱眉。一大早忙活到现在，他已经开始犯困了好不好。

葛倾罕盯着方云修的背影，咬了咬唇，开口道："我这样做，不过是想要我最敬佩的将军大人能够活着回来！有错吗？"

"活着回来?"方云修终于停下了脚步,微微偏头,望向葛倾罕的眼神变得说不出的微妙,"他不会回来了。"

阿巽刚才正准备将自己知道的一切都告诉方云修,却没想到,原来方云修对于事情的来龙去脉早已经了然于胸。只不过,之前这个祸害精根本懒得管这一笔闲事罢了。

"你在乱说什么?他会回来的!只要我身上的养神芝成熟,他就会回来的!"葛倾罕的面色陡然剧变。他高高地昂起头,声音也突然高亢如同裂帛。他整个人仿佛化作一柄出鞘的利刃,在用自己的全副精神和姿态捍卫这句誓言。

"扑哧!"方云修微微低着头,他洁白的脖颈如同仙鹤一般优雅,可他的笑声中带着几分讥讽之意。

"养神芝是天上地下绝无仅有的神物,它即将成熟。你这种三流的术士不知道其中的神妙之处,也是可笑至极!"葛倾罕的脸色有一瞬间的发白,气势却半点儿不落,声音又拔高了几分。

方云修的笑声慢慢停息,他抬起深邃的双眸:"我说他不会回来了,不正是你早就知道的事实吗?"

"你说什么?我千辛万苦,把将军的尸体保存起来,又以自身为壤滋养神芝,如今只要等到养神芝成熟的那一刻,我的愿望就可以实现。只怪我太心急,才出此下策窃取珍宝,想要多搜集一些杀戮之气来催熟养神芝。可是就算是如此,你又凭什么说我的计划一定会失败?"此时葛倾罕的后颈那红色的焰火越发耀眼,他整个人都被笼罩在那难以捉摸的光华之中,有一种不能逼视的绝美。

只是,这一幕落在了吴扉的眼中,却越发觉得胆寒。

方云修微微一笑,一道流转的光华骤然在他掌心升起。紧接着,吴扉和阿巽只觉得眼前一花。当他们再度感觉到自己的脚踏上了实地的时候,眼前出现的,是杏林堂那个熟悉的后院。方云修居

然在瞬息之间施展了瞬移的阵法,不光是将他们,居然连葛倾罕并那两件珍宝都一起带了回来。

"星槎呢?"吴扉第一时间想起来。

"它会自己飞回来的。"方云修若无其事道。

葛倾罕显然没想到方云修如此强大,整张脸瞬间就苍白如纸。方云修根本连看也懒得多看他一眼,径直就朝后面的屋舍走去。

葛倾罕猛地回过神来,拼命扑了过去,硬生生地拦在了方云修的身前。他的动作太过于激烈,让他整个身体都重重摔在了地上。可是他又立刻爬了起来,牢牢地把守住了正房门口。

"我不能让你伤害将军的身体!"葛倾罕的声音斩钉截铁,任谁都知道,他已经在这句话里抱定了必死的决心。

方云修却是再度笑了起来,那笑容如同冰消雪融般。一时间竟然将这寒风凛冽的庭院映衬得如同春花般灿烂。葛倾罕望着他的笑容,心神猛地一个恍惚,只觉得此生的种种几乎都要在这刹那间全部忘却……

"你终于还是说出来了吗?"方云修如同在逗弄一个婴儿般。

"我说什么了?"葛倾罕死死盯着他,干涩地重复着。

"你想要保护的,不就是……将军的这个身体吗?"方云修的声音陡然变得缓慢低哑,仿佛在一寸寸地咀嚼着某种难以下咽的苦涩果实。

什么?他在说什么?阿巽和吴扉不自觉地交换了一个迷茫的眼神,谁也没有从对方的瞳孔中找到答案。

"你……什么意思?我不明白!我培育养神芝,只是想要将军复活!"葛倾罕的声音再一次拔高,带着一种撕裂破碎的疯狂。

"其实你的术法已经很高明了,能够将这个身体的生气维持得这么好……只是,我有个问题想要问你。"方云修垂眸,平静到近

乎冷酷,"为什么你没有发现,他的魂魄早已经散去的事实呢?"

"你胡说什么?将军大人的魂魄,他的魂魄,当然还在这里!"葛倾罕急忙反驳。

方云修从来不随便把别人当傻瓜。同样,他也绝对不会允许别人将他当傻瓜!原本平静无波的面庞上,此时彻彻底底地浮现出一种凛冽如寒芒的笑意,而他的声音,比冰雪更加犀利冰冷。

"那你告诉我,为什么这个屋子里的阵法,只有维持他肉体生机的阵法,却没有护住他魂魄的阵法?如果你真的不知道他的魂魄是否还在体内,以你这番忠心不贰的表现,怎么也该为他布下维持魂魄的阵法才对啊。怎么这个屋子里,并没有呢?"方云修透过窗棂上下打量着屋里的陈设,仪态从容到了极致。

"我……"葛倾罕张口结舌,却再也说不出一个字来。

方云修的眸中掠过一丝难以掩饰的怜悯,转瞬之间,却连这一抹怜悯也消弭得干干净净。眼前的这个人,不再能激起他的半分感喟,甚至连嘲讽和打击的兴趣都不复存在。

方云修只是轻飘飘地转过身,"啪"地将那紧闭的房门打开。

而葛倾罕,早已经失去了拦阻的气势,屋内隐约流动的阵法霎时间就消散殆尽。

床上的青年依然安静,仿若沉睡。只见他面色如生,整个身体居然不曾被一丝死气侵袭。要知道,若是人死去,无论使用多么高明的术法护持,也是无法保持生前的原样的。

"我以为护住肉身自然就能护住魂魄。肉身本就是魂魄凭依的躯壳,我情急之下并未想到那么多……"葛倾罕踉跄着奔进屋子

里，结结巴巴地解释。

方云修再度微笑起来，那是一种没有任何温度的微笑，让吴扉陡然觉得，面前的空气都凝成一块。

"你要是索性放开胆量妄言一番，我倒是对你有几分佩服的，原来你就只是这样而已吗？不入流的蠢物！"方云修颀长的身材居高临下，笼罩着突然变得瑟缩了的葛倾罕。

"我……"葛倾罕似乎想说点儿什么，可是终究再也吐不出一个字来。他曾经的那些温柔谦恭，那些冷傲睥睨，那些义正词严，此时都如同年久失修的旧屋，一层层地剥落下残破不堪的墙皮，最后露出来的，只有嶙峋狼狈，早已经被虫蚁啃噬得不成样子的廊柱。他所隐藏的，伪装的，自以为坚持的，全都在不可逆转地溃散着，找不到最后一根凭依的骨架。

方云修的指尖轻划，那个躺在床榻上的青年开始悬浮起来，只是随着他身体的虚浮，一道隐约的光华在他脊背之上一闪而逝。

这光华，吴扉不认识，阿巽却是心下了然——"仙骨！这是仙骨的光芒！"

寻常人若是萌生了仙骨，幸运的可以飞升成仙，而若是命数不到，有了仙骨却不幸陨落，则仙骨也会随之消失。但是断断不会存在有人已经身殒，可仙骨还在生长的道理。要知道仙骨本也是天地间的气运降临在人身上所化，人死则气运散，仙骨也就荡然无存了。怎么可能还有眼前这番情景？

只是这仙骨的光华微弱，他之前居然一点儿也不曾发现。葛倾罕定定地看着面前的一幕，他整个人失去了表情，如同一张僵硬拙劣的画像。

吴扉发现自己看到的居然还都不是事情的全部，只觉得喉头一阵阵发紧，一句话也说不出来，她大无畏地护在阿巽身前。阿巽已

经为她受了伤,她不能再让阿巽置于险地。

阿巽望着身前那个明明比自己还柔弱矮小的少女背影,唇边不自觉地泛起了一丝他自己都不曾觉察的笑意。

"我什么都不知道,我只是想要我的将军回来而已。"葛倾罕还在执拗地挣扎着。

"你要的不就是他这个已经萌生仙骨却意外陨落的身体吗?你身为器灵,虽然有了灵智,却受命数限制,若是主人逝去,你的灵智也会渐渐消退。毕竟器灵本就是持有者的一缕执念而生。你千方百计地复活他,说到底,只是为了维持自身不灭罢了。"方云修轻轻弹动手指,那个青年悬浮的身体冉冉地落在了床榻之上。

"那又有什么不对?器灵和主人相伴而生,本来就是天道。我希望他复活与我共生,有错吗?"葛倾罕的神情,终于从被戳破真相时的僵硬恢复到了一种熟练的冰冷,那种作为兵刃器灵的冰冷。

在最初的怜悯和冷漠之后,此时方云修的笑容俨然春回大地一般和煦:"不错,你是器灵,你的生命原本就与他紧紧维系在一起,你复活他原本没有任何错。"

"那当然!"葛倾罕陡然变得气势迫人,"我用我的身体滋养养神芝,为了搜寻杀伐之气窃取回纥珍宝挑起两国战乱,我做的所有这一切,都是因为我想要复活他!"

方云修如同最低徊的春风在不紧不慢地将凛冬驱散:"可是……你想要复活的,不过是这个身具仙骨的躯壳罢了,而这个躯壳,就是你为自己准备的寄生身躯吧?"

"一个没有了灵魂,却徒有仙骨的身躯,被你这样的器灵占据,等着你的就是完美的仙途吧。连书坊里那些异想天开的书生,也写不出这么一出跌宕起伏的好戏啊。"

葛倾罕的眼眸陡然凝住:"不!"

"你本就是他神识的一缕执念所化,如今你想要反客为主占据他的身躯,也是易如反掌,融合起来绝不会有半分滞碍。"方云修的声音徐徐低了下去,带着一种几不可闻的叹息意味。

吴扉和阿巽却同时将震惊的视线投向了葛倾罕。原来他一心一意想要复活将军,目的竟然是这样的!

方云修看到了葛倾罕故作镇定下所有的虚弱,可是,他并不打算就此放过他。这样一出好戏,他可是等了足足十天才鸣锣开演的,又岂能草草落幕?

"又或者……他当初的死,就是你造成的呢?"方云修的唇色,犹如五月的樱桃在得蒙露水滋润后焕发出让人怦然心动的嫣红。而他此时那两瓣嘴唇里吐出的话,却是比最锋利的匕首都更加锋利诛心。

"你胡说!"

"难道就没有人觉得奇怪吗?百战百胜的将军,怎么会在小小的一战中陡然失利?他明明不是主帅,为何会成为众矢之的?"

方云修的声音还是那么从容轻松,可是,对于葛倾罕来说,这一柄无形的巨剑,却已经避无可避又恰到好处地插进了他的喉咙,以至于他一句话也说不出口。

那还是大半年前,春暖花开的时节,关中大地草叶青青,一个身着黑色长袍,整张面孔都紧紧裹在风帽中的男子出现在关外。原本,将军对这个突然出现的黑衣人一脸的警惕。可是当那人施展出几个术法之后,将军终于相信了对方是修仙者的身份。毕竟,身怀异术的修仙者介入人间战争的事情,此前,也并非没有过传闻。

那时候,葛倾罕站在将军身前,牢牢地盯着兜帽下那张看不清楚的面孔,自从他开了灵智的那一刻开始,他就是这样守护着自己的主人的,对一切外来的事物保持警惕。

男人的声音从兜帽下徐徐传来,带着一种悠悠然的蛊惑:"将军您身有仙骨,若是舍下这一身俗务,必可以成就大道。我便是来接引将军您超脱凡俗之人。"

那时候的葛倾罕,听到这样的句子顿时心中大震。他知道自己的主人是与众不同的,若非如此,他也不会在他的一念之下幻生而出。想到自己的诞生缘由,葛倾罕也觉得,这黑衣人所说的必然是真的。他剑拔弩张的姿势不自觉地一松,回头望了望将军。

可是那少年将军的眼眸中,却没有一丝动摇。显然竟是对自己身具仙骨之事漠不关心。

将军淡然道:"卸下这一身俗务?只可惜,在你们这些修仙者眼中的俗务,对我来说却是值得为之一生征战守护的天职。我只愿为大唐守土,至于什么修仙得道,都与我无关。"说着,他淡淡地一挥袍袖,"你走吧。"

那个黑衣人定定地望着将军的背影,欲言又止。

只是不知道是不是葛倾罕的错觉,他只觉得,当那个黑衣人的身影最终消失在空气中时,那最后回眸一瞥的眼神,似乎深深望进了他的心里去了……

"仙骨!成仙!"这几个字在他的心中猛烈地激荡着,久久无法平复。

"仙骨……成仙……"葛倾罕的声音在长久的沉默之后再度幽幽地响起,他定定地盯着面前的三个人,那种属于兵刃器灵的气势威压终于毫无顾忌地释放了出来。

"我的确是将军一念所化的器灵,可是他凭什么代替我做出

选择?他不知道若是他死了,我也要湮灭吗?"

葛倾罕徐徐抬起手,他的手掌莹白如玉,手指纤长美丽,就算是长安的贵人们也未必有这么一双剔透无瑕的手。

吴扉不自觉地一惊,她还记得,就在刚才,这只手还遭受了重击,可是眼前的这双手,却是光洁如新,找不到半丝曾受过伤的痕迹。

"我好不容易才化成人形,有了神识,我为什么要这样白白地送死?"葛倾罕咬着唇,一字一顿道,"我不甘心!"

方云修对他的气势视若无睹,只轻叹一声:"所以你没能挡住飞来的箭矢,任由他身殒。"虽然葛倾罕竭力遮掩,可是方云修还是发现了那个让少年将军陨落的致命伤口。

"他真是够傻,什么为国守土,不忘天下苍生。我轻轻松松地带走了他的尸体。那些人却连寻找的功夫都懒得使,就给他立了个衣冠冢草草了事。他为国捐躯换来了什么?真是可笑至极!"葛倾罕望着床榻上仿若安睡的身影,唇边是藏不住的讥诮。

"我想你本来的目的是想趁他身殒之际,直接占据这个身体吧?"方云修放冷箭。

葛倾罕顿时厉色盯着方云修,却终于没有出声反驳。

"只可惜这个身体里的灵魂一旦转生而去,生气也就不复存在。你当时害死了他,却没料想到让这个身体回复生气会是一件如此困难的事吧?"

"只有回复了生气,你才能与他的身体和仙骨融合,否则就算强行融合,也不过是得到了一具每天都在腐烂的行尸走肉罢了。"

葛倾罕听了方云修的话,缓缓地垂下头,在他纤细优雅的脖颈后面,是一簇闪烁着绝美红晕的神芝:"只要有养神芝,我就能把这具身体里的生气恢复,融合起来就没那么难了。"

阿巽目瞪口呆,他已经彻底明白了,眼前的这个曾经笑容如春风的少年,居然为了得到仙骨不惜杀死自己的主人,而所谓用身体去滋养养神芝,更加不过是一场混淆因果的谎言。

"你居然是这样的狼子野心,可恨那时候我居然还相信了你一番鬼话,没有立刻就阻止你。"阿巽终于没能忍住怒气恨恨开口。

葛倾罕的嘴角却泛起一抹意味不明的笑容:"就算我骗了你那又如何?只要我成功,在众人眼中活下来的那个人难道不就是将军大人吗?我将会延续他的生命,他的故事。他将成为家族里唯一一个成仙而去的人。等那些看不起他的人化为枯骨的时候,他依然青春年少自在逍遥,这样难道不好吗?"

吴扉望着他,直到刚才她都还勉强保持住了平静,可是现在她真的没想到葛倾罕居然会说出这么一番毫无羞耻的诘米,她道:"可那个人不是他,不过是占据了他身体的你罢了!"

葛倾罕不屑一顾:"对那些无知的世人来说,没什么两样。"

方云修望着已经彻底卸下了最后一丝伪装的少年,垂眸嗅了嗅鼻端的气息:"养神芝即将成熟了吧?"

吴扉和阿巽顿时了然,葛倾罕为何会在此时此刻肆无忌惮地撕下最后的遮掩,因为他已经用不着遮掩了!养神芝已经成熟,他的心愿即将达成!

葛倾罕低垂着脖颈,那红光灼灼的养神芝光华更盛,映照得他整个人都散发出一道不能逼视的耀目光芒。

不知道为什么,吴扉的心中却有了一种莫名的不安,养神芝这种东西既然能起死回生,那么理应该是祥瑞的姿态吧?可为何会散发出如此诡异的气息?

阿巽心中也暗暗生疑,他虽然不曾见过养神芝,却见过萤火芝和龙驹草,那些他记忆中的灵草无一不是光华蕴藉,带着一种让人

心安的温暖气息，而绝不是眼前的这种吸食了杀戮之气所生长成的邪灵芝，充满了让人不安的诡异气息。

葛倾罕的目光逐一扫过面前的三个人，他没有忽略方云修的冷嘲、阿巽的愤怒，还有吴扉的质问，可是这些，在养神芝即将成熟的时刻，都如同尘螨，不值得他多费半分力气。

"我知道你们觉得我骗了你们，心中不满……可是我也是迫不得已。为了维持阵法滋养神芝，我只能如此。要不然，依着我的本性，本来是该给你们一个痛快的。省得留下了你们的性命，你们还有怨言，好不聒噪。"

"你！"阿巽更加怒不可遏。

却只见脚底下突然盛放出一道阵法的炫目光华。接着，他和吴扉立刻被狠狠地弹了出去。阿巽还好，吴扉则撞上了一旁的墙壁。阿巽急忙凌空揪住了她的衣领，总算是没有撞得太厉害。

方云修自然是岿然不动，显然这种隔绝他人的阵法对他而言不过是清风过海，压根儿掀不起一丝涟漪。

"距离得到仙骨只有一步之遥，我绝不会允许你来挡我的路！"葛倾罕恶狠狠地盯着方云修，近乎是出声恐吓。

"你的路，你的仙路吗？"方云修低头轻笑，"我才没闲心操心你的事！"

"既然如此，还不快滚！"葛倾罕嘶声厉喝。

方云修竟然好脾气地低头颔首，一边迤迤然转身，一边状似无意地低喃，"只是我发现了一件事，这个身体保护不善，其中的仙骨……已经溃散了。"

"你说什么？"葛倾罕疯了一般朝着床榻上的青年扑去。

只见床榻上原本容色如生的身体仿佛受到了某种阴暗气息的侵袭，在数息间，光采散尽，变成一具暗淡灰败的死尸。

"不！不会的！"葛倾罕仿佛疯了一般，狠狠地摇撼着这个早已经不会有半分知觉的身体，突然，他像是猛地回过神来一般，伸手去摸自己后颈的养神芝："养神芝，养神芝，只要吃下养神芝，一切就都会好转起来的！"

葛倾罕说着，垂下脖颈，毫不迟疑地将手伸向后颈，只轻轻一掰，那个流转着妖异光华的养神芝就被他掰采了下来。

只是，这夺人心魄的光华在触及他手心的那一瞬，一个黑影瞬间掠过，葛倾罕手中的养神芝被夺走了。

葛倾罕还没有回过神来，阿巽已经纵身追了出去。那人的动作迅疾如风，来去无踪。方云修皱了皱眉，却到底还是追了上去。

而葛倾罕，在那最初一秒的怔松之后，也迅速地朝外追去。只是，失去了养神芝的他，却仿佛木偶断了牵扯的引线，全然没有了片刻之前的活力。不过三四步他就硬生生地跌在了庭院中，再也挣扎不起来。

吴扉望着他，想要扶起他，却对上了对方怨毒和戒备的眼神。

"阿巽他们……会将养神芝夺回给你的。"不知道为什么，对上他这样的视线，吴扉竟觉得心中有一股隐隐的不忍。

"是吗？"葛倾罕惨淡一笑，却突然抑制不住地咳嗽起来，仿佛从刚才采下养神芝的那一刻开始，支撑他生命的支柱，就已经崩塌。

他的身体在重重的咳嗽中摇摇欲坠，眼看就要倒地。吴扉再也忍耐不住，下意识地伸手去搀扶他。

异变，就在那瞬息之间发生！刚才还摇摇欲坠的葛倾罕，瞬间就跳起，将吴扉的咽喉牢牢地扼住。他发出扭曲而得意的笑声。

"你……要干什么？"吴扉心中又懊恼又焦急，想要高声叫嚷但根本发不出声音。

"若是你得到了养神芝这样的奇珍,你会舍得让出来?说什么夺回来给我,你当我是三岁小儿吗?"葛倾罕的眸光中满是讥诮。

"你……"吴扉感受着脖颈透骨而来的冰凉,结结巴巴道。

"与其指望他们主动还给我,倒不如将你作为交换筹码更有胜算呢。"葛倾罕冷笑着,紧扣的手指分毫都不曾放松。

正说着,刚才那个抢走养神芝飞遁而去的黑影居然去而复返!

他一看到葛倾罕,顿时眼眸中满是惊讶和慌张:"妈呀!我怎么又跑回来了?哎?这是怎么回事?"

直到方云修在他身后好整以暇徐徐降落:"我说了你不要白费力气,我已经在这里布下了循环阵法,无论你跑多久,跑多快,跑多远,最终都会回到这里,除非,你比较喜欢这样的一种死法……累死!"

黑衣人气喘吁吁,刚才他已被阿巽追得左冲右突已经耗了不少体力,现在却又发现所谓的逃跑不过是在对方掌心的一座阵法,顿时只觉得双眼发黑。论速度他逃不掉,论术法他打不过,头顶的冷汗顿时一层层地沁了出来。

阿巽一眼发现了吴扉有危险,顿时吃了一惊,正要冲过去,却只见方云修轻轻抬起手制止他,目光在葛倾罕身上狠狠扫过。

葛倾罕却昂起头:"快把养神芝给我夺回来!否则……她的小命可就不保了!"

葛倾罕原本以为,自己对上的,会是方云修痛恨暴怒的眼神,可是他从面前人的目光中得到的,却只有一种夹杂着不屑的怜悯。

而原本在葛倾罕的威胁下呼吸困难心乱如麻的吴扉,在对上方云修目光的瞬间,却有了一种说不出的熨帖和安心。仿佛一种安全的气息正无声地从他的目光中徐徐而来。

葛倾罕的目光死死地盯着这个手里还拿着养神芝的身影,只觉

得这身影有种说不出的熟悉。

终于,当眼前的身影与记忆中的某个身影精准地重合到了一起,他想起来了。

"你就是当初那个告诉将军,他身负仙骨的所谓修仙者!"

黑衣人长着一张平庸到极点的脸庞,几乎让人过目即忘。

黑衣人的眼珠子滴溜溜地转着,直到他对上了方云修那冷如寒冰的面庞。在被那剔透潋滟的双眸盯住的一瞬间,他已经明白,眼前唯一的求生之道是——交出养神芝,说出他们想要的一切答案。

他收住步伐,胆怯地朝方云修投去试探的一眼。

方云修有几分不耐烦地盯着他:"是你自己开口,还是我施术让你开口?"说话间,他的掌心间已经升起了一股绚丽的桃花涡流,一瞬间,空气中仿佛有什么东西全都汇集到了他的掌心。要收拾这家伙,还要救吴扉,那种焦急的感觉,好像已经越来越强烈了呢……

黑衣人的侥幸心理在瞬间灰飞烟灭,他竭力低垂下头,做出一副俯首帖耳的姿态,恭恭敬敬地将手中的养神芝送到方云修面前。

方云修将养神芝纳入手心里,葛倾罕顿时急了:"还给我!"

方云修抬眸:"放了吴扉,否则你什么也得不到!"

葛倾罕一咬牙,猛地将吴扉一把朝着方云修推了过去。

吴扉被他扼着咽喉好半天,这会儿被他这么一推,脚下一个不稳,就朝着方云修的怀里狠狠地撞了过去。

"啊!"吴扉低低地惊呼出声。

但转瞬而来的,是一个温暖的怀抱。她摇晃的身躯被一双有力

的手臂稳稳地挽住。然后,她狠狠撞上了那人的前胸,感受着鼻端被撞得生疼的触感,吴扉疼得眼泪都要流出来了。

"你……"方云修的声音在她头顶上响起。

吴扉心中一暖:"谢……"但她的这个"谢"字还没有说完,就只觉得头顶被某祸害精重重地敲了一记。

"谁准你往我怀里撞了啊?越来越放肆了啊!"方云修好整以暇,居然还在揉前胸。

吴扉简直是气不打一处来!她才没有想要往他的怀里撞!

方云修望着几乎要戳到自己鼻尖的手指,只觉得这个刚才还被人扼住咽喉奄奄一息的少女,居然能下一秒就这样活蹦乱跳的,这应该说是元气?还是倔强?

他没有觉察到,笑容早已经掠上了嘴角:"你没事就好。"

吴扉目瞪口呆,简直不敢相信自己的耳朵。什么情况?这个祸害精居然对我笑?还跟我说什么,你没事就好?瞬间,吴扉整个人都凌乱了。

"快把养神芝给我!"葛倾罕压抑的嘶吼声,终于将吴扉迷乱的思绪瞬间打散。她一个激灵,回过神来。

葛倾罕的话音未落,却只见方云修轻扬的手指只是轻轻一抖,养神芝就已经稳稳地落回了葛倾罕的手中。

葛倾罕握着手中失而复得的养神芝,一时间竟不知道说什么好,盯着方云修。眸光中依旧藏不住的是一丝警惕之色。

方云修却懒得理会他,只将饶有兴味的目光转向黑衣人:"你在这边埋伏了这么久,怎么到了最后突然按捺不住了呢?"

黑衣人在见识到刚才他那一手出神入化的术法之后,再也不会因为他这看似无害的神情,再生起半分轻慢的心思。

"我……原本的计划是等这器灵与将军融合的时候,乘虚而

入,一举夺取仙骨和养神芝。"黑衣人一边说着,一边窥探着方云修的脸色,却见对方面色不改,遂接着道,"可是刚才我听你说那将军的仙骨已然溃散,情急之下,担心这采下的养神芝若是不及时利用,灵力定会溃散,便动了夺取的心思。谁知道……"

黑衣人早已经换上了谄媚的声音:"仙长,您如此超凡绝俗,在下这等微末伎俩在仙长眼中简直是不值一提……"

方云修轻哼一声,对他的阿谀充耳不闻。

那黑衣人见方云修虽然面色冷漠,却也不见什么怒色,便试探着道:"小人这样的蝼蚁在仙长眼中根本就是不入流的角色,想必仙长你也懒得费力碾死我吧?"

吴扉没想到这家伙居然如此巧舌如簧,为求脱身做出如此丑态。若不是因为这家伙,一切本来都不会发生!一瞬间,吴扉只想狠狠地掐死这家伙,让他再也吐不出半句鬼话来!

吴扉冷哼一声:"像你这样的卑鄙小人,少一个更好!"

阿巽也点点头,目光中满是不屑,他最不屑的就是这些只会在阴暗角落里玩弄鬼蜮伎俩的阴谋家!

黑衣人看到这两人都对自己恨之入骨的样子,急忙磕头求饶。以他的心机眼力,自然一早就看出,这里掌握了他的生杀大权的人,不是别人,正是方云修。

而方云修的眼神依旧冷漠,甚至连一个多余的鄙夷神情都吝于给予:"告诉我,幕后主使之人是谁,我可以放你一条生路。"

那黑衣人顿时为难,踌躇半晌后终于开口:"主使我的人是……"

他的话,并没有来得及说完,他整个人已经被一团黑色的火焰重重包围住,火势猎猎,只在数息之间就将他的身躯烧了个干干净

净，竟然是连一声惨呼都来不及发出，就已经化作灰烬随风散去，再也找寻不到半点儿曾经存在过的痕迹。

"恶咒吗？还真是相当的有效啊……"方云修仿佛是在告诉周围的人，又仿佛是在自言自语。

"他……"葛倾罕颤抖着嘴唇，下意识地紧紧握住了手中的养神芝，却不知道自己此刻该说什么好。

"即使我们没有出现，他顺利地从你手中夺走了养神芝，占据了将军的身体，笑到最后的那个人，也绝不会是他。"吴扉一字一顿说出了这个她其实一点儿也不想知道的答案。

葛倾罕的身体摇摇欲坠，他本以为自己才是那个排兵布阵的人，不料到现在他才明白，真正的翻云覆雨之手还隐藏在深不见底的幕后，他不过是一颗任人摆布的棋子罢了。

可笑他就这样落入了那奸人的陷阱之中，杀了将军，滋养神芝，步步为营，自以为所有的一切尽在掌握。现在想起来，只觉得自己荒唐至极。

坚持了这么久，伪装了这么久，如今真相徒然显露，葛倾罕只觉得内心空空荡荡，整个世界都空空如也。就算手中有养神芝又有何用？他所有的梦想都已经破碎，他舍弃了忠诚，舍弃了主人，背叛了相信自己的朋友，到最后，却是什么也没有得到。

葛倾罕的手克制不住地颤抖着，他只觉得自己所有的力量都在不可逆转地消失，手中的养神芝似乎即将从指缝中跌落尘埃。

"刚才，我骗了你。"方云修的声音响起。

葛倾罕一点点地抬起头，他整个人都仿佛是骤然失去了活气一般，带着一股说不出的木讷和凝滞。

方云修指尖轻弹，少年将军那刚才还死气沉沉的身躯在瞬间又恢复到了如同沉睡般的容色，那些片刻之前消失的生气又重回到了

他安静的脸上。

"刚才,我不过施展了个小小的障眼法,却不料就此抖出一场大戏,倒也值得啊。"方云修缓缓对上葛倾罕那双震惊的眼眸,毫无愧色道。

吴扉简直目瞪口呆,她想起刚才自己被葛倾罕遏制,差点儿就送了小命。原来这一番遭遇,都不过是方云修布的一场好戏?吴扉开始觉得自己的后槽牙很痒,非常痒。那时候撞在方云修身上的时候,应该更用力一点儿的,要是能顺势把他撞吐血就太好了……下次一定要更用力。

方云修选择性无视了吴扉那瞬间就精彩纷呈的面色,只望着葛倾罕道:"若你还想要占据这身体,我不拦着你。"说着,他轻轻一挥衣袖,作势竟是要转身而去。

"我……"葛倾罕却突然开始不自觉地怀疑起来,升仙,真的有那么重要吗?那些,真的是他最应该追求的目标吗?

葛倾罕握紧了手指,养神芝还在,那具身体里的仙骨也还在,一切在兜兜转转之后还是在按着他当初追寻的轨迹前进。可是为什么到了现在,在所有的阻碍消失之后,他反而迟疑起来了呢?

"怎么?不想啦?"方云修的声音中泄露出一抹玩味的戏谑。

葛倾罕不自觉地点了点头。

"那我再告诉你一件事情吧。"方云修淡然开口。

"什么?"葛倾罕木然地应声。

"残留在这个身体里的,不光有尚未溃散的仙骨,还有……他的一丝残念。"方云修的话,如同是一块巨石击入平静的湖面。

葛倾罕几乎是立刻就跳了起来,他迫不及待地抓住了方云修的衣袖:"你是说……你是说将军还有一念尚存?"

方云修面色不变,点了点头,可是他口中吐出的句子却如此残

忍:"当初是你让他生生丧命,如今他的这一抹残念会说什么,你真的想听到吗?"

葛倾罕浑身顿时控制不住地颤抖起来。他在害怕,他害怕听到将军愤怒的咆哮声,可是他又极其渴望听到,他不知道有多久不曾听到将军的声音了。原来,自己竟如此地思念着将军,属于将军的一切原本就深深地烙印在他身体里的每一处,只是他一直在刻意回避罢了。

葛倾罕重重地,点了点头。

"我知道了……"方云修手掌中结出一道桃花阵法,粉色的花瓣如同一块大幕缓缓拉开,紧接着,一抹影影绰绰的虚像便从将军早已经沉寂的身体里冉冉升起。

葛倾罕的双腿在颤抖着,想要拔腿逃走,可是,另外一种更加强大的执念却将他牢牢地锁在了原地。葛倾罕睁大双眸,近乎贪婪地注视那个在光华中冉冉而现的身影。

将军依然跟逝去的时候一样,穿着他最喜欢的铠甲,甚至嘴角那一抹介于少年和青年之间的倔强神色也不曾褪去。他,真的就如同他的记忆中一模一样,俊朗潇洒。

葛倾罕想要扑过去,可是脚下好像有千斤重,根本抬不起来。葛倾罕不自觉地闭上了眼睛,他丑事做尽,他没有勇气面对将军。

"葛倾罕……"熟悉的声音如同钟磬般在葛倾罕的耳畔响起。

葛倾罕几乎是木然地昂起了头:"啊……"

"真高兴还能看到你。"年轻的将军微笑着,眸光中没有怨恨,只有坦荡荡的释然。

葛倾罕结结巴巴地应道:"我……是我故意没能挡住那一箭的,将军你本来……"出乎他意料的是眼前人的微笑依然那么夺目绚烂,又那么温柔,让他的眼眶控制不住地湿润了起来。这是给予

了他生命的人,自己却回报给他那样残酷的背叛。

他知道自己没有资格这样看着他,可是,他根本控制不住自己。他只是贪婪地睁大了眼睛,他知道,这一抹残念随时有可能会消失。而这一次消失后,将是永远,将是生生世世的陌路。

"葛倾罕……你不要这样自责……我并不怪你。"将军的声音平和从容,"我既然走上了战场,对我来说,这样的结局,便是最好的归宿。"少年伸出手去,想要抚摸葛倾罕的长发,却发现自己的手指不过是徒劳地穿过了他透明的身躯。

"我害死你,就是为了夺取你的身体,强占你的仙骨!你到底知不知道?"葛倾罕再也无法忍受那种愧疚和痛苦,涕泪横流,放声痛哭,他不顾一切地呼喊出了全部的真相。就算不会被原谅,就算生生世世都会被怨恨,他也要释放出来……因为他已经受够了!他再也不想遭受这样的心灵折磨。

无论怎么逃,那个罪,就在那里。他害了他,妄图窃取仙骨占据他身,为了豢养神芝窃取国宝,所有的这些,千真万确,他逃不掉。而现在,就是审判的时刻了吧?他不想再逃避了!

少年将军却置若罔闻,继续道:"我要走了,如果我的身体你能用的话,就拿去吧,这样也挺好。"将军微微笑着,眼睛里透露着平静温和。

葛倾罕的眼眸猛地睁大:"你!"

少年将军微笑着,将军的眼眸跟他第一次从混沌中化成人形时看到的一模一样,那么温暖平和,如兄如父,亲切而包容。

"我不希望你因着我的逝去而消散,现在这样,其实很好。"少年将军说着,声音中没有半点儿的不甘和勉强。

葛倾罕觉得自己的胸口里有什么东西正在激烈地翻涌着。

曾经的他,只是眼前这个人的一念神识,而当他从依存的唐刀

之上觉醒而出,他看到了那温柔的双眸,听到了那宽和的声音,跟随他上战场,纵横他的世界,从此与他相伴,那是一段多么幸福的时光。只是那时候的自己,并不懂得。

而在脱离了原本的混沌无觉之后,他就开始渴望着更大的世界,更长的时间,乃至……成仙,超脱于凡俗之外。

他发现,自己从无欲无求的器灵到妄想长生,这段心路居然是如此短。短得他根本就不曾去在乎过,自己无情地舍弃掉了的东西,究竟有多宝贵。

"你不是渴望长生吗?现在,你可以如愿了。希望我们来生,还有缘再聚。"少年将军见他没有回答,面庞上的微笑丝毫不变。

"我……我……"葛倾罕想说点儿什么,却见少年将军却摇了摇头,"别说这种话!现在,我只想记得我们一起奋战杀敌的样子,安心离去。"

一起奋战杀敌的样子……葛倾罕的心仿佛被一个拳头狠狠地撞击了下去。他突然觉得,自己也许错了。其实成仙并没有什么好,无穷无尽的时间和看不尽的山水繁花。

而凡间不一样,一个人一旦逝去,那就是永远离去了。

长生不重要了,成仙也不重要了,我只想再一次在你的掌心中被你唤醒。

"不!我不想成仙了!我只想继续与你一起杀敌!"葛倾罕的声音先是颤抖,最后终于一点点地变成了坚定。

方云修望着少年将军和他的器灵,少年将军的残念和器灵葛倾罕,他们的容貌竟是如此相似,仿佛是同一个人不同年龄的姿态。

因为他们，原本就是一体的啊……

方云修的眼眸中有什么东西在静静地翻涌变幻："都到了这里，你居然放弃了？"

葛倾罕没有看他，却昂首望着身畔的那个残影。在那个人的眼眸中，他找到了自己想要的全部的世界。不是滚滚红尘，不是千树繁花，只是跟随他。

方云修长长地叹息一声："那么刚才，你是在向我许愿吗？"

葛倾罕愣了愣，转瞬却明白了他的意思，急忙点头："方老板，你可以为我实现愿望？"

"你的愿望，我可以实现。可是，实现愿望是需要付出代价的。"方云修若无其事地瞥向了葛倾罕手中的那朵养神芝。

葛倾罕立刻将手中的养神芝捧了过来，方云修衣袍一挥，就已经将它卷入了自己的袖中。

不待葛倾罕再说些什么，方云修的唇角已经泛起了一抹真正的笑意："让我送你们一程吧。"

随即，他回首将两物抛给吴扉："开始吧。"

那是一支玉笔，玉沫寒的龙须所化的玉笔，还有一方龙墨。

吴扉将玉笔接在了手中，原本，她并不明白如何渡这对战场英魂。可是，当她的指尖接触到那支笔的时候，脑海中，那些属于血脉的传承如同潮汐般漫卷而上。她抬起手，挥洒笔触，玉笔便在虚空中画出瑰丽流动的轨迹。

将军的残念和葛倾罕的器灵之体，在她笔尖的飘然挥洒间，化作隐约的萤光，而那些飘飞的流萤却在吴扉画出的轨迹中安然地串到了一起。随即，冉冉上升，飘摇而去……

不过数息之间，葛倾罕和将军的身影就已经消失在了夜空之中，再也找不到半丝痕迹。

是缘分的画笔将他们融合,他们将相携相扶,将会是知己,再次把臂同游。只希望,走过轮回之后,他们的人生中不再有遗憾。

"那朵邪花,真的是养神芝?"一切落幕后,吴扉望着从方云修的袍袖里隐隐漏出的红色华光,她的本能告诉她,真正的养神芝,应该不是这样的。

"凭空生长在血腥灵器上,又靠着杀戮之气才能生长的东西,怎么会是传说中的瑞草养神芝呢?只是,用它将可以炼制出最好的辟邪朱砂。那鲜血和杀伐之气所凝成的朱砂,将会是无上的至宝。"方云修徐徐说着,声音越来越轻,到最后,轻得吴扉已经完全无法听清楚他最后的话语。

吴扉和阿巽各自抱着一件回纥珍宝,走在前头,方云修走在后面,望着他们的背影,笑了笑。而远处的天空中,星槎已经自己悠悠然地返了回来。

方云修的眸光,穿过星槎,望向那深邃不见底的夜空。

有了龙须笔,有了龙墨,还有即将到手的辟邪朱砂,吴扉,你的人生究竟会走向何处呢?

且听下卷分晓。

(第一部完)